JN120393

# 天保十四年のキャリーオーバー

五十嵐貴久

PHP
文芸文庫

○本表紙デザイン＋ロゴ＝川上成夫

# 天保十四年のキャリーオーバー　目次

# 大序　柝《き》の音《ね》

かすかな空咳《からせき》の音に、矢部鶴松《やべつるまつ》は目を開けた。早暁寅《そうぎょうとら》の刻《こく》（午前四時頃）、まだ夜明け前である。

待て、と声をかけて床《とこ》から起き出し、急ぎ身支度《みじたく》を整えた。いずれこの日が来るとわかっていたため、衣服は枕元に用意してあった。

失礼致します、という声と共に、襖《ふすま》が細く開いた。廊下に正座し、頭《こうべ》を垂れているのは矢部家用人《ようにん》、大田原権野助《おおだわらごんのすけ》という老人である。

「早朝より申し訳ありませぬ。伊勢桑名《くわな》藩より、使いの者が訪れております る」

何用か、とは聞かなかった。寅の刻という刻限を考えても、容易ならざる事態であろう。権野助が二の腕で顔を覆《おお》っていたが、泣いているのがわかった。

このひと月ほど、眠れない夜が続いていた。覚悟していたつもりだったが、矢部家に仕えて長い老人の涙を見て、心が波立つように揺れた。

脇差《わきざし》だけを腰に差し、権野助の先導で寝所《しんじょ》を出た。矢部家は旗本《はたもと》であり、位階は従五位下《じゅごいげ》、官職は駿河守《するがのかみ》である。

昨年、天保《てんぽう》十二（一八四二）年十二月、養父矢部定謙《さだのり》が南町奉行《みなみまちぶぎょう》を罷免《ひめん》されてから、権野助以外の奉公人を他家に預けていたため、屋敷は静かだった。旗本屋敷は主人の接客用の書院を中心に造られているが、桑名藩からの使いの者が通されていたのもその部屋であった。

十畳《じょう》ほどの部屋の下座に端座《たんざ》していた若い侍が、入ってきた鶴松の姿を見て平伏した。肩を震わせているその姿は、異様ですらあった。

「伊勢桑名藩、沼羽泰之進《ぬまばたいのしん》と申します。弊藩《へいはん》預かりとなっておられた矢部定謙様の世話役を務めておりました」

声が嗄《か》れていた。お茶を、と権野助に囁《ささや》いて、鶴松は上座に着いた。

「矢部定謙の養子、鶴松です」

顔を上げてくださいと言ったが、沼羽は頭《かぶり》を振るばかりである。

用件の筋、わかっておりますと言うと、手元に置いていた小さな箱を畳《たたみ》に滑《すべ》らせるように前に押し出した沼羽が、遺髪でございます、と叫ぶように言った。

「十日前、七月二十四日、矢部様は自ら腹を召されました。見事な、見事な最期だったと――」

声が途切れた。やはり、と鶴松はうなずいた。

「幕府の沙汰《さた》を待つまでもなく、己《おのれ》の不始末を詫《わ》びるつもりだったのでしょう。桑名藩松平忠猷《まつだいらただみち》様にも、これ以上ご迷惑をおかけするのは忍びないと思ったのかもしれませぬ」

そのようなこと、と顔を伏せたまま沼羽が首を振った。

「矢部様の名誉回復のため、わが主も老中《ろうじゆう》水野忠邦《ただくに》様に正式な申し入れをすると決めておられました。ですが……」

讒言《ざんげん》により南町奉行を罷免された定謙は悔しかっただろう。正式な処分が決まる前に自死したのは、抗議のためだったに違いない。

腹を切ったのも、武士としての誇りを守るためだ。父上らしい、と鶴松はつぶやいた。

切腹とは死罪のひとつの形であり、武士にのみ許される作法である。実際に行なう際は、介錯人《かいしやくにん》がつく。

様式化されているため、腹に短刀を当てれば、即座に首を落とされる。そこに痛みや苦しみはない。

切腹すると己一人で決め、実行したと察しがついた。激情家の定謙らしいが、腹を切っても簡単に死ぬことはできない。どれほど苦しかったかと思うと、胸が痛んだ。

土瓶《どびん》と湯呑《ゆの》みを盆に載せた権野助が書院に入り、不調法《ぶちょうほう》で申し訳ありませぬ、と湯呑みを二人の前に置いた。女手がないので、と言って鶴松は箱の蓋《ふた》を開けた。髷《まげ》の髻《もとどり》が入っていた。

他にもいくつか私物があった。有田《ありた》焼の小さな杯《さかずき》は、矢部家に代々伝わる家宝である。他に刀の鍔《つば》、いくつかの鍵《かぎ》、家紋が入った巾着《きんちゃく》もあった。

「本来でしたら、江戸までご遺体をお運びし、丁重《ていちょう》に埋葬するべきだと存じておりますが」目を伏せたまま沼羽が言った。「この暑さゆえそれもかなわぬと、桑名の墓所に葬ることに相成りました。お許しください」

口元に手を当てた権野助が、小さく空咳をした。南町奉行まで務めた旗本を、縁も由縁《ゆかり》もない桑名の地に葬るというのは、これほど非礼な話もないが、やむを得ぬと鶴松は言った。

「伊勢桑名藩の責任ではない。老中水野様への忖度《そんたく》があったのだろう。何を言っても始まらぬ」

こちらを、と沼羽が懐《ふところ》の書状を取り出し、畳に置いた。

「矢部様から、鶴松殿に直接手渡すようにと……」

手を伸ばした鶴松は、そのまま顔を横に向けた。重い足音が近づいてくる。一人ではない。十人近くいるようだ。

書院の襖が左右に大きく開き、先頭にいた異常に痩《や》せた中年の男が土足で上がり込んだ。南町奉行、鳥居耀蔵《とりいようぞう》である。子供のように背が低かった。

後ろに控えているのは、南町奉行所の与力《よりき》たちである。数人、人相の悪い男たちが交じっていたが、目明《めあ》かしの類《たぐい》だろう。

鳥居が無言で書状を取り上げ、封を切った。無礼でありましょうと立ち上がった権野助に、やめよ、と鶴松は鋭い声で命じた。

「鳥居様、お座りください……このような早朝から、何の御用でございましょうか」

かねてから詮議《せんぎ》中だった前《さきの》南町奉行、矢部定謙が自害したと鳥居耀蔵が女のように高い声で言った。耳障《みみざわ》りで、聞いているだけで不快になる声である。

「自らの罪を認め、幕府からの命を待つことなく、勝手に腹を切った。それもまた不届きであるが、今回は良しとしよう」

これで矢部定謙が咎人《とがにん》であることは明らか、と鳥居が甲高《かんだか》い声で嗤《わら》った。

「矢部鶴松、沙汰を申し付ける。本日をもって矢部家は改易《かいえき》」

無言で鶴松は頭を下げた。養父定謙が南町奉行を罷免された時から、いずれそうなるとわかっていた。どう転んでも、矢部家は終わる。

書状に目を通していた鳥居が、つまらぬと吐き捨てて、背後にいた禿頭《とくとう》の大男に渡した。蛭《ひる》の仁吉《じんきち》と呼ばれている目明かしである。

「この鳥居への恨《うら》み言でも書き連ねているかと思ったが、鶴松の無病息災を祈るとか、益体《やくたい》もないことが書いてあるだけ。これは南町奉行所が預かり、吟味《ぎんみ》した上で不審がなければ返してやろう。せめてもの武士の情けである……それは遺髪か？」

鶴松は箱を前に押し出した。中に目をやった鳥居が、不愉快そうに顔を背《そむ》けた。

「触れるだけで手が汚《けが》れる。世間から蝮《まむし》と呼ばれているこの鳥居だが、慈悲の心は持っている。丁重に葬るがいい」

無言のまま、鶴松は頭を下げた。明朝までにこの屋敷を引き払うように、と鳥居が命じた。

「矢部定謙は咎人《とがにん》、矢部家は改易。旗本でもない者が幕府より拝領しているこの屋敷に住むことなど、許されるはずもない」

明朝までというのは、と権野助が顔を怒りで真っ赤にした。

「あまりにも急ではありませぬか。定謙様が亡くなられ、鶴松様も心の整理がついておりませぬ。たった一日で出て行けというのは、いくら鳥居様でも――」

一歩前に出た鳥居が、赤子のような手で権野助の頬《ほお》を張り、南町奉行に対し不遜《ふそん》であると甲高い声で叫んだ。

「身分をわきまえよ。用人の分際《ぶんざい》で何を言うか」

明日の朝までに必ず、と鶴松は頭を下げた。町奉行の権限は強大で、浪人《ろうにん》となった鶴松が下手に逆《さか》らえば、斬り捨てられても文句は言えない。

「よいか、しかと申し付けたぞ。明朝までに、この屋敷から出て行け」

そのまま鳥居が与力たちとともに書院を後にした。最後に残った初老の男が鶴松を見つめて、その肩に手を置いた。

# 第一幕　雷神不動北山櫻《なるかみふどうきたやまざくら》

一

（まだか）

小雨が降っていた。寒いじゃねえか、と足踏みしながら、夕方の冷たい風を避けるため、男は屋敷の軒下《のきした》に下がった。

天保《てんぽう》十四年（一八四三）、旧暦十一月、季節は冬である。寒気が全身を覆《おお》っていた。

着ている衣服はすだれのようになっている。しかも裸足《はだし》だ。真っ青になっている足先が凍りつきそうだったが、耐えるしかなかった。

正面に南町奉行所《みなみまちぶぎようしよ》の門が見えた。左右に武士が立っている。門衛である。

畜生《ちくしょう》、と男はつぶやいた。伸び放題の総髪《そうはつ》、顔は髭《ひげ》だらけである。六尺（約百八十センチ）と背が高いこともあり、自分の姿が目立つことはわかっていた。

もう何カ月も体を洗っていない。湯屋に行く金もないのである。一日一食がやっとだった。

頬《ほお》はこけ、全身から饐《す》えたような臭いが漂っていたが、気にもならなかった。浮浪の徒と思われるだろうから、むしろ好都合かもしれない。

懐《ふところ》に手を入れ、短刀の感触を確かめた。これで奴を殺す、と心に決めていた。日に一回、南町奉行の鳥居耀蔵《とりいようぞう》が市中見回りのため奉行所から出てくることは、このひと月、見張っていたからわかっていた。ただし、刻限は日によって違った。

今日は日の出から見張っていたが、昼七つ申《さる》の刻《こく》（午後四時頃）近くなっても出てくる気配はなかった。

手が震えているのは、寒さのせいもあったが、それ以上に鳥居への怒りのためである。

最初は奉行所の門を破って中に飛び込み、鳥居を刺し殺すつもりだったが、張り番の門衛にはまったく隙《すき》がなかった。よく考えると、仮に入れたとしても、そこには与力《よりき》や同心《どうしん》、岡《おか》っ引《ぴ》きたちが大勢いるはずである。

鳥居を殺すどころか、かすり傷のひとつもつけられないまま取り押さえられ、首を斬られるだけだ。

それでは犬死にだし、何の意味もないとわかり、奉行所から出てくる鳥居を待ち伏せて刺すと決めた。無論、護衛はいるはずだが、死ぬ気でぶち当たれば何とかなるだろう。

あの野郎だけは生かしちゃおかねえとつぶやいた時、奉行所の門の中で動きがあった。これまでも人の出入りはあったが、様子が違った。

鳥居の野郎に違《ちげ》えねえ、と男は懐の短刀の柄《つか》をしっかり握りしめた。

南町奉行、北町奉行、いずれも奉行の自宅は奉行所内にある。調べるまでもなく、江戸の者なら誰でも知っていることだ。

奉行は昼四つ巳《み》の刻《こく》（午前十時頃）、江戸城に登城し、老中《ろうじゅう》への報告や会議に加わった後、昼九つ午《うま》の刻（昼十二時）までに奉行所へ戻り、その後は吟味《ぎんみ》や裁判を行なう。

百万人が暮らす江戸の町の治安を護る要職である。日々多忙を極め、在職中に過労で命を落とす者も少なくなかった。

自宅を奉行所内に置くのは、多少なりともその負担を減らすための知恵である。職務が終われば、そのまま帰宅することができるから、体は楽だった。

加えて、身辺警護のためでもあった。町奉行は後の警視総監と最高裁判所の裁判官を兼ねる役職で、罪人を捕縛《ほばく》し、裁くのがその役目だが、恨《うら》みを買うことも多かった。襲撃に備え大勢の護衛が必要だったが、奉行所内に自宅を置けば不安はない。

　常に門は閉ざされているし、門衛もいる。また、与力や同心、その配下である岡っ引き、目明《めあ》かしなど、警護のための人数も揃っていた。

　勤め番の月は毎日江戸城へ上がるが、その際には警護の武士が付き従っているので安全である。江戸中の者から蝮《まむし》と呼ばれ、蛇蝎《だかつ》の如《ごと》く憎まれている鳥居は、その執拗《しつよう》な性格もあり、異様なほど用心深かった。

　一度奉行所に戻れば、よほどのことがない限り外出しないが、唯一市中見回りだけは町奉行としての義務であるため、表に出ざるを得ない。

　その際も大勢の護衛がつくが、奉行所の門を出る時は油断しているのが、ひと月以上見張っていた男にはわかっていた。奉行所の前で襲ってくる者などいるはずがない、と思っているのだろう。

　だからこそ狙い目だ、と男はつぶやいた。鳥居を殺したところで、自分も殺されるだろうが、おれを無間《むげん》地獄に叩き込んだ鳥居を殺せるなら、どうなったって構やしねえ。

　寒風は止《や》んでいたが、体の震えは止まらなかった。これが武者震いってやつか、と男は薄笑いをこけた頰に浮かべた。

町奉行は馬上から市中見回りに出るのが慣例だが、鳥居は馬術が不得手《ふえて》だった。そのため、奉行所を出るまでは徒歩である。

一人で馬に乗ることさえできないので、介添《かいぞ》えが必要だった。その時こそが唯一の隙だ、と男は考えていた。

馬にも乗れない男が、南町奉行という江戸の治安を護る要職に就《つ》いていやがる、と男は唾《つば》を吐いた。武士の風上にも置けないとは、まさに鳥居耀蔵のためにある言葉だろう。

門が大きく左右に開き、まず馬を引く馬丁《ばてい》が現れた。その後ろに、数人の武士を従えた小柄な男の姿が見えた。目が糸のように細く、顔色は暗褐色《あんかつしょく》だが、唇だけは真っ赤である。

鼻梁《びりょう》、口元、顎《あご》、耳、顔全体が尖《とが》っていた、蝮という異名はその粘着質《ねんちゃくしつ》な気質にもよるが、外見も蛇《へび》そのものであった。

両の手のひらに唾を吐き、男は懐の中で短刀を鞘《さや》から抜いた。

馬丁が手綱《たづな》を引き、馬を押さえている。二人の武士が小柄な鳥居の脇に腕を入れ、持ち上げた。今だ、と男は一歩前に出た。

その時、失礼、と背後から声がした。振り向く間もなく、鳩尾《みぞおち》に拳《こぶし》が突き刺さり、そのまま男は気を失った。

二

目を開けると、女の顔が近くにあった。まだ若い。二十歳《はたち》を過ぎたばかりではないか。

やや細面《ほそおもて》で、肌は透き通るように白かった。美人画から抜け出てきたかのようである。話に聞く天女とは、こういう女のことを言うのだろう。

「起きたの？」

女が顔を覗《のぞ》き込んだ。天女にしては口が悪い。見た目はどこぞのお嬢様かと思ったが、伝法《でんぽう》な口調から町娘だとわかった。

自分で持ちな、と女が冷たい手拭《てぬぐい》を差し出した。

「まったく、手が掛かるねえ。それにしても臭《くさ》いこと。鼻がもげそうだよ。水ぐらい浴びたらどうなんだい。首に垢《あか》がたんまり浮いてるよ」

罵《ののし》る声が途切れなく続いた。あんたは誰だ、と言おうとしたが、口がうまく動かない。

右手の手拭を額《ひたい》に当て、左手で腹を押さえたまま上半身を起こすと、鳩尾の辺りが痛んだ。

「……ここはどこだ？」

三畳《じょう》ほどの狭い部屋である。長屋だと察しはついたが、なぜこんなところにいるのか、まるでわからなかった。部屋の隅に、二十冊ほどの古本が積まれていたが、あとは箱膳《はこぜん》があるだけだ。

「おい、いったいどうなってる。おめえがおれをここに運んできたのか？」

おめえって誰のことよ、と女が怖《こわ》い顔になった。

「名前があるんだ。お葉《よう》って呼びな」

さっぱりわからん、と男は手拭を畳《たたみ》に放って、薄い布団の上に胡座《あぐら》をかいた。

「畜生、どういうことだ。誰が邪魔立てしやがった？　あの蝮野郎をぶっ殺す千載《せんざい》一遇《いちぐう》の好機を、逃しちまったじゃねえか」

あなたにはできません、という明るい声と共に筵戸《むしろど》が開き、五尺六寸（約百七十センチ）ほどの若い男が入ってきた。

絣《かすり》の着物から、長い手足がはみ出ている。涼やかな切れ長の目は、童子《どうじ》を思わせるものがあった。一般に童子とは子供を意味するが、こいつは違うと男はつぶやいた。

詳しいわけではないが、仏教で菩薩《ぼさつ》を童子と呼ぶことは知っていた。顔形ではなく、菩薩を連想させる何かが若い男の顔にあった。

五つ六つ下だろう、と男は当たりをつけた。二十八か二十九か。

男の背は五尺六寸だったが、見た目より小柄に感じるのは、顔が小さいためである。造作《つくり》の整った面相だった。

「もう少し休んでいた方がいいでしょう」

枕元に座った若い男が、矢部鶴松《やべつるまつ》と申しますと名乗った。きれいな江戸言葉である。どこか子供っぽさが残る声だった。

「当たり所が悪かったようです」すみません、と鶴松が小さく頭を下げた。「骨は折れていませんから、小半刻《こはんとき》（約三十分）ほど寝ていれば痛みは治まるはずですが」

寝てなよ、とお葉が両肩に手を掛けて、強引に押さえ付けたが、放しやがれ、とその手を払った。

「おい、いったい何なんだ？　どうなってる？　どういう料簡《りようけん》だ？　おめえはいったい誰だ。この女は何だ？　ここはいったいどこなんだ」

ここが中村座なら、成田屋《なりたや》と声をかけたいところです、と鶴松が古畳を右手で叩いた。

「さすが江戸一の歌舞伎《かぶき》役者、口跡《こうせき》の良さは変わりませんね」

「……おれのことを知ってるのか?」

　江戸の町であなたのことを知らない者などいません、と鶴松が言った。

「これでも江戸っ子です。天下の名人、七代目市川團十郎《だんじゅうろう》を知らないはずがないでしょう」

　おれはもう役者じゃねえ、と團十郎は首を振った。それもわかっています、と鶴松がうなずいた。

「あなたが中村座の舞台上で南町奉行、鳥居耀蔵に捕縛《ほばく》された時、わたしもあの場にいました。その後手鎖《てぐさり》五十日、そして江戸十里四方所払《しほうところばら》いの罰を受けたことも知っています」

　おめえ何者だ、と團十郎は鶴松を見つめた。姿形は町人だが、所作《しょさ》は武士のものである。座っているだけだが、佇《たたず》まいは凛《りん》としていた。

　おいおい話します、と鶴松が微笑《ほほえ》んだ。

「ただ、その前に言っておきたいことがあります。あなたを捕縛し、江戸から追い払った鳥居耀蔵を恨むのはもっともなことですし、殺そうとまで思い詰めるのは当然です。ただ、あなたにそんなことはできませんよ」

　なめるんじゃねえ、と團十郎は立ち上がったが、激痛が横腹を走り、呻《うめ》き声を上げてまた座り込んだ。

言わんこっちゃない、とお葉が着物の袖《そで》で口元を押さえて笑った。

「鳥居は幕府の儒学者、林大学頭《はやしだいがくのかみ》の息子です」身分は武士ですが、もともとは学者なのです、と鶴松が言った。「剣術も修めていませんし、馬術その他も同じでしょう。小柄で腕力もありません。ですが、それは役者の家に生まれたあなたも同じでせますか？」

やっとうは型《かた》しか習ってねえ、と團十郎は渋々うなずいた。

「そうだよ、おれに剣術の心得はねえ。正直な話、喧嘩《けんか》のひとつもしたことがねえんだ。だがな、鳥居ならおれだって殺せるさ」

無理でしょう、と鶴松が畳の上に置かれていた湯呑みを手にした。

「心意気だけでは、傷ひとつ負わせることもできません。鳥居は己《おのれ》の弱点をよくわかっています。頭も良く、警戒心も強い男で、周りに手練《てだ》れの者を置き、自分を護るように命じているのは、誰でも知っている話です。わたしが止めなければ、今頃あなたは膾《なます》のように斬り刻まれていたでしょう」

そういう話じゃねえ、と團十郎は剝《む》き出しになっている膝《ひざ》を平手で叩いた。

「こいつは男の意地なんだ。おれがどんな目に遭《あ》ったと思ってる？　天下の七代目團十郎だぞ。奴はおれから芝居を奪った。役者風情《ふぜい》が何を言うと思うかもしれねえが、芝居はおれの命なんだ。他に何ができるわけでもねえ。恨みを晴らすには、殺すしかねえだろうが」

似合わないねえ、とまたお葉が笑った。馬鹿にしやがって、と團十郎は拾った手拭を投げ付けた。

「てめえらに何がわかる？　一年半余り江戸を離れて、溝鼠《どぶねずみ》みてえな暮らしをしてたんだ。これ以上生きていたって、どうにもなりゃしねえ。江戸に戻ってきたのは、鳥居を殺しておれも死ぬつもりだったからよ」

畜生と叫んで、薄い布団に突っ伏した。脳裏を過《よぎ》ったのは、思い出したくもないあの日のことだった。

三

「成田屋！」

「七代目！」

浅草の芝居小屋、中村座で歓声が飛び交っていた。市川團十郎は左右に見得《みえ》を切って、両の目玉を寄せた。四方から、女の嬌声《きょうせい》と悲鳴が上がった。

演じているのは『雷神不動北山櫻』の鳴神上人《なるかみしょうにん》である。いわゆる荒事《あらごと》の役どころだ。

荒事とは、初代市川團十郎が創始した歌舞伎の様式である。人間離れした力を持つ者を、誇張《こちょう》して演じるのがその特徴だが、体軀《たいく》、顔の道具立ての大きさ、特に目力《めぢから》が求められる。

初代以来の名人として、七代目團十郎は江戸中の評判となっていた。特に鳴神上人は当たり役と評価が高い。

鳴神上人は呪術師《じゅじゅつし》で、雨を降らす竜神《りゅうじん》を滝壺に封じ込めるほどの力を持つ。竜神より力がある者は、神に他ならない。

帝《みかど》に約束を破られ、怒った鳴神上人が竜神を封印したことで雨が降らなくなり、身分にかかわらず、誰もが渇《かわ》きに苦しんでいた。

そのため、帝が内裏《だいり》一の美女、雲の絶間姫《たえまひめ》を送り込み、色仕掛けで誘い、鳴神上人の神としての力を奪おうと画策する。

この計略が当たり、雲の絶間姫の色香《いろか》に抗しきれず、鳴神上人は女体に触れることで神通力《じんつうりき》を失ってしまう、というのが大まかな粗筋《あらすじ》だが、鳴神上人を少年のような無垢《むく》な心を持つ純粋な者として演じたのが、大人気となった理由だった。

荒事の約束事である荒々しい演技に加えて、心の弱さ、哀しみ、純粋さ、そして怒りを表現したことで、初代を凌《しの》ぐと言われるほど出色の出来となったのである。

ここからが見せ場のひとつ、雲の絶間姫の色香に惑わされ、破戒《はかい》していく場面である。

無垢な少年の魂を持つ者が、初めて女性《にょしょう》の肉体に触れ、阿鼻《あび》地獄へ堕《お》ちていくその様を演じなければならない。

團十郎は舞台の上手《かみて》下手《しもて》に鋭い目線を向けてから、大きく見得を切った。

「落ちても、こけても、のめっても、だんないだんない――」

突如、場内がざわついた。それと同時に、大勢の男たちが花道に駆け上がってきた。

どうした、と團十郎は袖にいた黒子《くろこ》に囁《ささや》いた。奉行所の目明かしです、と叫んだ黒子に飛びかかっていった男が、逆手《さかて》を取って縄をかけた。

何が起きているのかわからないまま立ち往生していた團十郎の腕を、左右から四本の手が摑《つか》んだ。

そこまで、と甲高《かんだか》い男の声が響いた。

「七代目市川團十郎、おとなしくお縄につけ。逆《さか》らうことは許さぬ」

誰だ、と叫んだ團十郎の前に、小さな影が姿を現した。蛇のように尖った口から、真っ赤な舌が覗いていた。

「南町奉行、鳥居燿蔵である。市川團十郎、幕府の御沙汰《ごさた》により、奢侈贅沢《しゃしぜいたく》は厳禁とされている。知らぬとは言わせぬぞ」

放せ、と團十郎は腕を払ったが、二人の捕吏《ほり》にかなうはずもない。あっという間に引きずり倒され、後ろ手に縛り上げられた。

「その衣装、舞台の派手さ、何もかもが禁令に反している。今まではお目こぼしもあったが、もう許しておくわけにはいかぬ」

なぜだ、と舞台に顔を押し付けられたまま、團十郎は叫んだ。

「なぜおれが？　江戸一の歌舞伎役者、市川團十郎だぞ！」

しゃがみ込んだ鳥居が、だからこそよ、と耳元で囁いた。

「人気があって結構だな。だが、お前を捕縛すれば、誰もが幕府の威光を知るであろう。それこそが我らの狙い」

見せしめってことかと怒鳴《どな》った團十郎に、馬鹿な役者風情に何がわかる、と唾を吐きかけた鳥居が、引っ立てろと命じた。

抵抗したが、捕吏に腹を殴《なぐ》られ、息が詰まったところを舞台から引きずり下ろされた。畜生と叫んだが、蹴《け》り倒されただけだった。

数日後、手鎖五十日、江戸十里四方所払いの処分をお白州で言い渡された。

手鎖は刑罰として比較的軽い部類に入る。体の前で手錠《てじょう》を嵌《は》められ、一定期間自宅で謹慎《きんしん》するだけである。

罰だった。
だが、江戸十里四方所払いの処分は、歌舞伎役者にとってこれ以上ないほど重い

天保年間、江戸で歌舞伎を演じることができたのは中村座、市川座、森田座の三座だけである。所払いを受けた團十郎は、その舞台に立つことができない。役者生命を絶たれたも同然である。

それでも役者を続けるのであれば、京都、あるいは大坂へ行くしかない。だが、生粋《きっすい》の江戸っ子である團十郎にとって、それは都落ち以外の何物でもなかった。

五十日の手鎖が終わると、團十郎はひとまず下総国《しもうさ》（千葉県）成田山新勝寺《なりたさんしんしょうじ》に身を寄せた。初代市川團十郎が成田不動に帰依《きえ》して以来、市川家と新勝寺には深い繋《つな》がりがあった。

一説によれば、戦国期から安土桃山時代を通じ、廃寺同様になっていた新勝寺が、名蹟《みょうせき》再興のため江戸市中で出開帳《でがいちょう》を行ない、その際、初代團十郎に不動明王が登場する芝居を上演するよう依頼したことが、親交を深くするきっかけだったという。

その後、初代團十郎は〝成田屋〟の屋号を名乗るようになり、これは現在も続いている。新勝寺が團十郎を受け入れたのは、その関係があったためだ。

とりあえず落ち着いたものの、しばらくの間は何をする気にもなれなかった。一

人だけでは歌舞伎も何もないし、新勝寺には舞台もなければ客もいないのである。

由緒《ゆいしょ》ある歌舞伎の名家市川家に生まれ育った團十郎にできることは、芝居以外何もなかった。再起を期して下総を離れ、上方《かみがた》へ向かったのは三月後《みつき》のことである。

もともと歌舞伎は高名な出雲阿国《いずものおくに》に始まり、その活動拠点が上方だったため、盛んになったのは京都、大坂だが、享保《きょうほう》年間以降、江戸で隆盛《りゅうせい》を極めることとなった。

團十郎はその江戸で人気を誇る、当代一の名人である。勇《いさ》んで京都、そして大坂を回ったが、悪評ばかりが立つこととなった。

江戸と上方では、観客の好みが違う。初代團十郎が開いた荒事の要素が強い江戸歌舞伎と、人の心に焦点を当てた和事《わごと》に人気のある上方では、すべてが正反対と言っていい。

そのため江戸一の歌舞伎役者七代目團十郎といえども、京都、大坂では人気を得られなかったのである。やむなく上方を離れ、各地の城下町の芝居小屋を回り、舞台に立つことを決めた。

市川團十郎の看板は大きく、名前だけで客が集まったが、いわゆるどさ回りである。やる気を失った團十郎は酒色《しゅしょく》に溺《おぼ》れ、芸は見る間に荒れていった。

享保期以降、芝居小屋には屋根がつくようになり、複雑な舞台装置の設置が可能になった。回り舞台も、この頃造られている。

〝せり〟が設けられ、見せ場では舞台の下から役者が上がってきたり、宙乗りなど曲芸の要素が採り入れられるようになったのもこの時期である。あるいは花道そのものを演技の場にするなど、演出についてもそれまでと比べて空間的、立体的な変化があった。

團十郎は初代が創始した荒事を得意とし、豪快な演技がその持ち味である。派手に見得を切り、舞台上を飛び回り、時には二間《けん》（約三・六メートル）も飛び上がり、また宙を飛翔《ひしょう》することもあった。

だが、そのためには特殊な装置が必要で、江戸、京都、大坂のような大都市以外の地方の芝居小屋で荒事を演じることはできなかった。それでは團十郎としても、真価を発揮するのが難しくなる。

市川團十郎が出演すると聞きつけ、数多くの観客が芝居小屋に押し寄せたが、すぐに「評判倒れ」「面白くない」と去っていった。

團十郎の演技のせいというより、荒事を演じることができない事情があるのだが、客にそれがわかるはずもない。

客を呼べない主役は惨《みじ》めである。どこへ行っても歓迎されるのは最初だけで、すぐお払い箱になった。

その後も一年以上各地を転々とし、土地柄や客層に合わせた演目を演じ続けたが、何をしても客は入らなかった。

自棄《やけ》になって喧嘩を繰り返すなど、素行《そこう》の悪さも足を引っ張り、ついには誰からも相手にされなくなった。

人気も名声も芸も失った團十郎に残されたのは、自分を地獄に落とした南町奉行、鳥居耀蔵への恨みだけである。鳥居を殺すと決めたのは、二月《ふたつき》前のことだ。

とはいえ、江戸十里四方所払いの身である。まず新勝寺に戻り、僧に紛《まぎ》れて江戸に向かった。

江戸期、僧侶は法外の身とされていたので、さほど怪しまれることなく江戸に入ることができた。

奉行所を見張り、身辺を調べ、油断があればいつでも殺す覚悟でいたが、用心深い鳥居に隙はなく、身辺を警護する者も常に十人以上いた。

役者である團十郎に、武芸の心得はない。十人、二十人の護衛を打ち破り、鳥居を斬り殺すことなどできるはずもないのは、誰よりも自分が一番よくわかっていた。

だが、見張っているうちに、市中見回りのため奉行所を出る時だけは警戒が緩《ゆる》むことがわかった。それからひと月の間、毎日機会を窺《うかが》っていたが、つきのない團十郎に運が巡ってくることはなかった。

そもそも奉行所前の通りは人の往来が多いので、それが邪魔になるということもあった。

だが、今日は朝から小雨が降っており、人通りがほとんどなかった。今こそと覚悟を決め、短刀を手に飛び出そうとしたところを鶴松に邪魔立てされ、機を逸《いっ》してしまった。

気づくと、團十郎は泣いていた。悔しさのあまり、何度も畳を拳で叩き、喚《わめ》き続けたが、自分でも何を言っているのかわからなかった。

四

お茶でも飲みなよ、とお葉が大ぶりの湯呑みを畳に置いた。三畳間に三人で座っているため、それでなくても狭い部屋がますます狭くなっていたが、お葉の動きはきびきびしており、舞いを観ているようだった。

「まったく、大の大人が泣いたり喚いたり、みっともないったらありゃしない」

うるせえと怒鳴った團十郎に、声を抑えてください、と鶴松が首を振った。

裏長屋には薄い壁があるだけで、両隣にも住人がいる。大声を出せば迷惑になる、と言いたいのだろう。

「もう一度言いますが、あなたに鳥居を殺すことはできません。七代目は江戸一の歌舞伎役者ですし、荒事を演じれば初代以上でしょう。ですが、それは舞台の上での話です。これでは鳥居に傷ひとつ負わせられません」

帯に差していた短刀を、鶴松が畳に置いた。返せ馬鹿野郎、と素早く拾い上げて、團十郎は立ち上がった。

「どこへ行くのさ」

お葉の問いに、鳥居を殺しに行くんだよ、と頰を歪《ゆが》めて笑うと、なるほど女性《にょしょう》に人気があるはずです、と鶴松が感心したようにうなずいた。

「それだけ凄《すご》みのある顔をされたら、誰でもあなたの虜《とりこ》になるでしょうね……七代目、まずはわたしの話を聞いてもらえませんか？　それでも鳥居を殺すと言うのなら、止め立てはいたしません。とりあえず座ってください。鳥居を殺しに行くのは、話を聞いてからでも遅くはないはずです」

團十郎は布団の上に胡座をかき、湯吞みの茶を一気に飲み干した。

「わかったよ、話とやらを聞こうじゃねえか。その前にこっちも聞きてえことがある。おめえは何者なんだ？　どうしておれの邪魔をしやがった？」

腹の立つ野郎だと睨《にら》みつけると、ただの浪人《ろうにん》ですと鶴松が微笑んだ。

「江戸っ子だとぬかしてやがったな。てことは旗本《はたもと》か御家人《ごけにん》か……矢部と言ったな？　どっかで聞いたことがあるような気がするが、思い出せねえ」

「矢部定謙《さだのり》の名に、聞き覚えはありませんか」

矢部定謙、と團十郎はつぶやいた。

「まさか……謀反《むほん》の罪で罷免《ひめん》された前の南町奉行のことか？」

罷免されたのはその通りですが、謀反の罪は犯しておりませぬ、と鶴松が居住まいを正した。

「わたしは定謙の子です。血は繫がっていませんが。養父《ちち》は謀反を企《たくら》むような人ではありません。すべては濡《ぬ》れ衣《ぎぬ》、鳥居耀蔵の讒言《ざんげん》により、南町奉行の職を解かれたのです。その後任となったのは鳥居本人。妙な話だとは思いませんか？」

講談師みてえに舌が回りやがる、と團十郎は薄笑いを浮かべた。

「いったいどういうことだ？　話の筋が見えねえ」

すべての始まりは老中水野忠邦《ただくに》による此度《こたび》の改革です、と鶴松が言った。茶をくれ、と團十郎は湯呑みを突き出した。

「長《なげ》え話になりそうだ。じっくり聞かせてもらおうじゃねえか」

偉そうに、と形のいい唇を尖らせたお葉が土瓶《どびん》から茶を注《つ》いだ。

老中水野忠邦による天保の改革とは、享保、寛政《かんせい》に並ぶ江戸期三大改革のひとつである。

＊　＊　＊

徳川家康が開いた江戸幕府の経済政策は、重農主義であった。商業経済が成熟していなかったため、米を経済の中心にすることで、経済の安定を図ったのである。

江戸初期において、この政策は十分に機能していたが、綻《ほころ》びが生じるようになったのは、五代将軍綱吉《つなよし》の治世期だった。

長い戦乱の世が終わり、太平の時代が続くと、商業が盛んになるのは必然である。そのため現実の経済は農業中心から商業中心へと変化していったが、幕藩体制の礎《いしずえ》はあくまでも年貢《ねんぐ》の米であり、その矛盾《むじゅん》が綱吉の時代になって噴き出してきたのである。

大胆な経済政策の見直しが必要だったが、幕府は無策同然であり、そのため財政は疲弊《ひへい》していくこととなった。その立て直しを図ったのが、享保、寛政、天保の三大改革である。

いずれも倹約と増税がその二本柱だったが、特に厳しい緊縮財政が敷かれたのが、天保十二年（一八四一）に始まった改革であった。

天明《てんめい》七年（一七八七）、十一代将軍徳川家斉《いえなり》が十五歳で将軍の座に就いたが、既に幕府の財政は破綻《はたん》寸前だった。

家斉がまだ若年《じゃくねん》であったため、老中首座松平定信《まつだいらさだのぶ》を中心に実施されたのが、寛政の改革である。

だが、厳しい倹約主義に内外から批判が起こり、寛政五年（一七九三）、家斉自らが定信を解任することで、寛政の改革はなし崩しの内に終わった。

それまでの反動もあり、家斉は豪奢《ごうしゃ》な暮らしを送るようになり、幕臣、多くの大名もそれにならった。

そのため、幕府財政はほぼ破産状態に追い込まれ、老中をはじめとする幕府官僚たちの間で賄賂《わいろ》や綱紀《こうき》の乱れが横行するようになった。

幕府の権威は失墜し、腐敗する一方の幕閣に対する批判が高まる中、天保四年（一八三三）の大凶作によって飢饉《ききん》が起きた。世に言う天保の大飢饉である。

江戸四大飢饉のひとつに数えられるほど多数の餓死者が出たため、幕府は江戸市中二十一箇所に御救《おすくい》小屋を設置したが、焼け石に水であった。

米価急騰《きゅうとう》のため各地で農民一揆が頻発《ひんぱつ》し、天保八年（一八三七）二月には大坂で大塩平八郎《おおしおへいはちろう》の乱、同年六月には生田万《いくたよろず》の乱が起きた。

この状況を憂《うれ》えたのが、寺社奉行、京都所司代《しょしだい》を経て西丸《にしのまる》老中を務めていた水野忠邦である。天保十二年、大御所として幕政の実権を握っていた家斉の死去と同時に、水野は天保の改革に着手する。

まず人事の刷新を図り、気鋭の若手官僚団を組織した。主な名前を挙げると、遠山景元《かげもと》、矢部定謙、岡本正成《まさなり》、鳥居耀蔵、渋川敬直《しぶかわひろなお》などである。

前将軍家斉が政治の実権を握っていた文化文政《ぶんかぶんせい》時代は、享楽《きょうらく》的な町人文化の全盛期でもあった。富裕な商人の方が武士より力を持つようになり、彼らが好む黄表紙《きびょうし》、滑稽本《こっけいぼん》、人情本などが流行した。

また、印刷技術の向上により多色刷りの版画の制作が可能になったため、当時は錦絵と呼ばれた浮世絵が人気を呼んだ。歌舞伎や浄瑠璃《じょうるり》などが大衆娯楽として浸透していったのも、この時期である。

暮らしに余裕ができた商人を中心とする町人が娯楽を求めるようになったのは、自然な流れだったが、その波に乗ることができなかった武士の多くが、これを不快に感じていた。

家斉の死後、その反動として水野が天保の改革を始めた背景には、暮らしを楽しむ庶民に対する武士たちの感情的な反発があったのは事実である。

江戸町奉行の遠山景元、矢部定謙を通じ、華美な祭礼や贅沢をことごとく禁ずると、江戸市中に布告した。あまりにも厳しいその内容に、遠山と矢部は禁令の見直しを意見具申したが、水野はこれを却下し、更《さら》に奢侈《しやし》禁止令を強化した。

異様な執拗さだが、水野にはすべての町人が悪に見えていたのであろう。

綱紀粛正のため、倹約令を発布し、同時に風俗取り締まりを行なった。特に庶民の娯楽への弾圧は激しかった。

水野忠邦は優秀な官僚だが、人心を解することがなかったと後に評されたのは、そのためである。庶民が暮らしに歓《よろこ》びを見出《みいだ》すことなど、あってはならないというのが水野の信念であった。

水野が弾圧を加えたのは、落語、寄席《よせ》、読本《よみほん》、歌舞伎など、当時の代表的な娯楽に対してである。

三百軒近くあった寄席のほとんどを廃業させ、為永春水《ためながしゆんすい》、柳亭種彦《りゆうていたねひこ》など読本作家の本は発刊を禁止し、禁書処分にした。

歌舞伎に関しては特に厳しく、芝居小屋を浅草へ移転させたことに始まり、役者の生活そのものまで規制した。町人との交際を禁じ、居住地も限定したほどである。

水野は歌舞伎の廃絶まで考えていたと伝えられるが、北町奉行遠山景元の強い反対に、やむなく存続を許可した。ただし、そのために遠山は天保十四年二月に北町奉行から大目付《おおめつけ》に棚上げされ、権限を失うこととなった。

天保の改革に対し、遠山より強く反対していた南町奉行矢部定謙への処遇は、更に苛烈《かれつ》であった。矢部は天保四年、大坂西町奉行を務めていたが、この時期配下にいた与力の大塩平八郎と天保の大飢饉への対策について、話し合いを持った。だが議論が噛《か》み合わず、大塩は辞職を余儀なくされた。

四年後の天保八年、大塩は自ら乱を起こし、幕政の非道を訴え、自決するに至るが、矢部はその直前、勘定《かんじょう》奉行に就任しており、大塩平八郎の乱とは無関係だった。

だが、天保の改革への批判を繰り返していたために水野の怒りを買い、天保十二年十二月、大塩の乱に関与していたことを理由に、南町奉行の座を追われることとなった。

この時、定謙と大塩の結託《けったく》を示す文書が証拠として採用されたが、すべて捏造《ねつぞう》されたものだった。偽の文書や証言を揃えたのは、水野の側近である鳥居耀蔵である。

定謙は冤罪《えんざい》を訴えたが、これを裁いたのは後任の南町奉行の鳥居で、認められるはずもなかった。訴えは握り潰《つぶ》され、鳥居の命により翌天保十三年（一八四二）、伊勢桑名《くわな》藩預かりとなった定謙は、罪人としての扱いへの抗議として、同年七月、切腹して果てていた。

＊　＊　＊

「おめえの親父《おやじ》さんが矢部定謙ってわけか」

大きく息を吐いた團十郎に、そうです、とだけ鶴松が答えた。

だったらおれの気持ちもわかるだろう、と團十郎は懐から取り出した煙管《キセル》に煙草《たばこ》の葉を詰めて火をつけた。

「何が天保の改革だ。水野も鳥居も、歌舞伎役者や噺家《はなしか》、読本作家が嫌いなだけじゃねえか。あいつらは町人が笑うことさえ、許すつもりがねえんだ。人としての心を捨てろ、泣くことも笑うことも許さねえ、ただ幕府に仕える下僕《げぼく》でありゃあいいんだってな。浮き草稼業の歌舞伎役者のことなんざ、虫けら以下だと思っていやがる。ふざけんじゃねえ、一寸の虫にも五分の魂と言うだろうが。踏み付けられて、黙っていられるかってんだ」

「だから鳥居を殺すと？」

当ったり前《めえ》よ、と團十郎は大きな鼻をこすった。決め台詞《ぜりふ》を言う時の癖である。

「おれたちだけじゃねえぞ。役者や噺家苛《いじ》めが一段落ついたら、あいつらは人の心を潰しにかかる。そんな外道《げどう》を許しておくわけにゃいかねえよ」

威勢がいいねと手を叩いたお葉を、團十郎は鋭い目で睨みつけた。目が大きいだけに、迫力があった。

「おれは七代目市川團十郎、てめえで言うのも面映《おもは》ゆいが、江戸一の歌舞伎役者だった。おれにとって、芝居がすべてよ。そいつを奪われたんだぞ？　殺されたも同然だ。鳥居を殺したって、罰《ばち》は当たらねえ」

ですが、あなたは生きています、と鶴松が涼やかな声で言った。

「殺すつもりは、鳥居にもなかったでしょう。それなのに、あなたがあの男の命を奪うというのは、不公平ではありませんか」

おれだって死ぬつもりだよ、と團十郎は拳を握った。

「鳥居を殺すのが難しいことぐらい、わかってるさ。だが、死ぬ気でやりゃあ、できねえはずがない。いいか、二度と邪魔立てするんじゃねえぞ」

あなたの命はそんなに軽くありません、と鶴松が團十郎を見つめた。

「鳥居のような男と比べること自体、間違っています。鳥居を殺せたとしても、あなたが死んだのでは、差し引き勘定は大赤字です」

浪人とはいえ、おめえも侍だろう、と團十郎は吐き捨てた。

「商人《あきんど》みてえなことを言ってやがるが、銭儲《ぜにもう》けの話じゃねえんだ。男には意地ってものがある。おめえにはねえのか？　親父を殺されて、腹も立たねえか？　そんな腰抜け野郎に用はねえ」

わたしの命も軽くありません、と鶴松が笑《え》みを浮かべた。

「鳥居のような腐った性根《しょうね》の妖怪と、一緒にされては困ります。あの男の命には、一文の価値もないのです。恨みを晴らしたいのであれば、力を貸してくれませんか」

何を言ってやがると怒鳴った團十郎の肩を、鶴松が摑んだ。痩《や》せているが、見かけによらず力は強かった。

「七代目を待っている者が、江戸中に大勢います。もう一度あなたの舞台を観たいと願っている者たちで、わたしもその一人です。天から与えられた才を、自分勝手な都合で捨てることなど、許されるはずがありません。はっきり言えば、あなたを死なせたくないのです」

何なんだおめえは、と團十郎は鶴松の腕を払った。

「ずいぶん偉そうだな。坊主みてえなことをぬかしやがって……おい、どうした。泣いてやがんのか？　妙な野郎だ。それでも侍か？」

洟《はな》をすすった鶴松が、わたしは人が死ぬのが大嫌いなんですと言った。それが鳥居でもかと尋ねた團十郎に、我ながら情けないですと鶴松が肩を落とした。

「てめえの親父を自害させた野郎だぞ。憎いと思わねえのか？」

憎いに決まってるでしょう、と目元を拭《ぬぐ》った鶴松が目を見開いた。

「矢部家を改易《かいえき》にし、わたしを浪人にした男です。どれほど憎んでも憎み足りません。ですが、殺してしまえばわたしも妖怪になってしまいます。人の心を失いたくありません。七代目だってそうでしょう？」

変わった野郎だ、と團十郎は改めて目の前の男を見つめた。若いくせに老成したことを言うかと思えば、初めて会った團十郎を死なせたくないと涙を流して訴える。

やっぱり童子だ、とつぶやきが漏れた。鳴神上人どころではない。純粋無垢《むく》なだけではなく、強い慈悲の心を持っている。養父を死に追いやった鳥居のことさえ赦《ゆる》すというのは、尋常ではないだろう。

話が逸《そ》れましたね、と鶴松が照れ笑いを浮かべた。

「七代目、あなたをここへ連れてきた訳をお話ししましょう」

聞こうじゃねえか、と胡座を組み替えた。わたしは養父《ちち》を鳥居に殺されました、と鶴松が言った。

「あなたは歌舞伎役者としての命を奪われています。つまり、わたしたちは大切なものを失った者同士。そうであれば、するべきことはひとつ、仇討《あだう》ちしかありません」

「だからはなからそう言ってるじゃねえか。『仮名手本忠臣蔵《かなでほんちゅうしんぐら》』だよ」

討ち入ろうじゃねえか、と團十郎は短刀を鞘《さや》から抜いた。ゆっくりと鶴松が首を振った。

「巷間《こうかん》言われているように、鳥居という男は妖怪です。人としての心を失った化け物ですが、それでも命は命です。それに、命を奪ったところで、あの男は何とも思わないでしょう。何しろ妖怪ですからね」

「じゃあ、どうするっていうんだ？」

あの男から奪うべき物はこれです、と鶴松が懐の銭を畳に放った。

「鳥居が人の心を失い、妖怪になったのは金への妄執《もうしゅう》のためです。七代目、あの男の金を奪いませんか？」

「金……？　意味がわからねえ」

あの男のことはよく知っているつもりです、と鶴松がうなずいた。

「鳥居は讒言によって養父から奉行の職を奪いましたが、これには訳があります。あの男は天保五年（一八三四）、中奥番《なかおくばん》から徒頭《かちがしら》となり、その後四年の間に西丸目付、目付へと昇進しています。賄賂を使ったとしても、異例と言っていい早さです。不審に思った養父が、どんな悪事を働いているのかを調べ始めたことに気づいたため、先手を打って養父に謀反の濡れ衣を着せ、町奉行の職を奪い、それだけでは飽き足らず矢部家を改易としたのです。そうするしかなかった、ということかもしれません。鳥居の悪事が明らかになれば、間違いなく死罪になっていたでしょうからね。己の身を守るためなら、どんな非道なことでもする。あれはそういう男です」

　鳥居は何をしてやがったんだ、と團十郎は顔を上げた。

「どんな悪行三昧《ざんまい》か知らねえが、証拠があるのか？　おめえの親父はどうして野郎を捕らえなかったんだ？」

　養父は町奉行としての手順を踏み、証拠を揃えた後に鳥居を捕縛しようと考えていました、と鶴松が顔をしかめた。

「真面目《まじめ》だけが取り柄《え》のような人でしたからね。その点、鳥居は違います。手段を選ぶような男ではありません。偽の証人を立て、文書を偽造することなど、朝飯前にやってのけます。残念ながら、その辺りは養父より一枚も二枚も上です」

　それでも調べは始めていたんだろう、と團十郎は言った。

「だったら、何かしらの証拠は残ってたんじゃねえのか？」

　養父が捕縛されたあの日、と鶴松が目をつぶった。

「与力、同心、目明かし、その他大勢の者が屋敷を壊しかねない勢いで家捜《やさが》しして、すべてを運び去っていきました。養父が調べていた書状の類《たぐい》は、とっくに処分したでしょう」

それじゃどうにもならねえと言った團十郎に、ここに残っています、と鶴松がこめかみを指でつついた。

「さっきも言いましたが、養父は糞《くそ》がつくほど真面目な人でしたから、息子のわたしにも鳥居の件は一切話しませんでした。ただ、奉行所内の屋敷で一緒に暮らしていたんです。何かが起きていること、相手が相当な大物であることぐらいは、顔を見ればわかりますよ。確たる証拠がなければ動けない相手となれば、老中水野様の側近中の側近、鳥居耀蔵しかいません。ただ、それ以上のことは何もわからないまま、養父は亡くなりました」

おめえのおつむりはどうなってるんだ、と團十郎は首を傾《かし》げた。

「そこに鳥居が何をしたか、入ってると言ったばかりじゃねえか」

養父は自ら腹を切りましたが、遺体は桑名に葬られました、と鶴松が茶をひと口飲んだ。

「ただ、遺髪と遺品だけはわたしの元に戻ってきました。遺髪の髷《まげ》の髻《もとどり》に、鳥居が何をしていたか、細かい文字が記された手紙が結んであったのです。鳥居は癇《かん》性《しょう》で、異常に潔癖なたちですから、不浄《ふじょう》であると遺髪には触れませんでした。そのため、髻の手紙には気づかなかったのです」

聞かせてもらおう、と團十郎は鶴松の顔を覗き込んだ。

「鳥居の野郎は何をしてやがったんだ？」

陰富《かげとみ》です、と鶴松が低い声で答えた。

「陰富？」

お葉さん、と鶴松が自分の湯呑みを指した。

「すみません、もう一杯茶をいただけますか」

立ち上がったお葉が、水を汲《く》みに土間へ降りて行った。陰富、と團十郎は腕を組んだ。

＊　＊　＊

富籤《とみくじ》の歴史は古い。

紀元前一八〇年前後、漢の張良《ちょうりょう》が万里の長城建設に当たり、資金を富籤の販売によって集めたのが、その始まりと言われている。

古代ローマでもジュリアス・シーザーが富籤を販売し、その利益を市街地の再開発に充《あ》てたとされるが、一攫千金《いっかくせんきん》の夢がかなうため、古来より洋の東西を問わず、庶民からの人気は高かった。

日本においては平安期に賭博《とばく》の一種として始まり、その後、上方を中心に富籤興行が開かれていたが、盛んになったのは江戸時代に入ってからであった。

もともと富籤は賭博行為であり、現在の法律でも富籤（宝くじ）は賭博に分類されている。平安期以降も、時の為政者《いせいしゃ》は富籤を博奕《ばくち》と規定し、富籤興行を禁止していた。

徳川家康が幕府を開いてからもそれは同じで、三代将軍家光《いえみつ》の治世期に京都での富籤興行が罰せられ、元禄《げんろく》五年（一六九二）の町触《まちぶ》れには、富籤禁止の条文が出された。町触れとは町人に対する法令である。

だが、五代将軍綱吉の頃から、幕府の財政は傾き始めていた。仏教に深く帰依《きえ》していた家康は宗派にかかわらず寺社を保護し、寺領《じりょう》を与えており、古刹《こさつ》の修理、修復も幕府が援助していたが、それが困難になったため、寺社の側も自助策を講じなければならなくなった。

多くの寺社から、富籤興行の収益で建物や本尊の修復を行ないたいという請願が起こったのは、そのためである。

享保十五年（一七三〇）、八代将軍徳川吉宗《よしむね》は、寺社を勧進元《かんじんもと》とした富籤興行の認可の検討を幕閣に命じた。幕府の財政難は、そこまで深刻な状態に陥《おちい》っていたのである。

同年、仁和寺《にんなじ》門跡修復の名目による富籤興行を護国寺《ごこくじ》で開いたところ、それまで禁止されていたこともあり、庶民の間で爆発的な人気を呼ぶこととなった。

護国寺も富籤興行の収益から冥加金《みょうがきん》（税金）を支払ったため、幕府は全国の寺社に対し、寺社奉行管轄《かんかつ》の下《もと》、富籤興行の開催を許可するようになる。

ただし、富籤興行には多くの制約があった。富札の販売を寺社内に限るとしたのも、そのひとつである。

現在のように、宝くじ販売所が至るところにあるわけではない。富札を購入するためには、富籤興行が開かれる寺まで出向かなければならなかった。

現代に置き換えて言えば、護国寺は東京都文京区大塚にある。仮に新宿に住んでいる者が富籤を買おうとすると、一時間以上かけて約五キロ（一里強）を歩かなければならない。もし八王子から行くとなると、約三十九キロ（約十里）、八時間の道程である。

しかも、富籤の当籤《とうせん》発表は寺社境内で行なわれ、当籤者は寺社内にいなければならないという規則もあった。購入時と当籤番号発表時の二回、寺まで足を運ばなければならないのは、庶民にとって大きな負担である。そのために生まれたのが「陰富」だった。

陰富とは、現在で言うノミ賭博である。実際に寺社で富籤興行が開かれる際、それに合わせて胴元《どうもと》が非合法の富札を私的に販売し、購入者は自分が選んだ富札の番号と枚数を胴元に伝え、その金額を支払うという単純なシステムであった。いちいち寺社へ行かずとも、富札の番号を言って購入金額を支払えば、それですべて済むという利便性が受け、正式な富札の販売額より、陰富に投じられる金額の方が遥《はる》かに多くなったほどである。

胴元の側も、自ら賭場《とば》を開く必要がなく、実際の富籤興行の当たり札に合わせて当籤者に賞金を支払うだけでいい。稼働《かどう》人数もごく少数で済むので、これほど利益率の高い博奕はなかった。

現代において宝くじの当籤確率は、例えば二〇一八年の年末ジャンボ宝くじの場合、販売枚数四億八千万枚、一億円が当たる一等は二十四本、つまり約二千万分の一である。

単純に江戸時代の富籤と比較することはできないが、当籤確率が非常に低いのは同じで、胴元にとって、損金が出るリスクはほとんどなかった。

当初、胴元となったのは地回りのヤクザが主だったが、後には歴《れっき》とした武士が陰富を手掛けるようになり、ついには御三家のひとつである水戸藩までが、藩ぐるみで陰富興行を運営したほどである（それを知って水戸藩を強請《ゆす》ったのが、有名な悪僧、河内山宗春《こうちやまそうしゅん》で、この事件は河竹黙阿弥《かわたけもくあみ》が歌舞伎の演目として書き下ろし、明治十四年〈一八八一〉に初演）。

富籤は幕府が認可する公営ギャンブルだが、陰富は違法である。寺社奉行が管轄する公認の富籤興行は、勧進元の寺社から冥加金を徴収できるが、陰富の胴元が幕府に税金を納めるはずもなかった。陰富の方が人気が高いというのでは、何のために富籤興行を認可しているのかわからない。

そのため、幕府は町奉行に胴元の摘発《てきはつ》を命じたが、捕まるのは末端《まったん》のヤクザ者だけで、胴元《よご》にまでは手が届かないのが実情だった。今も昔も、本当の悪人は自らの手を汚さないものである。

＊　　＊　　＊

おめえが言いたいのは、と團十郎は口元を拭った。

「鳥居の野郎が陰富の胴元ってことか」

そうですとうなずいた鶴松に、馬鹿なことを言いやがる、とこめかみを人差し指で叩いた。

「おつむりは大丈夫か？　奴は町奉行だぞ。陰富の胴元を捕らえる側じゃねえか。そんな野郎が陰富を仕切ってるなんて、あるはずないだろうが」

だからこそ、鳥居は町奉行にならなければならなかったのです、と鶴松が落ち着いた表情で言った。

「町奉行は陰富を取り締まる立場ですが、江戸の町で陰富を行なっているヤクザ者は何百、何千といます。誰に目をつけ、誰を調べ、誰をお縄にするかは町奉行の腹ひとつ。そして町奉行自らが胴元として陰富の賭場を開けば、取り調べることは誰にもできません。鳥居が養父に濡れ衣を着せ、町奉行の職を奪ったのは、己の身を守るためでしたが、更に重要だったのは、自らが養父に代わって町奉行になることでした。陰富の賭場を開くに当たって、それが最も安全だとあの男は知っていたのです」

理屈はわからねえでもねえが、と團十郎は足を投げ出した。

「そんな汚《きたね》え話があるか？　武士の風上にも置けねえどころか、人として屑《くず》以下じゃねえか」

鳥居とはそういう男です、と鶴松が言った。隣りに座っていたお葉が深くうなずいた。

養父定謙の遺した手紙によれば、鳥居が陰富に手を出すようになったのは十年ほど前です、と鶴松が懐から取り出した帳面を開いた。

「手紙といっても、鼻紙ほどの大きさしかありませんでしたから、詳しい事情までは書いてありませんでしたが、それを元に調べてみたところ、この十年で異例の出世を遂げていることがわかったのは、先に話した通りです。普通に考えればあり得ないことですが――」

こいつを使ったか、と團十郎は指で丸を作った。間違いありません、と鶴松がうなずいた。

「去年まで老中頭《がしら》だった水野忠邦、そして幕閣がこぞって鳥居を押し立てたのは、多額の賄賂を受け取ったからです」

幕府は腐ってやがるなあ、と團十郎は総髪の頭を掻《か》いた。

「地獄の沙汰も金次第、賄賂を摑ませられりゃあ、妖怪でも化け物でも町奉行に取り立てるってわけだ」

鳥居は幕府の儒学者、林家の三男ですが、二十五歳の時、旗本の鳥居家の養子になっています、と鶴松が帳面をめくった。

「多くの旗本が借金だらけなのは、七代目もご存じでしょう。鳥居家は二千五百石取りですから、容儀《ようぎ》も整えなければなりません。台所は苦しかったはずです。鳥居が出世のために使った賄賂の総額は不明ですが、数万両を超えていただろうと養父は書き残していました。二千五百石取りの旗本に、そんな大金を用意することなど、できるはずもありません。陰富の胴元を務めていれば、話は別ですが」

他に手はなかっただろうな、と團十郎は大きな顔を振った。

「だが、今さら遅《おせ》えよ。鳥居は町奉行になっちまった。陰富を取り締まる立場にある者が、てめえで陰富の胴元をやっているとなりゃあ、訴えたってどうにもならねえ。誰が南町奉行をお縄にすると？　公方様《くぼう》だってできるかどうか、怪しいもんだ」

江戸幕府には奉行と名のつく職が多い。主なものだけでも、寺社奉行、勘定奉行、道中奉行、遠国《おんごく》奉行、作事奉行、普請《ふしん》奉行など、小さな役職まで含めると数え切れないほどである。

その中でも町奉行は寺社奉行、勘定奉行と並び、三奉行と称される重要な役職であった。寺社奉行は譜代《ふだい》大名から任命されるのが通例であったため、格こそ上だったが、実際には行政、司法担当官の町奉行の方が立場として重く、旗本が就く役職としても最高位だった。将軍でさえ迂闊《うかつ》に手を出せないというのも、決して大袈裟《おおげさ》な話ではない。

「あとは評定所《ひょうじょうしょ》に訴え出るしかねえが、中心になっているのは町奉行だ。訴えたところで、握り潰されるのが落ちだろうな」

幕府評定所は江戸城外の辰《たつ》の口にあり、幕府の重要事項や大名、旗本の詮議《せんぎ》を司《つかさど》る機関である。町奉行、寺社奉行、勘定奉行と老中一名、加えて大目付と目付によって構成されるが、最も権限が強いのは町奉行であった。

「それとも、江戸城の十二代将軍、家慶《いえよし》様に直訴《じきそ》でもするか?」馬鹿馬鹿しい、と團十郎は大きな口を曲げた。「そんなことをしたら、その場で首を刎《は》ねられて終わりよ。鳥居に勝てる目はねえ。わかっただろ、奴を殺すしか、おれたちにできることはねえんだ」

そんなことをしても何にもなりません、と鶴松が言った。

「あの男を殺したところで、養父は戻ってきません。七代目にしたって同じでしょう。舞台に立ってこその市川團十郎です。小塚原《こづかっぱら》刑場の露《つゆ》となったところで、誰も喜びませんよ」

それじゃどうするつもりだ、と團十郎は鶴松を見上げた。

「何をしようっていうんだ? 何を企んでいやがる?」

出ませんか、と鶴松が微笑んだ。沁《し》みるような笑顔である。ひとつ手鼻をかんでから、團十郎は腰を上げた。

立ち上がった拍子に、鶴松の足が湯呑みに当たり、入っていた茶がこぼれた。いつもこれなんだから、とお葉が手拭で古畳を拭《ふ》き始めた。

「気をつけてって言ってるじゃないか。鶴松さんはどこか抜けてるんだよね。頼りないったらないよ」

すいません、と二度繰り返した鶴松が、逃げるように外へ飛び出して行った。情けねえ野郎だとつぶやいて、團十郎はその後に続いた。

五

表に出ると、空に厚い雲がかかっていた。何時《なんどき》だと尋ねると、酉《とり》の上刻《じょうこく》（午後五時頃）です、と鶴松が答えた。

奉行所で鳥居を襲う寸前、鶴松に止められたのが昼七つ申の刻（午後四時頃）だから、気を失っていたのはそれほど長い時間ではなかったのだろう。

陽が暮れかけていた。寒いな、と團十郎は懐に手を突っ込んだ。

「ここは……神田《かんだ》か？」

辺りの風景に見覚えがあった。遠くに見えるのは柳原《やなぎはら》土手だろう。背の高い柳の枝が風に揺れていた。

江戸の名所として、歌川広重《うたがわひろしげ》が描いたこともあるその土手に背を向けて、鶴松が歩を進めた。どこへ行くんだと聞いたが、ついてきてくださいと言うだけだ。

しばらく歩いたところで、汚ねえ長屋だな、と團十郎は振り返った。苦笑した鶴松が、確かに、とうなずいた。

長屋は貧相な造りで、これ以上ないほど薄汚《うすぎたな》かった。俗に九尺二間の裏長屋というが、間口《まぐち》九尺（約二・七メートル）奥行が二間（約三・六メートル）というのが標準的な広さで、ほぼ六畳間に等しい。一畳半は土間で、四畳半が部屋になるが、鶴松が暮らしていたのは更に狭い三畳間だった。

蝸牛《かたつぶり》長屋です、と鶴松が言った。

「今は冬ですからまだしも、夏は大変です。かたつぶりやらなめくじらがそこら中を這《は》い回ってますからね。拭いても拭いても追いつきません。どちらもわたしは大の苦手で……」

指先が震えていた。本当に嫌いなのだろう。それはわかるが、大の大人がかたつぶりやなめくじらを子供のように怖がるというのはどうなのか。

蓄《たくわ》えはなかったのか、と團十郎は尋ねた。

「仮にも町奉行の跡取りだろ？」

養父は世渡り下手《べた》でしたから、と鶴松が口をへの字に結んだ。よほど苦労したのだろう。

「上とも下とも連《つる》もうとせず、ただひたすら奉行としての職務に専念するだけです。ひとつ間違えれば、世捨て人になっていたかもしれません。そんな人だから、鳥居の汚い策にあっさり引っ掛かったのです」

おめえはどうやって食ってるんだと聞くと、古本の商《あきな》いですと鶴松が足を速めた。日暮れが近い、という思いがあるのだろう。

「わたしも養父と似ているところがあるようです。商い下手で、本を買いたいと言った客に、わたしが読んでからですと答えたこともあるぐらいで……」

鶴松の顔に、養父定謙への深い敬慕《けいぼ》が浮かんでいた。死んじまったものはどうにもならねえ、と團十郎はわざと乱暴に言った。

「何をしたって、生き返りゃしねえからな……それにしたって、売り物を売らないでどうする？　商いが下手と言うが、商いにもなってねえじゃねえか……まあいい、おめえは何を企んでるんだ？　さっさと教えろ、おれは寒いのが大嫌《でえきれ》えなんだ。親父の話をするために、外へ連れ出したわけじゃねえんだろ？」

「養父が遺した書状を元に、わたしも調べました」

鳥居が陰富の胴元をしているのは間違いありません、と鶴松が足を止めた。蝸牛長屋を出てから、小半刻（約三十分）ほどが経っていた。

細かい雨が降り続いていたが、杉の木が立ち並び、枝葉が雨を遮《さえぎ》っているので、濡れることはなかった。

「だが、証拠はねえと言ったよな。親父さんの手紙があったたって、言い掛かりだと鳥居は突っ張ねるだろうよ。死んだ町奉行と生きてる町奉行、どっちを信じるかって言われりゃ、誰だって鳥居の側に立つさ」

それで困っています、と鶴松が落ちていた木の枝を拾い上げた。

「鳥居が賄賂によって異例の昇進を遂げたこと、その金の出所が陰富であることは養父の調べでわかっています。ただ、養父も賭場に踏み込んではいませんでした」

「なぜだ？　町奉行がそこまで調べてたんなら、現場を押さえりゃいいだけの話じゃねえか」

鳥居は頭のいい男ですよ、とぽつりと鶴松が言った。

「その辺の地回りのヤクザとは違います。十年前、自分の屋敷で陰富の賭場を開いた時、あの男は選びに選び抜いた者だけを客としました」

「客というのは？」

譜代、外様大名の重臣です、と鶴松が木の枝で地面に文字を書いた。

「目の付け所が並ではありません。他に大身《たいしん》の旗本、御家人、身分のある武士を中心に、富裕な商人、僧侶などもいます。いずれも口の固い者ばかりで、秘密が漏れなかったのはそのためです。客に大名の江戸家老がいたのでは、町奉行といえども迂闊《うかつ》には手を出せません。鳥居の陰富の現場に踏み込めなかったのは、そのためです」

大名の重臣とは恐れ入谷《いりや》の鬼子母神《きしもじん》、と團十郎は唾を吐いた。

「信じられねえな。そりゃ、立場だけで言えば旗本は将軍お目見えが適《かな》う身だから、鳥居の方が上だよ。それにしたって、大名の重臣を陰富の客にするってのは……」

鳥居は中奥番を務めていました、と鶴松が手の中の小枝を折った。

「将軍に近侍し、儀式や贈答などの取り次ぎをするのが中奥番の務めです。伝《つて》を作った者たちを言葉巧みに誘い込み、自分の屋敷に招いて宴会を開き、そこで少額の金子《きんす》を賭けさせる。酒や料理はもちろん、最高の芸妓《げいぎ》を揃えてもてなしますから、次に誘えば断る者はいません。様子を見て、口が固いとわかれば、別に設けた陰富の賭場に誘います。そうやって確かな筋の客を増やしていったのです」

うめえやり口だ、と團十郎は舌を巻いた。

「陰富は天下の御法度《ごはっと》だが、博奕《ばくち》は人の本然《ほんぜん》だ。将軍だろうが大名だろうが、やらなきゃ気が済まねえ連中ってのはいるからな」

鳥居が選んだ客は富裕な者か、公金を自在に扱える者です、と鶴松が言った。

「賭け金の額が上がれば上がるほど、盛り上がるのが博奕というもの。最初は一両二両かもしれませんが、それで済むわけがありません。鳥居が煽《あお》らずとも、賭け金は上がっていったはずです。誰かが十両と言えば二十両、百両と言えば二百両となる。鳥居は人の心を操る妖怪です。赤子の手を捻《ひね》るも同然だったでしょう」

「百両？」そんな無茶な話があるか、と團十郎は杉の木を蹴った。「陰富に百両賭ける馬鹿はいねえよ。聞いたこともねえ」

　客筋を考えてください、と鶴松が木の枝を捨てた。

「大名の重臣や大身の旗本たちです。町人が買う富札は一枚二朱《しゅ》（約九千円）が相場ですが、そんな端金《はしたがね》で満足するはずもありません。鳥居が売っていた陰富札は、一枚十両から二十両で、何枚買うかは客の勝手です。百両二百両どころか、千両賭けている者もいると養父の手紙に書いてありました。あの手紙は養父の遺言です。嘘を書くはずがありません」

　信じられねえ、と團十郎は首を振った。

「江戸でどれだけ富籤興行が開かれているか、知ってるのか？　一時《いっとき》より減ったとはいえ、月に十回は下らねえ。そのたびに陰富をしていたら、年に百回以上で、毎回千両賭けていたら、ええと――」

　十万両です、と鶴松が微笑んだ。

「何年も十万両の損を出していたら、百万石の大名でも国を潰すでしょう。ですが、鳥居もそこは考えています。あの男が取る寺銭《てらせん》は賭け金全体の一割、それだけです。ヤクザの胴元なら二割五分は抜きます。そこも鳥居の賢いところで、客を生かさず殺さず、長きにわたって金を吐き出させる方が儲《もう》かると踏んだのでしょう」

「それにしたって……」

他にもさまざまな救済措置《そち》があります、と鶴松がうなずいた。

「本来の富籤興行であれば、二朱で富札を買っても、外れたらそれまでで、一文も戻ってきません。ですが、鳥居は賭け金の四分の一を当たり外れにかかわらず返金します。千両賭けても、二百五十両は戻ってくるんです」

「そうは言うが、当たらなきゃどうなる？　その金は誰の懐に入る？」

誰の懐にも入りません、と鶴松が首を振った。

「すべてを鳥居が積み立てています。いいですか、金の流れはこうです。一人が百両で陰富の富札を買ったとしましょう。その場で鳥居は二十五両を戻します。そして、残った七十五両から寺銭の十両を引いた六十五両を積み立て金とするのです」

積み立て金ってのがよくわからねえ、と團十郎は杉の幹で背中を支えた。

「何のために金を積み立てているんだ？」

ひとつは籤が当たった時の支払いのためですと答えた鶴松に、それで済むわけねえだろうと團十郎は大きな鼻に触れた。

「おれだって富籤ぐらいやったことがある。寺によって違いはあるが、褒美金《ほうびきん》（賞金）が一番高いのは留札《とめふだ》で、普通は千倍返しが仕来《しきた》りだ。千両賭けてたら、百万両だぞ？　それに、当たり籤は留札だけじゃねえ。一番突きの札に始まり、十番ごとに当たりを出すもんだ。留札の前後や組違いの番号にも褒美金が出るし、他にも細々《こまごま》と当たり札がある。もし全部当たったら、鳥居が払い戻す金額はとんでもねえことになるじゃねえか」

そんなことはあり得ません、と鶴松が手についた泥を払った。

「そもそも富籤とは、当たらないものなのです。寺社が売る富籤は少なくとも一万枚、千倍返しの留札はその中のたった一枚きりです。それを当てるのがどれほど難しいか、七代目だってわかってるでしょう？」

確かにそうだな、と團十郎は腕を組んだ。留札こそ千倍返しですが、と鶴松がうなずいた。

「他の当たりは十倍、多くても百倍返しが定法《じょうほう》です。鳥居の賭場では、一度の陰富で数万両の金子が動きます。考えてみてください、ほとんどの寺社が売っている富札は、ひと興行につき一万枚以上です。一万分の一が当たる者など、信じられないほどのつきに恵まれなければ、出るはずもありません。あの男の頭の良さは、それに気づいたことです」

ひとつはと言ったたな、と團十郎は腕を解《ほど》いた。

「他にも金を積み立てる理由があるのか？」

その話をすると長くなります、と鶴松が言った。

「もっとも、そちらの方が本題なのですが……とにかく今は刻《とき》がありません。後でゆっくり話しますから――」

息が真っ白だ、と團十郎は手に息を吹きかけた。

「話はわかった。おれの料簡違いだったよ。鳥居みてえな化け物を殺せるはずもねえ。あばよ、おれは消えるぜ」

待ってください、と鶴松が團十郎の二の腕を摑んだ。

「確かに、鳥居は江戸随一の権勢を誇る実力者となりました。鳥居を引き立て、今の地位に就けた老中の水野忠邦を裏切り、現老中頭の土井利位《どいとしつら》様に寝返ってからは、誰に遠慮することもなく、思うがままに振る舞っていますが、七代目はあの男を許しておけますか」

許せねえさ、と團十郎は吐き捨てた。

「おれから芝居を奪った男だぞ？　命より大事なものを盗《と》られて、黙って引っ込むような男に見えるか？　だがな、おめえの話を聞いてつくづくわかった。おれがどうこうできる相手じゃねえってな。おめえ、博奕はするか？」

しません、と鶴松が首を振った。おれはやる、と團十郎は手のひらを横に振った。

「これでもそこそこ強い方だが、それには訳がある。勝ち目のない賽《さい》は振らねえと決めてるんだ。負けるとわかったら、三十六計逃げるにしかずよ。鳥居に勝てるはずがねえ。だからおれは逃げる。おめえには命を救ってもらったことになるが、借りはいつか返すから、気長に待っててくれ」

待てません、と鶴松が摑んでいた腕に力を込めた。

「あの男に恨みを持つ者は、あなたが思っているより大勢いるんです。この一年、わたしたちは鳥居のことを細大漏らさず調べ続けていました。今話したより、ずっと多くのことを知っています。これから何を、どうすればいいのかもです」

「何をどうしようっていうんだ？」

ひとつだけ、最後の駒《こま》が足りませんでした、と鶴松が顔を近づけた。

「困っていたのはそこです。どうするか思案していたわたしの前に、あなたが現れた。偶然ではありません。わたしが探していたのは七代目、あなたなんです」

気持ち悪いことを言いやがる、と團十郎は腕を払った。

「惚《ほ》れた腫《は》れたの話じゃねえだろう。男に探してもらったって、嬉しくも何ともねえよ」

暮れ六つ（日没）の鐘が鳴った。いつの間にか陽《ひ》が落ち、辺りは薄暗くなっていた。

鶴松が杉の木の間を指さした。四町（約四百四十メートル）ほど先に、大きな寺があった。

「上野寛永寺開山堂《かんえいじかいさんどう》です」

知ってるよ、と團十郎はうなずいた。開山堂は徳川歴代将軍の霊廟《れいびょう》がある寛永寺の伽藍《がらん》の一部である。

間もなくです、と鶴松が視線を向けた。その先に目をやると、本堂から数人の僧侶が出てきた。

「暮れ六つの鐘が鳴ると、住職たちが開山堂の慈眼大師《じげんだいし》のために経をあげるのです」

境内を歩いているのは、五人の僧侶である。全員袈裟《けさ》を着て、頭を青々と剃《そ》っていた。

先頭にいるのは高齢の住職だが、順番があるのだろう。最後尾についているのは、三十代半ばの僧だった。

「あれは法良《ほうりょう》という僧侶です」

囁いた鶴松に、團十郎は生返事《なまへんじ》をしただけだった。何度も目をこすったが、間違いない。

おい、と鶴松の肘《ひじ》を掴んだ。

「どうしてあそこにおれがいる？」

團十郎は総髪だが、法良は剃髪《ていはつ》している。團十郎が着ているのは古着というのもおこがましいほどの襤褸《ぼろ》だったが、法良は上等な袈裟姿である。だが、その顔は瓜《うり》二《ふた》つと言っていいほどそっくりだった。

「どうなってるんだ？」

南蛮《なんばん》では、世間に自分とよく似た面相を持つ者が三人いるという言い伝えがあるそうです、と鶴松がおかしそうに笑った。

「どうです、自分の目で見ても信じられないほど似ているでしょう」

気味が悪いくれえだ、と團十郎は自分の顔を手のひらでこすった。

「何だ、あいつは。おれと同じ顔なんて、どういう料簡だ？　おれは五代目市川海老蔵、七代目市川團十郎だぞ。坊主のくせに、生意気じゃねえか」

雨が強くなってきましたね、と鶴松が暗い空を見上げた。

「戻りましょう。今日のところは、法良の顔を見てもらえれば十分です」

「いったい何を考えてやがる？　じっくり聞かせてもらうからな」

先を行く鶴松に続いて、團十郎は来た道を戻った。泥が大きく跳ね、顔にへばりついたが、構ってはいられない。

前を歩いていた鶴松が、木の根につまずいて転んだ。何をしてやがる、と團十郎は手を摑んで起こした。

「本当に侍か？　こんなところで転ぶ馬鹿がいるかよ」

情けないです、と鶴松が肩を落とした。どうもこいつは、と團十郎は腹の中で思った。

誰かがそばにいてやらなけりゃ、どうにもならねえようだ。仕方ねえ、面倒を見てやるか。

六

蝸牛長屋に戻ると、お葉ともう一人、初老の男がそこにいた。体は小さいが、顔は團十郎より大きい。福々しい顔に、何とも言えない愛嬌《あいきょう》があった。

お葉に渡された手拭で肩の辺りを拭いていた鶴松が、大家《おおや》さんですと言った。どっかで見た面《つら》だ、と犬のように頭を振って、團十郎は雨の滴《しずく》を飛ばした。

そりゃねえだろ七代目、と初老の男が黄色い歯を剝き出しにして笑った。

「哀しいことを言うじゃねえか、おいらのことを忘れちまったのかい？　立川談志《たてかわだんし》だよ」

宇治新口《うじにのくち》師匠か、と團十郎は膝を打った。

「こんなところで何してやがる？　あんたは弟子に三代目立川談志の名跡を譲って、隠居の身になったと聞いてるぜ」

好きで隠居なんかしねえよ、と談志が憂鬱《ゆううつ》そうな表情になった。五十代半ばのはずだが、いきなり十も老けたようだった。

「去年、水野忠邦の馬鹿野郎が江戸中の寄席を潰しただろ？　三百軒近くあった寄席が、今じゃたったの十五軒だ。御改革だか何だか知らねえが、鳥居の蝮とくっついて、噺家を目の敵《かたき》にしやがって……首を切られる前に、てめえで高座《こうざ》から降りたんだよ。七代目みてえに手鎖になった揚げ句、江戸から所払いにされたくないからね」

宇治新口こと二代目立川談志は、名人と謳《うた》われた三笑亭可楽《さんしょうていからく》の高弟である。〝可楽十哲〟の一人で、怪談噺を得意にしていたが、天保十二年、五十三歳の時に高座を降り、その後は世間から姿を消していた。

團十郎は寄席好きで、若い頃は入り浸《びた》りになるほど通っていたが、談志の落語というより、御政道への皮肉や悪口雑言《あっこうぞうごん》を笑いに紛《まぎ》らわして枕で語るところが好みだった。時には毒がすぎることもあったが、笑いに変えてしまうのは談志が持つ芸の力だろう。

「すまねえな、忘れちまったわけじゃねえんだが」

仕方ねえさ、と談志が頭に手を当てた。

「この一年ほどで、すっかり薄くなっちまったからな。七代目も寄席どころじゃなかっただろう。いろいろ大変だったね」

師匠ほどじゃねえ、と團十郎は苦笑した。談志が高座を降りてから、顔を見ることはなかったが、たった一年で人はここまで老けるものだろうか。所作も老人そのもので、思い出せなかったのも無理がないほどの変わり様である。

入ったらどうなんだい、とお葉が声をかけた。おれには手拭の一枚も寄越さねえのかとぼやいたが、無視されただけである。

仕方なく、そのまま長屋に入った。一畳半の土間を抜け、三畳間に四人で座ると、息が詰まるようだった。

えらく寒いなとつぶやくと、文句を言うなよと談志が笑い飛ばした。声だけは昔のままである。

「噺家をやめちまったら、おいらには何の能もねえ。ちびちび溜《た》めていた金で、ようやくこの蝸牛長屋を買ったはいいが、手入れも何もできやしねえ。隙間風ぐらい我慢してくれ」

畳の上に、大きな貧乏徳利《どくり》が置かれていた。貧乏徳利とは通《かよ》い徳利が正式な名称だが、酒を買う時は酒屋にこの徳利を持っていく。容器代を節約できるのが、貧乏徳利の由来であった。

燗《かん》しておいたよ、とお葉が言った。

「寒さしのぎには、酒でも飲むしかないだろ」

気が利《き》いてるじゃねえか、と團十郎は猪口《ちょこ》に酒を注いで勢いよく飲んだが、あまりの不味《まず》さに噎《む》せて吐き出してしまった。ほとんど酢と変わらない味である。

「何だ、こいつは？　どこの安酒だ？」

こんなものですよ、と鶴松が猪口をなめるようにした。それだけで顔が真っ赤になった。

「不味いのはその通りですが、酔うことはできます。それで良しとしてください」

そういうこった、と談志が徳利を抱え込んだ。酒好きなのは、團十郎もよく知っていた。

「あんたは飲まねえのか」

徳利の首を向けたが、お葉は顔をしかめるだけだった。別にいいけどな、と團十郎は鼻をつまんで名ばかりの酒を喉《のど》に流し込んだ。

酒のあては塩だけである。落ちぶれたもんだ、とつぶやきが漏れた。

江戸を離れ、上方を振り出しに東海道を下ってきたが、市川團十郎の看板を背負っているだけに、供応《きようおう》も受けたし贅沢もできた。人気がなくても主役だから、それなりの扱いを受けていたのである。

　鳥居を殺すために江戸へ戻ってからは、飯や酒どころではなかったが、それまでのことを思うと貧乏長屋で安酒を呷《あお》る今の自分の姿が、情けなくてたまらなかった。

　あんただけじゃねえよ、と慰めるように談志が肩に手を置いた。

「噺家も歌舞伎役者も皆同じさ。落魄《らくはく》って言葉は、こんな時のためにあるんだろうよ。おいらだって、つい何年か前までは、柳橋の芸者を総揚げして騒いでたんだぜ。それが今じゃ、こんなおんぼろ長屋の大家として糊口《ここう》を凌《しの》いでる。人生、一寸先は闇ってのは本当だよ」

　それもこれも鳥居のせいだ、と團十郎は徳利の安酒を猪口に注いだ。

「老中の水野の野郎が改革を始めたはいいが、何でおれたちがこんな目に遭わなきゃならねえんだ？　倹約結構、贅沢禁止も結構だが、役者や噺家を潰して何になる？」

　鳥居ってのはそういう男よ、と談志が洟をすすった。

「奴はまともに笑ったことがねえそうだ。笑うのは他人の不幸話だけらしい。性根が腐ってやがるぜ」

　やっぱり殺すしかねえかと言った團十郎の手から、徳利を取り上げた鶴松が、妖怪を殺すことなどできません、と呂律《ろれつ》の回らない舌で言った。

「あの男には人の心がありません。生まれつきなのか、それとも鬼に魂を売ったのか、それはわかりませんが……とにかく、これで全員揃いました。ここにいる四人は、鳥居のためにすべてを奪われた者ばかり。恨みを晴らすのに、これ以上の面子《メンツ》はいません」

四人、と團十郎は指を折った。

「おれと談志師匠、それにおめえはわかる。おれも師匠もそうだし、おめえに至っては改易を食らった浪人だ。だが、この女は違うんじゃねえのか」

いきなり頭を叩かれて、團十郎は引っ繰り返った。お盆を手にしたお葉が、女って誰のことだい、と怒鳴った。

「お葉って呼びなって、言っただろ。仲間になるんなら、あんたが一番の新参者《しんざんもの》なんだ。それなりの礼儀ってもんがあるんじゃないのかい」

助けてくれ、と團十郎は鶴松の後ろに回った。

「『紅葉狩《もみじがり》』の更科姫《さらしなひめ》か、こいつは。鬼女《きじょ》そのものじゃねえか」

許してあげてください、と鶴松がふらつく頭を下げた。

「お葉さんのことを話しておけばよかったんですが、何しろ刻がなかったものですから」

いったい何なんだ、と團十郎は座り直した。

「この女は……違う、悪かった。ええと、お葉さんも鳥居に恨みがあるってのか？　そうか、女義太夫《おんなぎだゆう》でもやってたんだな？　これだけの美人だ、人気もあっただろう。鳥居にしてみりゃ、潰し甲斐があったかもしれねえ」

違います、とお葉を座らせた鶴松が部屋の隅に積んであった草紙に手を伸ばした。『偐紫田舎源氏《にせむらさきいなかげんじ》』と表紙に題があった。

こいつがどうした、と團十郎は胡座をかいた。

「おれだって本ぐらい読む。こいつも読んだが、面白かったぜ。紫式部の『源氏物語』のもじりなんだろうが、要は大奥の話だよな。こいつは『玉鬘《たまかずら》』か？　第三十四編ね……続きがあったはずだ。持ってるなら貸してくれ。まだ読んでねえんだ」

團十郎は読書を好んだ。歌舞伎役者として、当然のことだった。

＊　＊　＊

歌舞伎の演目は、時代物と世話物に分けることができる。時代物とは江戸時代以前の史実を江戸期に移し替えて描いた作品、もしくは江戸時代に起きた事件を過去を舞台に置き換えて演じる作品である。『義経千本桜』『仮名手本忠臣蔵』などがよく知られている。

世話物とは江戸時代の町人の生活を描いたもので、代表的な作者の一人、鶴屋《つるや》南北《なんぼく》が書き下ろした『天竺徳兵衛韓噺《てんじくとくべえいこくばなし》』『東海道四谷怪談』が有名である。

ただし、歌舞伎の世界では、人形浄瑠璃や能、狂言の演目を脚色した作品の方が圧倒的に多い。

種本は多数あったが、歌舞伎向けの作品は少なく、しかもほとんどが過去に上演されていた。

現代では伝統芸能の側面が強いが、江戸時代における歌舞伎は独創性の高い新作が待ち望まれていた。演目を決めるのは主役を張る役者で、團十郎もその一人である。

團十郎自身、新作に意欲的だったが、筋立てまで考えるのは手に余った。読書を好んだのは、原作探しという意味合いが大きい。稼業柄、本を読むことが必要だったのである。

＊　　＊　　＊

「柳亭種彦もえらい目に遭ったよな」

　團十郎は著者名に目をやった。天保の改革によって規制を受けたのは歌舞伎役者、噺家だけではない。読本作家も同じである。

『修紫田舎源氏』の作者、柳亭種彦は人情物の作家だったが、書く内容が軽佻浮薄《けいちょうふはく》とされ、著書は発禁処分となり、譴責《けんせき》を受け筆を折らざるを得なくなった。天保十三年、六十歳で不遇のまま没している。

「下品だ何だ、言い掛かりをつけられて廃業しちまったが、残念なこった。こんだけ世知辛《せちがら》い世の中だぜ。本を読む時ぐらい、笑いてえじゃねえか。もっとも、鳥居が嫌うのはわからなくもねえ。あいつは不真面目なことを書く奴が大嫌いなんだろう」

　何て言い草だい、とお葉が畳を叩いた。

「真面目なことを真面目に書くのは、どんな馬鹿にだってできるじゃないか。真面目なものを不真面目に書くために、どんだけ苦労してると思ってるんだい？　こっちは命懸けでやってるんだ。そんなこともわからないようじゃ、あんたも鳥居と変わんないよ」

　怒ることはねえだろうと言った團十郎に、そりゃ怒るさ、と談志が笑い声を上げた。

「ご本人の目の前で、不真面目呼ばわりされたんじゃ、誰だって怒るだろうよ」

「ご本人？」

お葉さんは柳亭種彦の娘さんです、と鶴松が髷を何度も掻き毟《むし》るようにした。酔いが回っているようだった。

「柳亭種彦は、高屋彦四郎《たかやひこしろう》という旗本の筆名ですが、七代目は知ってましたか？」

知るわけねえだろうと言った團十郎に、貧乏旗本だよ、とお葉が自嘲《じちょう》するように笑った。

「食禄二百俵扶持《しょくろくにひやくぴょうぶち》なんて、旗本としては下《げ》の下だね。とても食っていけないから、読本を書くようになった。娘のあたしから見ても、変な人だったよ。本当は学者になりたかったんだろうね。凝《こ》り性《しょう》で、調べ物ばかりして、筆が進まないったらありゃしない。遅筆堂《ちひつどう》なんて呼ばれてたけど、そりゃそうでしょうって」

見かねたお葉ちゃんが柳亭種彦の名前で書いたのが『偐紫田舎源氏』だよ、と談志が團十郎の手から読本を取り上げた。

「あれは十年ほど前だったかね。まだ十歳《とお》になったかならないか、それぐらいだったんじゃなかったたか？」

お父《と》っつぁんより、あたしの方が筆は速かったからね、とお葉が得意そうに言った。

「あの人は調べ物が好きだったから、話の種はいくらでもあったんだ。最初はお父っつぁんが言うことをあたしが書いていくだけだったけど、それより自分で書いた方が速いってわかってさ。あたし一人で書いたとは言わないよ。言ってみれば合作だね」

　最初のうちはそうだったかもしれんが、と談志が目脂《めやに》をこそぎ取った。

「親父さんから聞いたよ。お葉ちゃんが十五の時には、もう頭からけつまで、一人で書くようになったそうじゃねえか。柳亭種彦の名前だけ貸して、あとは娘に稼いでもらうとも言ってたぜ」

　ろくでなしだよ、とお葉が泣き笑いの顔になった。

「おかげでこっちは大忙しさ。『邯鄲《かんたん》諸国物語』の時なんか、さあ書け、やれ書けって、あんたそれでも父親かよって思ったよ。それじゃまるで版元じゃないかってね。いい迷惑だよ、嫁にも行けず、家のことも全部お前がやれって言われてさ……だけど、水野や鳥居のせいで、柳亭種彦の名前を捨てなきゃならなくなった。ちっぽけな名前だけど、お父っつぁんには大事だったんだろうね。気が抜けたまんま、死んじまって……」

　まあ飲め、と團十郎は徳利を差し出した。

「飲んで憂《う》さを晴らすんだな。全部忘れることった」

　酒飲みは大嫌いだよ、とお葉が團十郎の手を打った。

「お父っつぁんは何もすることがなくなって、毎日朝から晩まで酒ばかり飲むようになって……あれだけ浴びるように飲んでたら、水だって死んじまうよ」

面白い面子を集めたな、と團十郎は鶴松に顔を向けた。

「なるほど、ここにいる四人は、皆、鳥居に対して腹に一物《いちもつ》、手に荷物だ。おれたちは舞台や寄席を奪われ、お葉さんは親父さんを失い、おめえは武士という身分を無くしちまった。鳥居への恨みを晴らすためなら、何でもしてやろうって面々だ。しかも、失うものは何ひとつありゃしねえ」

そういうことです、と鶴松が團十郎の猪口に酒を注いだ。肩が大きく揺れていた。

「養父は罪人、矢部家は即日改易。屋敷から追い出された貧乏浪人が暮らせる長屋など、そうそうありません。伝《つて》を辿《たど》って、今にも崩れ落ちそうなこの蝸牛長屋にたどり着いたというわけです」

襤褸《ぼろ》で悪かったね、と談志が禿《は》げ頭を撫《な》でた。大家さんに挨拶《あいさつ》をした時、見覚えのある人だと思いました、と鶴松が二杯目の猪口を空にした。目が真っ赤になっていた。

「わたしは落語も大好きでしたから、寄席にはよく通ったものです。二代目立川談志師匠ではありませんかと言うと、よくわかったなと大笑いされたあの日のことは、忘れられません。それからは毎晩のように、愚痴《ぐち》を言い合ったものです」

「それで？」

「わたしが越してくる前から、お葉さんはここで暮らしていました。父親の柳亭種彦を亡くし、読本作家も廃業するしかなかったお葉さんを哀れに思った師匠が引き取ったそうです」

　あいつとは親しかったからね、と談志が右の眉《まゆ》を上げた。わたしも鳥居のために父を亡くしていますが、と鶴松が言った。

「とはいえ、養父です。血が繋がっていないと思えばまだ諦《あきら》めはつきますが、お葉さんが奪われたのは実の父親。わたしとは訳が違います」

　そうか、と團十郎はうなずいた。改めて見ると、お葉の顔にはまだ幼さが残っていた。強気な物言いは見せかけで、弱さを隠すために虚勢を張っているのだろう。

「七代目はお葉さんを伝法《でんぼう》な娘だと思うでしょうが、前と比べたら、よっぽどましというものです。あの頃は毎晩わたしと師匠で、夜通し見張っていました。いつか首をくくりゃしないかと、心配でしたからね」

　こいつがかい、と指さした團十郎の腕をお葉が捻り上げた。

「こいつって誰のことだよ。あたしは犬猫じゃないんだ。お葉って呼びなって、何回言えばわかるんだい？」

　落ち着いてください、と鶴松が二人の間に入った。

「それからも恨み言を繰り返すだけの日々が続きましたが、そんなことをしていてもどうにもなりません。誰が言いだしたのかは忘れましたが、鳥居にひと泡吹かせてやらなきゃ気が済まないと、三人とも考えるようになったのです」

おいらは何も考えちゃいねえよ、と談志が手を振った。

「そういうのは向いてねえんだ。思案は鶴さんとお葉ちゃんに任せて、おいらはぶらぶらしてただけさ」

そんなことはありません、とお葉が座り直した。言葉遣いを改めたのは、年長者に対する敬意の表れであろう。どこのお姫様かと思えるほど、上品な姿だった。

半年以上かけて策を練りました、と鶴松が猪口の酒を不味そうになめた。

「鳥居が陰富の胴元をしています。賭場がどこにあるのかは、見当がついていました。そこには積み立て金の百万両が眠っています。そいつを根こそぎいただこうというのが、わたしたちの狙いです」

やっと筋立てが見えてきた、と團十郎は薄い襖に背中を当てた。

「鳥居が陰富の賭場を開いているのは、南町奉行所だな？　そこに百万両を隠してるのか？」

うなずいた鶴松が猪口を畳に置いた。どうかしてやがる、と團十郎は懐の煙管《キセル》を口にくわえた。

「おめえが言ってるのは、夢物語だよ。頭のおかしな浪人と女読本作家、それに年寄りの噺家がない知恵を振り絞《しぼ》って考えたんだろうが、奉行所から百万両もの大金を盗み出すことなんか、できるわけがねえ」

　そうとは限りません、と鶴松が微笑んだ。馬鹿じゃねえのか、と團十郎は煙管に詰めた煙草に火をつけた。

「南町奉行所といえば、奴らの本丸だぞ？　そこに押し込みに入ろうってのか？　百万両を盗むどころか、入ることさえできやしねえよ。そんな下らねえ謀《はかりごと》におれを巻き込むんじゃねえ。そいつはお門違《かどちが》いってもんで……おい、どうした」

　鶴松の体がゆっくり背中から倒れ、そのまま動かなくなった。情けないねえ、と談志がつぶやいた。

「鶴さんは、からっきし酒に弱くてね。一杯飲んだら、いつもこのざまさ。今日は二杯飲んだから、上出来な方だ。それにしても酷《ひど》い潰れ方だよ」

　水を汲んでこよう、と談志が腰を上げた。

　本当に世話が焼ける、と顔をしかめた。お葉が鶴松の頭を持ち上げて、水をひと口飲ませた。歳《とし》は鶴松の方が上だが、姉と弟のようである。

　よくわからん、と團十郎は首を捻った。様子を見ていると、こういうことは珍しくないようだ。

　鶴松には、どこか子供っぽさが抜けていないところがある。奉行所から百万両もの大金を盗み出すつもりだと話していたが、できるはずがないことを言うのは子供だろう。

物言いや態度から察するに、お葉もそれはわかっているようだ。文句が多いのは、頼りないと思っているからに違いない。不出来な弟を叱《しか》っているつもりなのか。

どうも面白くねえ、と煙管をくわえて煙を吐いた時、水を入れた桶《おけ》を抱えた談志が戻ってきた。

「七代目、今夜は夜通し飲もうじゃねえか。久しぶりに会ったんだ。積もる話もあるってもんだ」

つきあうぜ、と團十郎は座り直した。まったく、酒でも飲まなけりゃ、やってられねえよ。

寝所で鳥居耀蔵は細い目を開いた。丑三《うしみ》つ時（午前二時頃）に目が覚めるのは、毎夜のことである。

寝間着姿のまま、奉行屋敷を出た。小雨が降っていたが、気にならなかった。

町奉行の屋敷は奉行所の敷地内にある。常に多忙な町奉行の負担を少しでも軽減させるための措置《そち》だが、鳥居にとってこれほど都合のいいことはなかった。

門の外には数人の張り番が立哨《りっしょう》を務めており、その他十人ほどが夜番として控えの間に詰めているし、奉行所の地下牢にも数人が残っていたが、奉行所内にある二つの支度《したく》部屋には誰もいない。

鳥居自らが夜間の入室を禁じていたためである。奉行所内に、奉行の命令に従わない者などいるはずもなかった。

屋敷から奉行所までは百間余り（約百九十メートル）である。蠟燭《ろうそく》を片手に背中を丸めて進む鳥居の姿は、まさに妖怪そのものであった。

奉行所の裏手に回り、床下にある扉を足で踏み付けて押し開くと、そこに地下へと続く階段があった。火事が起きた時、お裁きのための書類や過去の判例、書類などを入れておくための穴が奉行所の敷地内に数箇所掘られていたが、これもそのひとつである。

江戸は火事の町として知られている。江戸城でさえ、何度も火災によって一部が燃えているほどで、奉行所もその事情は同じだった。

江戸期全般を通じて言えることだが、火事は日常的な出来事であった。小火《ぼや》を含めると、七日に一回ほど、江戸八百八町《はっぴゃくやちょう》のどこかで火事が起きていた。

江戸に住む者は、いつ家屋が焼失してもおかしくない、という思いを抱《いだ》きながら日々を暮らしていたのである。

江戸っ子は宵越《よいご》しの金を持たないというが、その気風《きふう》は〝金を持っていても火事に遇《あ》えばすべて灰になる〟という諦めから生まれたものだ。一種の開き直りである。ただし、被害を最小限に抑えることは可能だった。富裕な商人、例えば越後屋や白木屋のような大店《おおだな》は、防火用の蔵をいくつも持っていた。

火災が起きると、店で扱っている高価な着物や反物《たんもの》などをそこに運び、商品の焼失を最小限に留めるようにしていたのである。

ただ、防火用の蔵を建てるには大金が必要だった。そのため、地面に穴を掘り、そこに重要な物を放り込み、炎を避けるという防火対策を取る者の方が多かった。

それは南町奉行所でも同じで、防火用の蔵もあったが、文化文政期になると敷地内に巨大な穴を掘り、火事が起きた際にはそこに裁判資料、過去の判例などを運び込むのが慣例となっていた。

奉行所ではお裁きや罪人の取り調べが毎日のように行なわれるが、現在で言う調書を取ることもあったし、証言その他を記録しておく必要もあった。この時代、すべての記録は紙に残される。

灰になってしまえば二度と元に戻らないから、焼失を防ぐのは町奉行にとって極めて重要な責務だった。

だが今、鳥居の目の前にあるのは、名目こそ防火用の穴だが、実際には違った。十段の階段を降り、蠟燭の火を備え付けの行灯《あんどん》に移すと、広い空間に数え切れないほどの千両箱が整然と積まれているのが見えた。

毎晩、ここを訪れて、この風景を見ることが、鳥居にとって何よりの悦《よろこ》びだった。性的快楽に近い。興奮のために息が荒くなっていた。

十年前、陰富に手を染めた時から取り置いていた金子である。百万両、と鳥居は引きつった笑みを頰に浮かべた。

どうしてここまで金に執着《しゅうちゃく》するのか、自分自身でもわかっていない。生来の性格としか言いようがなかった。

本質的に吝嗇《りんしょく》で、金の使い方を知らない男である。ただ金が溜まっていくこと、それ自体が快感だった。時には、千両箱から取り出した小判に頰ずりすることすらあったほどである。

金に対する執着心に理由があるとすれば、儒学者林家に生まれたことであろう。幕府の大学頭である林家は、家格こそ高いが、その暮らしぶりは決して豊かと言えなかった。

江戸中期から、旗本、御家人の多くが副業に手を染めざるを得ないほど困窮していたのは、よく知られているが、林家では他家にない出費があった。大学頭という立場上、古今の書籍、唐国《からくに》の書籍まで購入しなければならなかったのである。

この時代、専門書は筆写されたものが多く、希少なため高価だった。林家は言ってみれば現在の東京大学総長と同じであり、どれだけ高額な書籍でも所有していなければならない。その費用は重い負担であった。

林家の三男として生まれた鳥居は、幼い頃からその苦しみを味わっていた。金への飢えが常に心中にあったのである。

鳥居家の婿養子に入り、二千五百石取りの大身の旗本となったが、金への渇望《かつぼう》は止《や》まなかった。貧しい部屋住みの暮らしを経験していたため、金銭欲は膨《ふく》らんでいく一方であった。

金を得るには、昇進して役職に就くしかない。だが、そのためには賄賂が必要だというのがこの時代の常識である。陰富の賭場を開くことで、大金を得ようと考えたのは、鳥居にとって必然だった。

（ここまで、どれだけ苦労したか）

薄い唇から、つぶやきが漏れた。陰富は御法度であり、旗本である鳥居が賭場を開いているとわかれば、免職どころか死罪になってもおかしくない。鳥居家は改易、実家の林家にもその累《るい》は及ぶであろう。

そのため、鳥居は細心《さいしん》の注意を払って客を選んだ。ヤクザ者の陰富とは違い、一般の客は取らず、富裕層にのみ絞り込んだのである。言ってみれば、会員制の賭場だった。

幸い、中奥番を務めていたため、伝《つて》はあった。譜代、外様大名の江戸屋敷の重臣、あるいは大身の旗本、御家人、更には豪商や大寺の僧侶たちである。

博奕は人間の本然に基づくもので、誘い込むのは難しくなかったが、鳥居はあくまでも胴元という立場で賭場を仕切る立場に回り、酒や肴《さかな》、芸妓に至るまで取り揃え、客たちを供応《きようおう》した。

一人でも不満を持てば、鳥居の陰富のことを密告しかねない。そんなことになったら、すべてが終わる。

しかも、客たちのほとんどが自分より身分が高い。屈辱的な扱いを受けたこともあったし、理不尽《りふじん》にも耐えなければならなかった。外れた陰富札の代金を積み立てるという措置を講じたのも、そのためである。

苦労が報われる日も近い、と鳥居は左右を見渡した。積み立て金という名目で保管している百万両を、すべて我が物とする。その算段はついていた。

「この金は誰にも渡さぬ」

自分の声が、壁にこだまして返ってきた。己の顔が妖怪より恐ろしい何かに変わっていることに、鳥居は気づいていなかった。

# 第二幕　暫《しばらく》

## 一

鐘が乱打されるような音に、痛《いて》え、と團十郎《だんじゅうろう》は頭を抱えた。二日酔《ふつかよ》いである。

(安酒のせいだ)

畳《たたみ》の上に何本もの貧乏徳利《どくり》が並び、林を作っていた。酒には強いつもりだったが、これほど酷《ひど》い二日酔いは初めてだ。

虫歯になったように痛む頭を無理やり上げると、談志《だんし》がうつ伏せで倒れていた。死体かと見紛《みまが》うほど、まったく動かない。

そりゃそうだ、と團十郎は畳に手をついてふらつく体を支えた。夜明けまで差し向かいで飲んでいたのだ。何もかもが歪《ゆが》んで見えた。

貧乏徳利を数えると、二人で二升《しょう》以上である。覚えているのは、談志と肩を組んで土間《どま》に向かって放尿したことで、そこから記憶はぷっつりと途切れていた。談志は二十歳ほど年上だから、死んだように酔い潰《つぶ》れているのも無理はない。ため息をつくと、それだけで頭痛が酷くなった。

起きたのかい、と外からお葉《よう》が入ってきた。手に二本の貧乏徳利を下げ、明るい笑みを浮かべている。

迎え酒は勘弁《かんべん》してくれと手を振ると、水だよ、と徳利を畳の上に置いた。すまねえなと片手で拝み、そのまま口をつけて喉《のど》に流し込んだ。

「うめえ。酔い醒《ざ》めの水、値千金なりってな。お葉さん、師匠は生きてるのか？うんともすんとも言わねえぞ」

鼻提灯《はなちようちん》が大きくなったり小さくなったり、とお葉が談志の顔を覗《のぞ》き込んだ。

「生きちゃいるんだろうね。まったく、年寄りの冷や酒だよ。調子に乗って酔っ払って、怒鳴《どな》ったり謡《うた》ったり。いくら大家《おおや》だからって、近所迷惑ってわからないのかねえ。後で二人で店子《たなこ》に謝りに行きなよ。嫌だ嫌だ」

そう言いながら手早く薄い座布団を二つに折って、談志の頭の下に差し込んだ。口うるさいが、気性《きしょう》は優しい娘である。父親の柳亭種彦《りゅうていたねひこ》も酒呑《さけの》みだったというから、酔っ払いの扱いには慣れているのだろう。

「それで、あいつはどこに行った？」

二合の水を胃の腑《ふ》に収めると、ようやく頭痛が和《やわ》らいだ。お葉が指した先に目をやると、鶴松《つるまつ》が頭から土間に突っ伏していた。まるで土下座《どげざ》である。顔の下に二人分の小便が溜《た》まっているはずだが、お葉には言えなかった。

猪口《ちょこ》に一杯か二杯しか飲んでなかったじゃねえかと言うと、酒はからっきしなんだよ、とお葉が苦笑いを頰《ほお》に浮かべた。

「あんたと師匠が飲んでいる間、ずっと死んだように寝てたけど、朝になったら土間と外の厠《かわや》を行ったり来たり……世話が焼けるよ、本当に。情けないったらありゃしない。男のくせに酒も飲めないのかいって」

「お葉さんは酒飲みが嫌いなんじゃねえのか」

そうだけど、とお葉が渋い顔になった。

「でもねえ、あんまり弱いってのもどうかなって。猪口一杯で引っ繰り返るなんて、みっともないだろ？　奈良漬けを食べても倒れちまうんだから、手間ばっかりかかって……一番困るんだよね、こういう人が」

愚痴《ぐち》めいた言葉が続いたが、どこか嬉しそうである。そうか、と團十郎は膝をぽんと叩いた。

口ではあれこれ言っているが、お葉は鶴松の世話を焼きたいのだろう。とんだ世話物である。楽しそうじゃねえかとからかうと、猪口が二つ飛んできた。

　腹が減ったたな、と團十郎はしゃっくりをした。水を飲んだため頭痛は治まったが、今度は腹の虫が騒ぎだしていた。

「二日酔いなのに、腹が減ったって？」

　昔からそうなんだ、とうなずいた。理屈はわからないが、深酒をした翌朝は妙に腹が減る。今なら泥団子でも食えそうだ。

「み……水を……水をください」

　土間から蚊《か》の鳴くような声がした。はいはい、と大きなため息をついたお葉が貧乏徳利を持っていくと、鶴松が顔だけを上げてゆっくり水を飲んだ。

「ああ、七代目……おはようございます」

　おはようじゃねえぞ馬鹿野郎、と團十郎は外を指さした。

「見ろ、お天道様《てんとさま》はとっくに上がってらあ。もう昼時だ。おれと師匠はともかく、おめえのざまったらねえな。情けない野郎だ。もうちっと酒の修業をしろ」

　どうにも苦手で、とその場に座った鶴松が辺りを見回した。

「おかしいな、着物が湿ってる……どうです、このまま蕎麦《そば》でもたぐりに行きませんか？　七代目も酷い顔をしてますが、蕎麦なら胃の腑に入るでしょう」

　量を飲んでいるわけではないから、酔いが醒めれば普通に腹が減るのだろう。いいねえ、と團十郎は立ち上がった。

「師匠のことは放っておきゃあいい。一刻（二時間）ほどは目を覚ましそうにねえ。二日酔いの朝は、迎え酒より迎え飯が食いたくなるたちでね。今なら何枚でもせいろが食えそうだ」

一緒に行かねえかと誘ったが、二人で行っといで、とお葉が首を振った。

「師匠のことはあたしが見てるよ。本当に男ってのは、どいつもこいつも、どうしてこんなに世話が焼けるかね」

違《ちげ》えねえ、と團十郎は筵戸《むしろど》をくぐって外に出た。今日は暖かいですね、と子供のような笑みを浮かべた鶴松の頬にうっすら濡れた跡があったが、腹の中で笑いを堪《こら》えただけで、何も言わなかった。

二

神田《かんだ》は蕎麦の名所である。江戸の「けんどん蕎麦切り」が初めて登場したのは寛《かん》文《ぶん》四年（一六六四）頃と言われるが、神田はその発祥の地であった。

喜多村信節《きたむらのぶよ》の『嬉遊笑覧《きゆうしようらん》』には、現在の蕎麦の原型である「二八《にはち》蕎麦」の蕎麦屋が神田にあったと記されている。享保《きようほう》の頃までは屋台が主だったが、天保《てんぽう》期に入ると屋根のついた店も増えていた。

「おれは蕎麦っ食いでね」鶴松と並んで歩きながら、團十郎は左右に目をやった。「一年中食ってもいいぐらいだ……どこまで行くんだ？　それに、おれは銭を持ってねえぞ」

行きつけの店があります、とうなずいた鶴松に続いて四町《ちょう》（約四百四十メートル）ほど歩くと、黄ばんだ暖簾《のれん》のかかった蕎麦屋が見えてきた。筍《たけのこ》蕎麦です、と鶴松が暖簾をくぐった。

そんな屋号は聞いたことがねえと首を捻《ひね》った團十郎に、籔《やぶ》蕎麦は知っているでしょう、と座敷に上がった鶴松がせいろ二枚と奥に向かって注文した。

「当たり前じゃねえか。籔か砂場《すなば》か更科《さらしな》か、江戸の町で蕎麦と言やあ、その三つと決まってる」

籔に生えてる筍蕎麦という意味だそうです、と鶴松が店の中を見回した。客は他にいない。

籔医者ってのは聞いたことがあるが、と團十郎は欠伸《あくび》をした。

「なるほどな、籔蕎麦ほどじゃございませんってことか。洒落《しゃれ》が利《き》いてやがる。それにしても、昼時だっていうのに、客が一人もいねえってのはどうなんだ？」

腰の曲がった老婆《ろうば》が奥から出てきた。盆に湯呑みを二つ載せていたが、手が激しく震えている。

いらっしゃいまし、と頭を下げて二人の前に湯呑みを置いたが、茶はほとんどこぼれていた。とんでもねえ店に連れてきやがったな、と團十郎は顔をしかめた。

「客がいねえ訳がわかったよ。あれが看板娘だとしたら、蕎麦を茹《ゆ》でているのはしわくちゃな爺《じい》さんだろう。蕎麦ってのはな、腰がなきゃ駄目だ。伸びきった蕎麦を食わせようってのか？」

日によっては美味《おい》しい時もあります、と鶴松が言った。参ったねとつぶやいて、團十郎は僅《わず》かに残っていた茶で唇を湿らせた。

「まあいい。おめえがこんな店に連れてきたのも、わからねえわけじゃねえ。昨日の話の続きをしようって魂胆《こんたん》だな？」

ここなら聞き耳を立てる者はいませんから、と鶴松がうなずいた。それはいいが、と團十郎は鼻の頭を親指でこすった。

「あのお葉って娘は、口こそ乱暴だが、なかなかの美人だ。おめえはどう思ってるんだ？」

何の話です、と鶴松がいきなり立ち上がった。酔いはとっくに醒めているはずだが、顔が真っ赤になっていた。

「いや、もちろん、つまり、お葉さんの身の上には同情しています。父親を鳥居に殺されたも同然です。可哀相《かわいそう》じゃありませんか。ち、力になりたいと思っていますが、それだけです。決して、断じて、邪《よこしま》なことは何ひとつ考えていません」

おつむりは悪くねえようだが、嘘は下手くそな奴だ、と團十郎は笑いを堪えた。

数えで二十九歳と昨晩聞いていたが、これではまるで子供である。

「師匠と四人で鳥居に意趣晴《いしゅば》らしをしようって言うんなら、その辺りをはっきりさせておかねえと、話の通りが悪くなるから聞いたまでだ。気にすんな、とにかく座れ」

何を言ってるんです、と畳に腰を下ろした鶴松が握った拳《こぶし》で何度も額《ひたい》を拭《ぬぐ》った。

「お、お、お葉さんとは談志師匠を通じて知り合っただけで、つまり、そういうことなんです。別にわたしは、その、お葉さんのことを、何とも……」

二人の間に、ぬっと腕が突き出された。せいろを摑《つか》んだ老婆の手が震えている。

慌てて受け取ると、ごゆっくりとだけ言って下がっていった。

「わかったわかった、昨日の続きの方が先だ。食いながら聞こうじゃねえか」

つゆをひと口啜《すす》ると、意外に味は良かった。かなり薄味だが、出汁《だし》が利いている。

江戸っ子はつゆをほとんどつけずに蕎麦をたぐるのが定法《じょうほう》だが、店によって多少異なった。籔の蕎麦はつゆが濃いので、どっぷり浸《つ》けると味わいを損なうから、先だけをちょんとつけて喉越《のどご》しを楽しむのが粋《いき》である。

だが、比較的薄味の更科の場合、たっぷりつゆに浸《ひた》した方が、つゆと蕎麦の味を両方楽しめる。筍蕎麦のつゆは、更科に近かった。

「去年の春、富籤《とみくじ》の禁止令が出たのはご存じですか。そして半年前、十二代将軍家《いえ》慶《よし》様自らが年内で全国の富籤興行を禁じると布告したことは?」

鶴松が箸《はし》で山葵《わさび》を溶きながら言った。誰だって知ってる、と團十郎は鼻を鳴らした。

＊　＊　＊

富籤の原型はおみくじである。

最も古い富籤は現在の大阪府箕面《みのお》市にある瀧安寺《りゅうあんじ》で行なわれた箕面富だが、賞金ではなく、籤が当たった者に御守《おまもり》が与えられるというだけのものだった。現代で言えば、おみくじで大吉を引いた者に景品を渡す、ということになるだろうか。

初期こそそのような形だったが、すぐに賞金が出るようになった。システムとしては現在とまったく同じで、富札を大量に売り出し、そこから当たり籤を買った者への賞金を支払い、それ以外は主催者の利益となる。この構造は賭博《とばく》とほぼ同じである。

古来より、為政者《いせいしゃ》は賭博を危険なものと認識していた。二〇一六年、IR推進法、いわゆるカジノ法案が国会を通過したが、最後まで問題となったのはギャンブル依存症対策だった。

賭博には人間の射幸心《しゃこうしん》を煽《あお》る一面があり、真面目《まじめ》に働くより、楽で簡単に大金が手に入るとなれば、勤労意欲が削《そ》がれるのは当然だろう。

賭博にふける者が増えれば、その分、生産性が落ちる。一度取り憑《つ》かれたら病み付きとなる。

ギャンブル依存症は病気であり、治療には時間と多額の費用がかかる。いずれも為政者にとって重要な問題であった。

江戸時代にギャンブル依存症という考え方はないが、依存している者は少なかった。幕府も賭博の害悪をわかっていたため、たびたび富籤を禁止した。

富籤に限らず、あらゆる博奕《ばくち》を幕府は取り締まったが、ギャンブルは人間の心の深い部分に根差すもので、それだけの魅力があるのも確かである。現代でも闇カジノの取り締まりは難しいが、当時の警察力ですべての博奕を禁ずることはできなかった。

特に富籤は庶民にとって最も身近で、気軽に楽しめるギャンブルである。禁令を出しても一時的な効果しかなく、何らかの抜け道を見つけて再開されるのが常だった。

この現実を直視し、富籤を公営ギャンブルにすることで問題を解決しようとしたのが八代将軍徳川吉宗《よしむね》である。幕府が公認した寺社に限り、富籤興行を許可し、売上から冥加金《みょうがきん》（税金）を取るというのが、その狙いだった。

試験的に寺社奉行《ぶぎょう》管轄《かんかつ》の下《もと》、護国寺《ごこくじ》で富籤興行を開催すると、大変な人気を呼んだ。そこまでは吉宗の思惑通りだったが、別の問題が起きた。

いくつかの寺社に限り富籤興行を許可するというのが吉宗の考えだったが、江戸中の寺社から富籤興行の出願が相次いだのである。

護国寺だけを特別扱いするのは不公平だ、と有力寺社から強い抗議もあり、幕府としても認めざるを得なくなった。

明治五年（一八七二）の「寺院明細帳」によれば、当時の東京府の寺院は二千四百八十六あった。享保の頃の正確な数は不明だが、二千を超えていたのは間違いない。

江戸にある二千以上の寺すべてが富籤興行を開くとなれば、ひとつの寺が年に一度だけだとしても、毎日六、七寺で興行が行なわれることになる。これでは、江戸の町人すべてがギャンブル依存症になってもおかしくない。

同時に、全国の主だった寺社からも、富籤興行の認可を求める声が殺到《さっとう》していた。誰もが一攫千金《いっかくせんきん》の夢を追うようになり、それに応えて当たり籤の賞金も凄《すさ》まじい勢いで高額化していった。

あまりの過熱ぶりに、吉宗はさまざまな規制を行なったが、一度認可された寺社は既得権益を守ろうとした。公平に扱うためには全廃する以外ないのだが、寺社側には古刹《こさつ》修復という大義名分があった。

財政に余裕がない幕府としても、税収をみすみす捨てることはできない。結局、富籤興行の日を限定する以外、手の打ちようがなかった。

その後、幕府は富籤の禁止と認可を繰り返すことになる。禁止期間が長いほど、再開の認可が下りた時は爆発的に流行した。

江戸期を通じ最も隆盛《りゅうせい》を極めたのは、十一代将軍家斉《いえなり》の文化文政期だったが、天保年間に入っても、ブームは続いていた。享保期から数えると、七度目の大流行である。

だが、天保の改革を主導していた老中《ろうじゅう》の水野忠邦《ただくに》は、富籤を賭博と規定し、段階的に規制を厳しくしていった。全国での富籤興行を全面的に禁止すると布告したのは、天保十三年（一八四二）三月のことである。

幕府による正式な禁止令であったため、十二代将軍徳川家慶の名前が使われたが、これは形式上のことで、実際には水野が決定していた。

この禁令により、一時的に富籤ブームは沈静化したが、財政難に苦しむ幕府はその後江戸府内の大きな寺社にのみ、富籤興行を認めるようになっていた。

徳川将軍家の菩提寺《ぼだいじ》である寛永寺《かんえいじ》その他、有力寺社の要請を撥《は》ね付けることは、幕府にもできなかったのである。

しかし、異常な過熱ぶりに将軍家慶自らが、全国での富籤興行の全面禁止を厳命することとなった。布告されたのは半年前だが、実際に施行されるのは天保十五年一月からと決まっていた。

＊　＊　＊

「老中水野忠邦の意を受け、天保十三年、富籤興行の禁止令を出すために動いたのは鳥居耀蔵《とりいようぞう》ですが、特例を認めさせたのも鳥居の進言があったからこそです」

寛永寺、芝増上寺《しばぞうじょうじ》、浅草寺《せんそうじ》、護国寺、成田山《なりたさん》深川不動尊《ふどうそん》、高輪泉岳寺《たかなわせんがくじ》、池上本門寺《いけがみほんもんじ》、と鶴松が指を折った。

「その他、年に二回という縛《しば》りこそあるものの、合わせて二十ほどの寺が富籤興行を開いています。そのために大きく変わったことがありますが、何だと思いますか？」

　さあな、と團十郎は蕎麦をたぐった。博奕は好きだが、富籤は性に合わない。興味もないので、詳しい事情は知らなかった。

「文化文政期には、江戸中の寺社で月に百回以上の富籤興行が開かれていました」

　鶴松が鼻の付け根を揉《も》んで顔をしかめた。山葵が利《き》いたのだろう。

「それが月数回に減ったのです。一度の富籤興行に集まる客が、何十倍にも増える理屈はわかりますね？　売り出す富札の数も今までの比ではなく、数万枚ということも珍しくなくなりました。当然ながら、褒美金《ほうびきん》（賞金）も高くなる一方です。師走《しわす》（十二月）に湯島天満宮《ゆしまてんまんぐう》で開かれる富籤興行では、久々に千両富が行なわれるそうです。売り出される富札は、六万枚とか」

　千両、と團十郎は蕎麦を丸呑みにした。ですが、幕府公認の富籤興行はそれが最後になります、と鶴松が言った。

「十二代将軍家慶様の名前でお触れが出た以上、従うしかありません。湯島天満宮以外でも、千両富は何度か行われていますが、幕府も寺社も客も、最後に一発大花火を打ち上げようと考えたのでしょうね」

　どうもおめえの話はまだるっこしい、と團十郎は蕎麦湯を頼んだ。

「だから何だっていうんだ？」

陰富《かげとみ》は実際の富籤興行がなければ成り立ちません、と鶴松が宙で箸を振った。

そりゃそうだとうなずいた團十郎に、将軍の直命ですから、しばらくの間、撤回することはないでしょう、と鶴松が蕎麦湯を猪口に注いだ。

「つまり、陰富の胴元たちにとって、師走の湯島千両富が最後の稼ぎ時となるわけです」

鳥居もその一人か、と團十郎はため息をついた。

「蝮《まむし》にとっては大損だな。ざまあみろ、金がなくなりゃ、あんな妖怪野郎の下につく奴はいなくなる。せいせいすらあ」

鳥居を侮《あなど》ってはいけません、と鶴松が憂鬱《ゆううつ》そうに言った。

「金に魂を売った男です。金のためなら何でもするでしょう。あの男は金に取り憑かれた亡者《もうじゃ》なのです」

奴に何ができるって言うんだ、と團十郎が蕎麦湯で薄めたつゆを飲んだ。

「富籤興行が禁じられちまえば、陰富も終わるしかねえ。将軍直々の命だから、これればっかしはどうにもならねえだろう。お天道様が西から上がったって、無理なものは無理さ」

昨日も言いましたが、と鶴松が顔を上げた。

「鳥居の陰富には、莫大《ばくだい》な金子《きんす》が賭けられています。鳥居は胴元として場を提供するだけで、一割の寺銭《てらせん》を手にすることができました。元金《もときん》が大きいだけに、一割と言っても莫大な額になります」

賢い野郎だ、と團十郎はぽつりとつぶやいた。

「胴元が下手に欲をかくと、どんな賭場だって閑古鳥《かんこどり》が鳴くようになる。長い刻《とき》をかけて絞り取っていくのが、間違いなく儲《もう》かる唯一の方法だ。わかっていても、半端《はんぱ》なヤクザ者にはできねえ。あいつらは我慢が利かねえからな。その辺り、鳥居の頭が切れるのは認めるしかねえ」

陰富に手を染めて十年、と鶴松が両手の指を順に折っていった。

「あの男は鉄のような自制心で、金子の動きを管理していました。寺銭の一割の他に、当たり籤を買った者への褒美金や、酒や馳走《ちそう》などで場を賑《にぎ》やかすために使った金もあったでしょうが、それでも大金が残りました。なぜなら、陰富とは当たらないものだからです」

違《ちげ》えねえ、と團十郎は苦笑した。

「おれは富籤が嫌いでね。ありゃあ、運否天賦《うんぷてんぷ》の博奕だからな。こっちができることは何ひとつねえ。祈るぐらいが関の山だ。他人任せってのが、おれは一番嫌いでね。おまけに、めったなことじゃ当たらねえ。どこが面白いのか、さっぱりわからん」

わたしもです、と鶴松がうなずいた。大金が残ると言ったな、と團十郎は膝《ひざ》小僧を平手で叩いた。

「それが昨日おめえの言っていた百万両のことか？　考えてみりゃあ、妙な話だ。だってそうだろう、賭け手の客が外した金は胴元が総取りと相場が決まってる。どうして鳥居はそうしない？　だいたい、積み立て金なんて聞いたこともねえぞ」

鳥居が自ら作り上げた賭場は、他の陰富の賭場と違います、と鶴松が言った。

「客の顔触れが決まっていること、そして陰富札の値が高いことが大きな違いです。養父が遺した手紙に書いてありましたが、八年前から客は十五人となり、それ以降変わっていません。陰富は寺社で開かれる富籤興行に合わせて行なわれます。どんなに小さな寺社でも、五千枚は富札を発行するのが習《なら》わしですが、十五人で五千枚の陰富札を買うことはできませんから、当たる者も少なくなります」

「それで？」

それは賭け手の客たちもわかっていました、と鶴松が先を続けた。

「そのために、鳥居は取り置き金という決まりを作らざるを得なくなったのです。毎回、鳥居の陰富では数万両の金子が動きます。その一割を寺銭として鳥居が受け取り、二割五分は賭け手に返金します。それでも、外す額の方が大きいのはわかりきった話です。鳥居はその金を毎回積み立て、次回の陰富で留札《とめふだ》を当てた者に全額支払うことを約しました。積もり積もって百万両という大金になったのは、鳥居の陰富が始まってから今日まで、留札を当てた者が一人もいなかったからです」

　おっそろしい話だな、と團十郎は茶をひと口飲んだ。そうやって鳥居は賭け手たちの射幸心を煽ったのです、と鶴松が口をへの字に曲げた。

「毎回の陰富が鉄火場になったのはわかりますね？　留札を当てれば、その褒美金はもちろん、今までの積み立て金も手に入るのです。誰もが必死にならざるを得ません。誰かが留札を当ててしまえば、また一《いち》からです。賭け手たちの賭け金はどんどん膨《ふく》らんでいきましたが、得をしたのは鳥居だけでした。ただ、その危うさに気づいたのが、あの男の賢いところです」

　ずいぶん誉《ほ》めるじゃねえかと言った團十郎に、敵ながら天晴《あっぱ》れと言うべきでしょう、と鶴松がうなずいた。

「大名の江戸家老といっても、無尽蔵《むじんぞう》に金を持っているわけではありません。旗本《はたもと》、御家人《ごけにん》、商人《あきんど》や僧侶にしても同じです。鳥居は裕福な者だけを選んで客にしていましたが、使える金には限りがあります。彼らは公金を使い込んで鳥居の陰富に投じていましたが、いずれ誰かが潰れることになるのは、考えるまでもありません。そのため、鳥居は救済措置《そち》についても取り決めていました」

のです」

「救済措置？」

　鳥居は金に細かい男です、と鶴松が開いていた帳面を指した。

「あの男は最初から出納帳《すいとうちょう》を作っていました。誰がどれだけの陰富札を買っていたか、払い戻しはいくらだったのか、すべての金の出入りを出納帳に残していたのです」

「……何のためにそんなものを？」

「いずれ富籤は禁止になる、と鳥居は読んでいたのでしょう。その時、積み立てている金子を、客が支払った額に応じて返すと約していた、というのが養父の推測です。だからこそ、客たちも陰富に大金を投じることができたのです」

　百万両だぞ、と團十郎は煙管《キセル》を取り出して口にくわえた。

「そんな大金を鳥居がただで返すか？」

　返すはずがありません、と鶴松が帳面を閉じた。

「誰でも百万両には目が眩《くら》みます。金の亡者で、妖怪に成り果てた鳥居ならなおさらです。死んでも返したくないでしょうし、骨の一本になっても、千両箱にしがみつくでしょうね」

　野郎ならそうだろう、と團十郎は煙を吐いた。吹き付けられた煙を手で払った鶴松が、懐から汚れた巾着《きんちゃく》を取り出し、一文銭を三十二枚置いた。

「二八蕎麦ですから、二と八を掛けて十六文。二人分で三十二文。よくできてますね」

煙管の代わりに黒文字をくわえ、團十郎は店を出た。今日は暖かいですね、と暖簾をくぐった鶴松が大きく伸びをした。のんきな面《つら》をしやがって、と團十郎は手鼻をかんだ。

三

少しいいですか、と鶴松が歩き出した。さすがは武家の出だ、と團十郎は後ろ姿に目をやった。

「足腰のさばきで、やっとうをやってたのがわかる。流派はどこだ？」

神道無念流《しんとうむねんりゅう》です、と鶴松が答えた。

「自慢できるほどの腕ではありません。長くやっていれば、型は自然と身につきます。あまり買いかぶらないでください」

買いかぶっちゃいねえ、と團十郎は首を振った。己《おのれ》は真剣を握ったことさえないが、歌舞伎役者として殺陣《たて》の稽古《けいこ》は熱心にやってきた。

下手な剣術使いより、型だけなら巧《たく》みだろう。その團十郎の目から見ても、鶴松の技量は相当なものであることが窺《うかが》われた。

ただ、その割に不器用なところがあった。手足が長いためか、歩いているだけで何かにぶつかることもしょっちゅうだったし、蕎麦屋でも黒文字の入った小壺《こつぼ》を引っ繰り返していた。

頭は悪くないようだが、どこか抜けている。童子のようだと思ったが、むしろ子供に近いのではないか。

積もり積もって百万両か、と謡《うた》うように團十郎は言った。

「つまり、こういうことだな？　今、鳥居の手元には百万両の積み立て金がある。師走の湯島千両富の陰富で、留札を当てた者が、その百万両を総取りする。誰も当たらなかった時は、今まで使った金子の額に応じて払い戻す」

そうです、と鶴松がうなずいた。

「ですが、鳥居が目の前にある百万両をむざむざ他人の手に渡すことなど、考えられません。来月、師走の湯島千両富で陰富は最後です。どんな手を使っても、鳥居は百万両を我が物にしようと考えるでしょう。もちろん、そこで賭けられる多額の金子についても同じです」

「ずいぶん自信たっぷりな物言いだが、だからと言って、約定《やくじょう》を違《たが》えるわけにはいかねえだろう。相手は大名の重臣や旗本だぞ？　敵に回すことなんざ、できるわけもねえ」

鳥居の手下で、韮《にら》の茂吉《もきち》という男がいます、と鶴松が微笑を浮かべた。

「もともとは林家に仕える下男で、算盤《そろばん》が達者だったので積み立て金の勘定《かんじょう》を任されていたのですが、ちょうど一年前、鳥居の陰富のことを甥《おい》っ子に話していたことがわかり、袋叩きにされた揚げ句、右腕を肩から落とされ、江戸から追い払われました。わたしはその噂を聞き、上総《かずさ》国で百姓になっていた茂吉を捜し当てました。鳥居を恨《うら》んでいる茂吉なら、知ってることは何でも話すだろうと思ったのです」

「茂吉って奴は、全部ぶちまけたのか?」

詳しいことは何も、と鶴松が肩をすくめた。

「茂吉は金勘定をしていただけで、陰富については深く関わっていませんでした。ひとつだけわかったのは、鳥居が今年師走晦日の湯島千両富で全国の富籤興行が禁止されると、町奉行という立場もあってかなり前から知っていたことです」

ありそうな話だ、と團十郎は空を見上げた。最後の陰富では、自分も賭け手として加わりたいと他の客に鳥居が言っていたのを、茂吉は聞いていました、と鶴松がうなずいた。

「博奕ですから、胴元より賭け手の方が面白いに決まっています。十五人の客たちも賛成しましたし、それも一興《いっきょう》、と勧めた者もいたようです」

「鳥居の野郎が博奕を打つって?」そんなこと、あるはずねえと團十郎は頭《かぶり》を振った。「あいつは嫌な男だが、知恵は回る。運に頼って大金を賭けるなんざ、馬鹿のするこった。違うか?」

わたしもそう思います、と鶴松が並んで歩いていた團十郎を見やった。

「なぜ鳥居が自分も賭け手に回ると言ったのか。それを考えているうちに、すべてがわかりました。鳥居は湯島千両陰富で、留札を手にし、百万両を我が物にするつもりなのです」

言い切るじゃねえか、と團十郎は鼻から息を吐いた。

「奴が何を考えてるか、わかるって言うのか? そいつはちょいとおかしくねえか。おめえと鳥居は心根から何から違うんだぜ」

わたしは決して聡《さと》い男ではありませんが、と足を止めた鶴松が道に生えていた名もない草を抜き取った。

「自分が鳥居だったらどうするか、考えて考えて考え抜きました。何カ月もそれだけを考えていた、と言ってもいいほどです。鳥居が百万両を客たちに返すことなど、絶対にあり得ません。必ず留札を引き当てることができるとわかっているから、賭け手に回ると言ったのです。留札さえあれば、誰も文句を言えません。堂々と百万両を己のものにすることができます。無論、誰を敵に回すこともありません」

「奴は何をするつもりなんだ？」

刻《とき》は余るほどあります、と鶴松が二本に分かれている道を左に進んだ。

「場所を変えましょう。その方がわかりが早いはずです」

勿体《もったい》をつけやがると唾《つば》を吐いて、團十郎は後を追った。ひんやりとした風が吹き始めていた。

四

小半刻《こはんとき》（約三十分）ほど歩いたところで、鶴松が足を止めた。南町奉行所《みなみまちぶぎょうしょ》じゃねえか、と團十郎は囁《ささや》いた。正面に大きな門があり、二人の武士が立っていた。

「目まぐるしくていけねえ」

昨日は鳥居を殺《あや》めるため、この門を見張っていた。ところが鶴松に当て身を食らい、気を失った。目が覚めると、これ以上ないほどの貧乏長屋に寝かされていた。

いつの間にやら、鳥居への恨みを晴らすための仲間に引き入れられた。危ない橋を渡ることになるのはわかっていたが、それならそれで構わなかった。役者として再起できなければ、生きている意味などない。

謀《はかりごと》の軸になっているのは、目の前に立っている矢部鶴松だ。頭がいいのは少し話しただけでわかったし、機転も利きそうだが、どこか抜けているところがあるのも確かだった。

鳥居への恨みを晴らしたいと考えているのは、團十郎も同じである。ただ、鶴松一人では無理だろう。

おれがいなけりゃ駄目だ、と思わせてしまう何かが鶴松にはあった。悔しいが、團十郎にはそれがなかった。

変な野郎と組んじまったとぼやいた團十郎に、歩きながら話しましょう、と鶴松が背中を押した。

「立ち止まっていると怪しまれますから……奉行が家族と共に奉行所内の屋敷で暮らしているのは、知ってますか?」

馬鹿にしやがって、と團十郎は低い声で唸《うな》った。

「江戸っ子でそれを知らねえ奴がいると思ってるのか?」

それなら話が早い、と鶴松が視線を奉行所に向けた。塀で囲われているため、中は見えない。

「養父が南町奉行を任じられたのは天保十二年(一八四一)四月末、職を解かれたのがその年の十二月ですから、八カ月ほどの間ですが、わたしも奉行所《ここ》に住んでいたのです。中の様子はすべて知っています」

こいつは驚《おどれ》えた、と團十郎は鶴松と奉行所を交互に見た。ここからではわかりませんが、と鶴松が歩を進めた。

「総坪数二千六百十七坪、なかなかの広さです。わたしたちが住んでいたのは奥にある奉行屋敷で、奉行所とは百間ほど離れています。奉行所の建坪は五百八十坪で、建物の造りは大きく分けて三つ、まず役人が訴状を吟味《ぎんみ》する役所です。役所内には奉行官舎や与力《よりき》番所、同心《どうしん》番所、用人長屋や若同心詰所、支度《したく》部屋や年番部屋などがあり、これに砂利《じゃり》敷きのお白州《しらす》、そして処分が決まっていない者を入れておく牢が別にあります」

「牢屋敷は小伝馬町《こでんまちょう》だろう」

あそこは罪が決まった咎人《とがにん》のための牢です、と鶴松が眉《まゆ》をひそめた。

「何度か養父に連れられて行ったことがありますが、文字通りの地獄ですよ。陽《ひ》も差さず、汚穢《おわい》の臭いがして、病人だらけです。奉行所の牢は刑が決まっていない者や、怪しいと与力や同心が睨《にら》んだ者を留め置くための仮牢です」

こんな感じでしょうか、と鶴松が歩きながら懐から取り出した筆で帳面に何本か線を引き、丸で囲った。器用なもので、どこに何が建っているか、大体のところが團十郎にもわかった。

「鳥居が陰富の賭場として使っているのは、奉行所内玄関脇の支度部屋です。他の部屋には与力や同心が詰めてますから、空いているのはここしかありません」

「支度部屋ってのは何だ？」

　お裁きのための書き物や、日本、唐国のさまざまな書籍が置かれていますが、実のところ休憩所ですと鶴松が言った。

「与力や同心が、しょっちゅう昼寝をしていましたよ。何しろ、この広い江戸市中を与力二十五騎、同心百人で受け持っているのですから、休みもろくにありません。寝るのも仕事のうちだ、と養父はよく話していました」

　懐かしそうな表情を浮かべた鶴松が先を続けた。

「支度部屋は東と西、二部屋あります。もとはひとつの大部屋でしたが、襖で仕切り、二つの部屋に分けたそうです。襖を閉めれば、互いの部屋を見ることはできません。東西、それぞれの部屋は二、三十人ほどが入れるほど広く、賭場にするにはうってつけです。おそらくですが、東の支度部屋を使っているのでしょう。というのも、その床下に火事に備えて大きな穴が掘られているからで――」

　おめえの話は忙《せわ》しなくていけねえ、と團十郎は鶴松を睨みつけた。

「もうちっとゆっくり話してくれねえと、こっちの頭がついていけねえよ」

すいませんと頭を下げた鶴松が、その穴に鳥居は千両箱を取り置いているはずです、と言った。

「百万両といえば、千両箱で千箱ですからね。奉行所内に積み上げておくわけにはいかないでしょう。重さで床が抜けるかもしれません。床下の穴なら、その心配は無用です。いずれにしても、他に千箱の千両箱を置く場所はないんです」

千両箱は縦一尺三寸二分《ぶ》（約四十センチ）、横四寸九分（約十五センチ）、深さ四寸（約十二センチ）、その重さは一貫《かん》（約四キロ）である。

天保小判は一枚三匁《もんめ》（約十一グラム）だから、千両でおよそ三貫（約十一キロ）、合わせて四貫近くになる。何十箱も積み上げれば、床が抜けてもおかしくない。

ありゃあ重てえからな、と團十郎はうなずいた。江戸一の歌舞伎役者、七代目市川團十郎は千両役者である。当然、千両箱を手にしたこともあった。

「人目につかないように千両箱を運び込むのは、大変だっただろうな」おめえの言う通りかもしれねえ、と團十郎は言った。「奉行所の床下の穴に、千箱の千両箱を置いているんだろう。だが、どうやって盗み出すつもりだ？　ひと箱四貫だぞ。おれだってひとつ抱えて持ち出すのがやっとだよ。こっちは四人で、一人は爺さん、もう一人は娘っ子だ。おれとおめえの二人で盗み出すとしたら、三日三晩あったって足りやしねえ」

盗むつもりなどありません、と鶴松が首を振った。

「そもそも、部外者は南町奉行所に入ることができません。門は表門と裏門がありますが、どちらも常に門衛が立っています。強引に押し入れば、それだけで捕らえられますよ。塀を越えて忍び込んだとしても、中には与力や同心、岡《おか》っ引《ぴ》きや目明《めあ》かしがうようよいます。鼠小僧《ねずみこぞう》や石川五右衛門《ごえもん》でも、あっという間に捕《つか》まるでしょうね」

「それじゃ、どうにもならねえじゃねえか」呆《あき》れて物が言えねえ、と團十郎は垢《あか》の溜《た》まった首筋を掻《か》いた。「盗むも何も、奉行所に入れねえんじゃ話にもならねえよ。百万両は奉行所の中にあるんだろ？」

だから盗むつもりはないと言ったじゃありませんか、と鶴松が團十郎の肩を軽く叩いた。

「七代目が留札を持っていれば、積み立てられている百万両は総払いされます。鳥居が決めたことですから、誰にも止め立てできません。堂々と門から出てきてください。運び出すための人手は、わたしが手配しておきます」

さっぱり筋《すじ》が見えねえ、と團十郎は大きな顔の前で手を振った。

「何の話をしてやがるんだ？　鳥居の陰富の客は、大名や大身《たいしん》の旗本、御家人、要は身分のある武士だと言ったよな。自慢じゃねえが、おれは江戸十里四方所払《しほうところばら》いの罪人だぞ。本当だったら、江戸の町に足を踏み入れることだって許されねえんだ。そんなおれに南町奉行所の中に入って、御法度《ごはっと》の陰富に賭け手として加われとぬかしてんのか？　馬鹿も休み休み言え、捕まったらどうなると思ってやがる」

客は武士だけではありません、と鶴松がもう一度團十郎の肩を叩いた。

「賭場には裕福な商人、そして僧侶もいます。七代目なら見咎《みとが》められることなく、賭場に入れるでしょう」

まさかと叫んだ團十郎の口を、鶴松が素早く塞《ふさ》いだ。

「大声を出さないでください……そうです、上野寛永寺開山堂の僧侶、法良《ほうりょう》です。あの男になりすまして、賭場に入るのです。誰にもわかるはずがありません。どうしておれがあそこにいるんだと、自分でも言っていたでしょう？」

鶴松の肩が震えていたが、笑いを堪《こら》えているのだろう。浪人の身とはいえ武家の出だが、鶴松には武士らしくないところがあると團十郎は思っていた。

よく笑い、よく泣く、喜怒哀楽のはっきりした男である。武士なら、人前で大声で笑うことなどあってはならないはずだが、気にする様子はなかった。

「瓜二《うりふた》つとは、七代目と法良のためにある言葉です」

入れ替わったところで、気づく者などいるはずもありませんと言った鶴松に、おめえは他人事《ひとごと》だから笑ってられるだろうが、と團十郎はため息をついた。

「おれの身にもなってくれ。こう見えて臆病なんだ。所払いの咎人に奉行所へ行けって？　そいつは無理な注文だぜ」

あの法良という僧侶が七代目とそっくりだという話は、上野界隈《かいわい》ではよく知られているんです、と涼しい顔で鶴松が先を続けた。

「まだ修行中の身ですから、表に顔を出すことは多くありませんが、あれだけの色男です。一目見たら忘れられないでしょう。女性《にょしょう》の中には、毎日開山堂参りをしている者もいると聞きました。せめて顔だけでも拝みたいということなんでしょう。女泣かせなところも、あなたとそっくりじゃありませんか」

あの坊主の面がおれと似ているのは認める、と團十郎は唇をすぼめた。

「鳥居も賭場にいる客も、法良だと信じ込むかもしれねえ。だが、そこからどうしようっていうんだ？　おれが買った陰富札が当たってりゃあ、百万両が総払いになるだろうが、そんなことが起きるはずもねえ。湯島千両富では六万枚の富札が売りに出される、と言ってたのはおめえだぞ？　六万枚の中に留札は一枚きりだ。そいつを当てられるぐらいなら、こんなところでうろうろしてねえよ。毎晩、吉原《よしわら》で遊び歩いてるさ」

賀茂河《かもがわ》の水、雙六《すごろく》の賽《さい》、山法師《やまほうし》、是《これ》ぞ我が心にかなはぬもの、と鶴松が有名な白河院の言葉を口にした。

「白河院でさえ、雙六の賽は思う通りの目を出せませんでした。六万枚のうち一枚しかない留札を当てることなど、できるはずもありません。ただ、手はあります。留札を作ればいいのです」

おれは降りる、と團十郎は裾《すそ》をからげた。目の前でにこにこ笑っている鶴松の顔が、化け物に見えた。

「何を言ってやがるんだ、おめえは。どうかしてるんじゃねえのか？　まるで意味がわからねえ」

「知っている店があります」

茶でも飲んでひと息入れませんか、と鶴松が歩きだした。ひとつ首を捻って、團十郎はその後に続いた。

## 五

鶴松が入っていったのは、くるま屋という茶屋だった。愛想のいい老夫婦が営んでいる店で、濃茶《こしちゃ》と団子が売りのようである。

もとは水茶屋でした、と鶴松が店の表にあった縁台に腰を下ろした。水茶屋、と團十郎は口元をへの字に曲げた。

江戸初期における茶屋は、単に地面に筵《むしろ》を敷いてお茶を出すというだけの簡素なものだったが、次第に店舗という形を取るようになり、気軽な休憩所として庶民の憩いの場となった。

五代将軍綱吉《つなよし》の頃、江戸の茶屋は数千軒に達したが、そうなると店々の間で競争が起き、さまざまな手段を講じて客を集めなければならなくなった。この時最も重視されたのが、看板娘である。

若く美しい町娘を雇えば、茶や団子の味とは関係なく、それだけで客が増えた。このような形態の店は水茶屋と呼ばれ、一般の茶屋と区別されていた。

ところが、客と関係を持つ娘が出てくるなど、風紀を乱すという理由で、天保十二年、老中水野忠邦の命により、すべての水茶屋は営業禁止となった。天保の改革によって多くの店が潰されたが、水茶屋もそのひとつだったのである。

水茶屋で働く娘たちの中に、春をひさぐ者がいたのは事実だが、ほんの一部にすぎない。

後世、天保の改革が暗い印象を与えるのは、庶民のささやかな楽しみも許さないという水野と、その腹心の部下だった鳥居の執拗《しつよう》さによるものだろう。

「爺さんと婆さんのいれたお茶だと思うと」どうも旨《うま》くねえ、と團十郎は長いため息をついた。「おれたちだって、娘っ子をどうこうしようってわけじゃねえ。愛《め》でるためにいてくれりゃ、それで良かったんだ。何から何まで雁字搦《がんじがら》めにしやがって」

その話は後にしましょう、と鶴松が小ぶりの湯呑みを手に取った。

「今は陰富です。留札を作ればいいと言いましたが、意味がわからないと七代目が言うのはもっともです。詳しく話しますから、聞いてください」

聞くだけだぜ、と團十郎は体を前に傾けた。富籤と陰富には大きな違いがあります、と鶴松が口を開いた。

「寺社での正式な富籤興行では、好きな番号の富札を買うことができません。寺社に出向き、社務所で何枚買うか伝えると、係の者が適当に選んだ富札を渡すだけです」

「そんなこたあ、誰だって知ってる」

陰富は違います、と鶴松がひと口茶を飲んだ。

「客は自分の好きな番号を選ぶことができます。それが最も大きな違いです」

陰富が流行したのは、いちいち寺社に出向くことなく、簡単に富札を購入できる利便性のためだが、番号を自由に選べることも人気を呼んだ理由のひとつだった。

これは陰富の胴元側の事情に因《よ》るもので、湯島千両富がそうであるように、大規模な富籤興行の場合、販売される富札の枚数は六万枚以上である。

正式な富籤と同じ形で売るためには、六万枚の陰富札を用意しなければならないが、当時の印刷技術で番号の違う六万枚の富札を刷ることは、事実上不可能だった。

どこの寺社でも手書きで富札を作っていたが、一人で六万枚の富札を書くことはできない。大勢の僧侶、神職の者が駆り出され、富札に番号を書いていくのだが、同じ書体で文字を書く修業を積んでいる者でも、筆跡が違ってくるので、富札を偽造する者が出てくる恐れがあった。

その対策として、朱印を捺すことで、正式に寺社が発行した富札であるという証《あかし》にした。

陰富の場合、そういうわけにはいかない。手間を省くためには、客が選んだ番号を書いて渡すのが一番早く、簡単だった。

客の側も、その方が楽しみが増すという利点があった。当たり札の番号を予想するという楽しみである。

＊　　＊　　＊

　現在でも、数字選択式全国自治宝くじ（ナンバーズ、ロトなど）のように、購入者が数字を自由に選べるタイプの宝くじがあり、過去の傾向を調べることで次の出目が予想できると考える者は多い。

　そのための雑誌まであるほどだが、陰富においても事情は同じで、運やまぐれではなく、確率計算を試みる者、それ自体を楽しみとする者が大勢いたのである。

　また、例えば馬券や舟券を買う者が、自分の誕生日や縁のある数字、あるいはテレビや雑誌等の占いコーナーで取り上げられたラッキーナンバーを使うことがあるが、その辺りも同様である。末広がりを意味する八が好まれ、忌《い》み数字である四や九は避けられる傾向があった。

　誰でも好きな数字がある。験《げん》を担《かつ》ぐ者がいるのは、今も昔も変わらない。ひとつの数字に固執《こしつ》する者も少なくなかった。

＊　＊　＊

「ですから、留札を作ることができるのです」
おめえはけ
つから物を言う悪い癖がある、と團十郎は顔をしかめた。

「どういう段取りで留札を作るのか、そこを話してくれねえと、おれにはさっぱりわからねえ」

よく言われます、と鶴松が月代《さかやき》の辺りを強くこすった。

「では最初から……師走の湯島千両富では、六万枚の富札が売り出されます。イロハニホヘトチリヌや、一から十（拾）までの数字を組み合わせただけでは、とても足りません。湯島千両富では、最初に六つの組を作るのが慣例となっています」

「福禄寿《ふくろくじゅ》に松竹梅」誰だって知ってらあ、と團十郎は湯呑みに手をかけた。「それぞれ一万枚と聞いてるぜ。その次の段は、イロハニホヘトチリヌ、の十文字だ」

それが千番台です、と鶴松がうなずいた。

「その下に一から十までの数字が続きます。これが百番台で、そこからまたイロハニホヘトチリヌ、と分かれ、これが十番台となります。最後に、もう一度十までの数字が入ります」

図にした方がわかりやすいでしょう、と鶴松が帳面に文字を書き込んだ。

「例えばですが、留札の番号は、福の組ロ、三のホの五、ということになります」

頭がこんがらがってきたと呻《うめ》いた團十郎に、陰富では番号の組み合わせを客が選べます、と鶴松が言った。

「富箱を突くのは勧進元《かんじんもと》である寺社の僧侶、または神主《かんぬし》です。湯島天満宮は神社ですから、神主もしくは神官がその役目を務めることになります」

「それで?」

「湯島千両富には古来からの作法があり、まず福禄寿松竹梅の富箱を、長い錐《きり》で百回突きます。最初に突いた札が一番籤の頭となり、最後、百回目に突いた札が留札の頭になります」

おれも見たことがある、と團十郎は言った。

「そうやって万の位を決めてから、千の位、百の位と同じことを繰り返してたな。だが、そこに細工はできねえだろう」

もちろんです、と鶴松が小さくうなずいた。

＊　＊　＊

富籤はおみくじ、つまり神籤が元となっている。従って神事である。

そのため、不正は許されない。当たり籤の番号を決めるのは僧侶や神主ではなく、もちろん将軍でも寺社奉行でもない。あくまでも神の意思なのである。

現実的に考えても、不正があってはならなかった。富籤は神事であると同時に、賭博だからである。

客は大事な金を賭けている。不正があったとわかれば、暴動が起きてもおかしくない。

現代でも、競馬、競輪、オートレースなどで判定が曖昧《あいまい》だった場合、客が怒りだす例は枚挙《まいきょ》に暇《いとま》がない。過去には判定を不服とする客が、競馬場に放火した事例もあった。

富籤の場合、不正とは意図的に富駒（富箱に入っている板札）を操作することを意味する。一種のイカサマだが、それを防ぐためにさまざまな措置《そち》が講じられていた。

寺社の大小にかかわらず、あらゆる富籤興行には必ず吟味役《ぎんみやく》がつき、集まった客たちの前で富箱の中を検《あらた》め、何も入っていないことを示した上で、富駒を入れるのが定法である。

更に、富箱を何度も引っ繰り返し、富駒を十分にかき混ぜ、番号の偏《かたよ》りがないようにするが、これもイカサマ防止のために必要な手順だった。

吟味役は寺社奉行から派遣される。寺社側の監視役もつき、富駒を突く者も交替制である。全員が結託すれば、番号の操作は可能だが、非常に厳しいのは言うまでもないだろう。

富籤興行は寺社奉行の管轄下にあり、主催、運営は寺社側が行なう。官民合同事業であるため、買収その他の手段で関係者全員をイカサマに加わらせるのは、ほぼ不可能だった。

一度でもイカサマがあったという噂が立てば、その寺社での富籤興行は即刻禁じられた。それ以前に、客が寄り付かなくなるだろう。

誰にとっても得がないため、江戸期を通じ、幕府が認可した富籤興行でイカサマが行なわれた例はほとんど記録に残っていない。万全なイカサマ対策が講じられていた、ということでもあるのだろう。

＊　＊　＊

「だが、おめえは留札を作ることができると言う。どうすりゃそんなことができるのか、教えてもらいたいもんだ」

できるはずがねえと手鼻をかんだ團十郎に、富籤と陰富は違いますと鶴松が言った。

「何が違うっていうんだ」

場所です、と鶴松が帳面を開いた。

「富籤興行は寺社の境内で開かれます。集まった大勢の客の前で富駒を突き、その文字や数字を神主や吟味役が大声で伝えます。その段階で、誰もが番号を知ることになります」

「当たり前じゃねえか」

「ですが、陰富ではそうもいきません」寺社と賭場が離れているからです、と鶴松が帳面に図を描いた。「師走の湯島千両富は、上野の湯島天満宮で開かれます。そして鳥居の陰富の賭場は、数寄屋橋門内の南町奉行所。その間、約一里（四キロ）です。走ったとしても、小半刻（約三十分）はかかるでしょう。そこが狙い目です」

さっぱりわからんと首を振った團十郎に、湯島天満宮で富駒を突き始めるのが昼九つ午《うま》の刻（昼十二時）だとしましょう、と鶴松が数字を書き込んだ。

「最後の留札の文字が南町奉行所に知らされるのは、どんなに早くても半刻後の九つ半（午後一時頃）は過ぎます。この半刻を使って、留札を作るのです」

少し読めてきた、と團十郎は茶をひと口飲んだ。

「面白《おもしれ》えじゃねえか。続きを聞かせろ」

「本来でしたら、富籤の留札、その他の当たり籤の番号は、瓦版屋《かわらばん》が伝えます」

江戸時代、富籤の当籤《とうせん》番号の発表は、瓦版屋が広めるのが一般的だった。籤の購入者が富籤興行が催されている寺社に出向き、その場で発表を待つ決まりがあったが、現在と違い富籤の価格が高額だったため、庶民たちは数人で金を出し合って買う者の方が多かった。

寺社へ出向くのは代表者のみで、他の者は瓦版を買うことで当たり籤の番号を知るのである。

もちろん、寺社にいた者から口伝えで番号を聞くこともあったが、大金が懸かっているだけに間違いは許されない。前後賞はあるが、末尾の数字が違っていただけでも外れ籤になってしまうから、瓦版の情報の方が信頼されたのである。

簡単な一枚刷りの当籤番号だけが書いてある瓦版が町の辻で売られるのは、通常、翌朝である。感覚としては、現在でいう号外に近い。

ですが陰富の場合、客は翌朝まで待ってくれません、と鶴松が言った。

「多くの胴元は、人を雇って当たり籤の番号を調べます。留札だけが当たり籤ではありません。大きな富籤興行なら、最低でも二、三千本あるでしょう。そのために使うのがおはなし屋です」

江戸の町にはさまざまな職業があったが、おはなし屋（御話売ともいう）はその中でも特殊な稼業と言えるだろう。

幕府公認の富籤の販売所は、寺社と決まっている。そこまで行くのが面倒な者は、陰富を買うしかない。

正式に認可された富籤よりも、陰富で動く金子の方が多かったほどで、客は江戸八百八町の至るところにいた。

ただし、陰富は非合法の博奕である。客の一人一人に、胴元が当たり籤の番号を触れ廻ることはできない。

そこで登場するのがおはなし屋である。「おはなし、おはなし」と町の辻に立って、当たり籤の番号を教えるのがその仕事だった。

陰富をしている客のための通知役だから、目立つことはできない。「おはなし、おはなし」と枕を振るのも、ただ話をしている風を装うためである。

おはなし屋が陰富の胴元に雇われているのは、町奉行もわかっていたが、末端の小者にすぎない。捕まえてもきりがないし、代わりになる者はいくらでもいたから、見て見ぬふりをするしかなかった。

「鳥居もおはなし屋を使うはずです」おそらく配下の目明かしでしょう、と鶴松が湯呑みに触れた。「ただ、それが誰なのか、何人いるのかは、まだわかっていません。湯島千両富では、万の位から一の位まで、百回ずつ富箱を突きます。位が変わるたびに富箱を交換しますが、その間に湯島天満宮の境内にいる目明かしが南町奉行所へ向かうのでしょう。それを足止めし、本当に突いた札が松であっても福、イであってもロというように、わたしたちが決めた番号を南町奉行所にいる鳥居に伝えれば、留札を作ることができます」

開いた口が塞がらねえ、と團十郎は顎を押さえた。

「つまり、法良に扮《ふん》したおれが持っている番号の陰富札を留札にするってことか？本当の留札が何であれ、そんなこたあ関係ねえ。おはなし屋をふん縛《じば》ってでも足止めして、その間におれたちの決めた番号をおはなし屋のふりをした誰かが鳥居に伝える。それで一丁上がりってわけだ」

他に留札を作る方法はありません、と鶴松がお茶のお代わりを頼んだ。

「ただ、今話したように、誰がおはなし屋になるのか、人数さえわかっていません。富籤興行当日、湯島天満宮は数万の人出となるでしょう。出入りも勝手です。神社を出て行ったすべての者を追いかけるわけにもいきません。おはなし屋の顔と名前がわからなければ、この手は使えないのです」

「どうやって調べるつもりだ？」

策はありません、と鶴松がうつむいた。話が違うじゃねえか、と團十郎はその肩を突いた。

「おはなし屋を足止めしなけりゃ、どうにもならねえだろう。おめえの考えは、絵に描いた餅《もち》ってやつだ。どんなに美味《うま》そうでも、食えなきゃ話にならねえ。暇つぶしにはなったが、この辺でおめえとは――」

昨日まではそうでした、と顔を上げた鶴松が團十郎の太い腕を摑んだ。

「あらゆる手を使って、おはなし屋が誰なのか調べましたが、どうにもなりませんでした。ですが、昨日あなたを見つけたことで、算段がつきました。十日後、湯島千両富の陰富について、鳥居が会合を開きます。集まってくる客は、わたしたちが目をつけていた大名の重臣、旗本、御家人たち。その中に例の法良という僧侶もいます」

待ってくれ、と片手を上げた團十郎に、そうです、と鶴松が大きくうなずいた。

「七代目は法良として、その会合に出てください。そこで湯島千両陰富に関する話し合いが行なわれます。江戸一の歌舞伎役者の本領を発揮するのは、今しかありません。わたしの代わりに目となり、耳となって、細大漏らさずすべてを調べてきてほしいのです」

「……おれが法良ではなく、市川團十郎とわかったらどうなる?」

肩をすくめた鶴松が、無言で首に手を当てた。陽に雲がかかり、二人の間を冷たい風が吹き過ぎていった。

## 六

霜月晦日《しもつきみそか》（十一月三十日）辰《たつ》の下刻《げこく》（午前九時頃）。目を覚ますと、談志とお葉が覗き込んでいた。二人とも満面の笑みである。

「何を笑ってやがる」

煎餅《せんべい》布団に寝そべったまま目だけを向けると、わかってるだろとお葉が言い、用意はできてるぜ、と談志が手にしていた剃刀《かみそり》を掲げた。

起きたばっかりじゃねえか、と團十郎はその場に座って目をこすった。

「面《つら》ぐらい洗わせろ。腹だって減ってる。お茶の一杯も出ねえのか？」

それほど刻《とき》に余裕はありません、と土間の框《かまち》に座っていた鶴松が言った。どこか楽しそうなのは、他の二人と同じである。

「法良が寺を出るのは、午《うま》の正刻《せいこく》（昼十二時）です。朝寝を楽しんでいる場合じゃありません。だから、昨晩のうちに済ませておいた方がいいと言ったんです」

嫌なこった、と團十郎は枕元にあった貧乏徳利の口を振って、手のひらをぺろりとなめた。数滴落ちただけだが、安酒の味が舌に残った。

「別に朝寝がしてえわけじゃねえ。ちっと深酒がすぎただけだ。それというのも……おい、本当にやるのか？」

未練がましく自分の頭に手をやった。伸び放題の総髪《そうはつ》だが、案外気に入っていた。

法良という僧侶と入れ替わるために、坊主頭にしなければならないと鶴松が言ったのは十日前のことだ。鳥居が持っている百万両を奪うためにはそれしかないとわかっているが、剃髪《ていはつ》するのは嫌だった。

ぐずぐず文句を言っては引き延ばし、毎晩酒を飲んではぐらかしていたが、さすがに逃げられないようだ。

畜生《ちくしょう》、とつぶやいた團十郎の手を左右からお葉と談志が引っ張り、土間に降ろした。古い筵が敷いてある。その真ん中で、團十郎は胡座《あぐら》をかいた。

「やりたきゃやれよ。ただ、言っておくが、おれは生まれつき病弱で、蒲柳《ほりゅう》の質なんだ。明日から師走だぞ？　この寒いのに髪を剃《そ》り上げられた日にゃ、すぐ風邪をひいちまう。一度寝込んだら、おれは長《なげ》えからな。大晦日まで、寝たきりってことになるかもしれねえ。そうなったら、おめえの立てた策も台なしどころか——」

熱い、と團十郎は飛び上がった。お葉が頭から湯をかけたのである。

「細かいこと言ってんじゃないよ。決めたことだろ？　神妙《しんみょう》にして座ってな。すぐに終わるから」

着物の懐から取り出したのは、錆《さび》の浮いた鋏《はさみ》だった。何も言わず、團十郎の長い後ろ髪を摑んで、迷わず切り落としていく。ぱさり、という音がして、筵に髪の毛の束が落ちた。

本当にやりやがった、と團十郎は髪の毛をつまみ上げた。

「容赦《ようしゃ》ねえことをしやがる……まあいいさ、切っちまったもんはしょうがねえ。どんどんやってくれ」

言われなくても、とお葉が器用に手を動かし、頭を刈っていった。髪結《かみゆ》いでもしていたのか、妙に慣れていた。

小半刻（約三十分）ほどで、五分刈りの頭になった。これじゃ駄目なのかと言った團十郎の前に、研《と》ぎ上げた剃刀を握った談志が回った。

「五分刈りの坊主なんて、いるわけねえだろう。任せとけ、七代目。こう見えて、おいらは月代《さかやき》を剃るのがうめえんだ。貧乏旗本とはいえ、親父は侍だったからな。子供《ガキ》の頃からやってたから、慣れたもんだ。まあ、かれこれ二十年ぐれえご無沙汰だが、昔取った杵柄《きねづか》って言うじゃねえか」

気をつけてくれ、と團十郎は真顔で言った。

「おれは役者だぞ。頭はともかく、顔に傷がついたらおまんまの食いっぱぐれだ」

役者は辞めたんじゃなかったのかい、とお葉が半畳《はんじょう》を入れた。動くなよ、と談志が頭に剃刀を当てた。

横からお葉がちょろちょろと湯を注いでいる。頭を剃る何とも言えない音が脳天に響き、團十郎は顔をしかめた。

江戸時代初期から中期にかけて、武士、町人、いずれも髷を結い、月代を剃るのが一般的だったが、歌舞伎役者の髪形に関しては事情が違った。演じる役柄によって、鬘《かつら》を変える必要があるため、短く刈る者が多かった。

手鎖《てぐさり》になるまでは、團十郎も七分刈りにしていた。その方が鬘の付け外しに便利なためで、歌舞伎役者は医者や僧侶と同じく法外の者とされていたから、どのような髪形でも許されたのである。

江戸十里四方所払いの処分を受けてから、團十郎は髪を伸ばし放題にしていた。田舎の舞台に上がるのに、いちいち髪形を整えたくないという見栄《みえ》である。

そのため総髪となっていたが、半年以上切っていなかったため、髪の腰が強くなっているようだ。なかなか難しいね、と剃刀を当てていた談志が土間の鶴松に目だけを向けた。

法良の代わりに、鳥居が開く陰富の会合に出ることを頼んできたのは鶴松である。鳥居の手の内を調べるためにはそれしかないと説得され、團十郎も納得していた。

僧侶である法良に化けるためには仕方ない。僧形《そうぎょう》の者に髪があったら、誰でもおかしいと思うだろう。

会合が開かれるのは今日である。剃髪はいいが、と團十郎は口を開いた。

「こんなことで、本当に法良と入れ替わることができるのかよ」

「衣装は用意してあります」

鶴松が足元の木箱を開くと、そこに古い僧衣が入っていた。質流れ品でも買ったのだろう。

「七代目の顔は法良と瓜二つです。僧衣を着て、それらしくふるまっていれば、誰も疑いません。歌舞伎役者として、僧侶を演じたことは何度もあるでしょう」

まあな、とうなずいた時、いけねえ、と談志がつぶやいた。後ろ頭に剃刀の刃が引っ掛かり、傷がついたようだ。

「だから動くなって言ったじゃないか。七代目、大丈夫だよ。ちっと血が出ただけだから、唾でもつけときゃすぐ治っちまうさ」

「汚ねえな、止《や》めてくれ」

勝手なことばかり言いやがる、と團十郎は腕を組んだ。

「おい、鶴松。髪を剃り上げて僧衣を着れば、面《つら》もそっくりなんだから、誰も疑わねえってのはそうかもしれねえ。おれだって役者だ。坊主の所作《しょさ》ぐらい真似《まね》られる。だがな、どうやっておれと法良を入れ替えるつもりだ?」

「今日のことですか」

当たり前よ、と團十郎は解《ほど》いた両腕を膝に置いた。

「大晦日、湯島千両陰富の当日は、野郎をふん縛ってどこかに閉じ込めときゃあいい。後でどんな騒ぎになったって、知ったこっちゃねえからな。だが、今日からひと月ってわけにはいかねえだろう。鳥居に怪しまれたら、すべてが終わっちまうぞ」

そこは任せてください、と鶴松が笑みを浮かべた。どうもその顔に弱い、と團十郎は目をつぶった。

謀《はかりごと》は密なるをもって良しとす、ということなのか、余計なことを言わないのは鶴松の性格である。知り合って間もないが、團十郎もそれはわかっていた。

どうかね、と談志が一歩退いた。立ち上がって四方から確かめていた鶴松が、いい塩梅《あんばい》ですとうなずいた。

團十郎は目を開けて、自分の頭に触れた。きれいに髪が剃り上げられていた。

「人の頭ってのは、意外にでこぼこしてるもんだな」

つぶやいた團十郎の頭を、笑いながら三人がぺたぺた触った。何を笑ってやがると顔をしかめたが、笑い声が大きくなっただけだった。

七

巳《み》の下刻（午前十一時頃）、僧衣に着替えた團十郎は、鶴松と共に蝸牛《かたつぶり》長屋を出た。向かったのは寛永寺開山堂である。

團十郎は虚無僧《こむそう》の天蓋《てんがい》を被《かぶ》って、顔を隠していた。尺八も持たない坊主がそんなことをしているのも妙だが、他にどうしようもない。

幸い、蝸牛長屋を出てから、すれ違う者こそいたが、不審に思う者はいなかったようだ。急ぎ足で歩くうちに、開山堂の前に出た。

「しばらく待っていれば、法良が出てきます」会合の場所は南町奉行所、と鶴松が言った。「法良が通る道はわかっています。下谷《したや》広小路《ひろこうじ》から日本橋を通れば、すぐ奉行所です。それが一番近いですからね。あとは網にかかる《かし》のを待つだけです」

ひとつわからねえことがある、と團十郎は首を傾げた。

「あの法良って坊主はおれと同じか、もうちっと下だろう。三十をいくつか超えたぐらいか？」

三十二と聞いています、と鶴松がうなずいた。そんな若造がどうして鳥居の陰富に加わってやがるんだ、と團十郎は逆側に首を曲げた。

「坊主のことはよく知らねえが、偉い奴は年寄りと相場が決まってる。そりゃそうだろう。三十そこそこの坊主に、説教なんかされたくねえからな」

「わたしもです」

鳥居の陰富で張る金子は一両、二両じゃねえ、と團十郎は言った。

「百両、千両でも済まねえことがあると、おめえも言ってたはずだ。あの坊主がそんな大金を持ってるわけがねえ」

名代《みようだい》なんです、と鶴松が微笑《ほほえ》んだ。

「名代？」

寛永寺の開基《かいき》（創立者）は三代将軍徳川家光《いえみつ》、開山《かいさん》（初代住職）は南光坊天海《なんこうぼうてんかい》です、と鶴松が言った。

家光はもちろんだが、天海の名前は團十郎も知っていた。徳川家康の側近として暗躍した怪僧である。

「徳川将軍家にとっては縁も深く、今では増上寺と共に徳川将軍家菩提寺となっています」

それほどの名寺です、と鶴松が空を見上げた。晴天の空に、凍雲《いてぐも》が浮かんでいた。

「そもそも寛永寺の貫主《かんじゆ》（住職）は、三世以降、皇子もしくは天皇の猶子《ゆうし》が務めています。身分が高すぎて、直接陰富に加わることなどできません」

「だから名代を立てたってわけか」

偉い人も博奕は好きですからね、と鶴松がうなずいた。

「寛永寺でも富籤興行は開かれていますし、貫主自ら陰富に加わりたいところでしようが、さすがにそうもいきません。幕府が知ったら、大変なことになりますよ。法良はまだ位も低いですし、万一露見《ろけん》した時は切り捨てればいいだけのことです」

嫌な野郎ばっかりだな、と暗い顔で吐き捨てた團十郎の前で、開山堂の門が開いた。出てきたのは三人の男である。

前の二人は十六ほどで、いかにも小坊主《こぼうず》、という面相である。無位の僧なのだろう。

その二人が先に立ち、後ろを法良が歩いている。少し早いですね、と鶴松が下唇を噛《か》んだ。子供のような仕草をしやがる、と團十郎はおかしくなった。

「急ぎましょう。先回りするんです」

駆けだした鶴松の後を追って、團十郎も走った。僧衣の裾をからげているので、黒いずだ袋が走っているように見えるだろうが、構ってはいられない。

鶴松の足は速かった。追いつくのがやっとだ。寒い日だったが、自分の背中から湯気が立っているのがわかった。

八

それほど長く走ったわけではない。不忍池《しのばずのいけ》を横目に上野新黒門町《しんくろもんちょう》通りに入ると、武家屋敷が立ち並んでいる一角に出た。

石川主殿頭《とのものかみ》家の門前で立ち止まった鶴松が、あそこですと指さした。左斜め前に小笠原信濃守《おがさわらしなののかみ》家の屋敷がある。そこに老人と娘が立っていた。立川談志とお葉である。

何をしてやがると囁いた團十郎に、芝居が始まりますと鶴松がおかしそうに笑った。

「見ていればわかりますよ。七代目ほどではないにしても、あの二人にもそれなりの心得があります。談志師匠は噺家《はなしか》ですし、お葉さんは戯作者《げさくしゃ》ですからね。筋を書いたのもお葉さんです」

それに、とさりげなく周囲に目をやった。十人ほどの町人が歩いていた。

あの者たちはわたしたちの仲間です、と鶴松が囁いた。

「皆、御改革で職を失った者ばかり。それこそ噺家もいれば、遊女もいますし、水茶屋の娘もね」

細工は流々、仕掛けは上々、あとは仕上げをご覧《ろう》じろってわけか、と團十郎は大きな鼻をこすった。

「狙いはわかったが、そううまくいくかね。おれに言わせりゃ、奴らは素人《しろうと》で――」

静かに、と鶴松が團十郎の体を武家屋敷の軒下に押し込んだ。隠れていると、法良と二人の小坊主が近づいてくるのが見えた。

「誰か、誰か助けてくだされ！」

目を向けると、談志が両手を振り上げて叫んでいた。いつの間にか、その足元にお葉が倒れていた。

「お嬢様が、お嬢様が」持病の癪《しゃく》でお倒れに、とまた談志が叫んだ。「どなたかお助けください！　手を貸してくだされ！」

どうしたどうした、と立ち止まった町人たちが遠巻きに様子を見ている。お助けくださいという談志の声が大きくなった。

どうしました、という法良の声が聞こえた。姿形がそっくりなためか、声まで團十郎とよく似ていた。

「ああ、お坊様、助けてくだされ」

談志が法良の腰にしがみついた。

「あたくしは上野で石田散薬を扱っている門屋《かどや》という薬問屋《くすりどんや》の番頭でございます。お嬢様の付き添いで寛永寺へお参りにいく途中、持病の癪でお倒れになって――」

わたしは寛永寺の僧です、と驚いたように法良が言った。ありがたやありがたたや、と談志が両手を合わせて拝んだ。

「これも神仏のお引き合わせでございましょう。お願いでございます。お助けください！」

「どうしろと？　わたしに何ができるというのです？」

少しの間で結構でございます、と談志が法良の手を取った。死んでも離さないという決死の形相《ぎょうそう》である。

「お嬢様のそばにいてくださりませぬか。寛永寺のお坊様でしたら、お嬢様も心強うございましょう」

「あなたは？」

「あたくしは店に戻り、薬を取って参ります。何、ほんの二町ほど先ですから、年寄りでも走ればすぐです。どうか、どうかお願いでございます。一生の頼みでございます」

その場で土下座をした談志を見て、ひでえ大根役者だ、と團十郎は頭を抱えた。何もかもが大袈裟《おおげさ》すぎる。

「いくら坊主が世間知らずでも、あれで騙《だま》されると思うか？」

無言で鶴松が指さした。お葉が法良の手を握り、自分の腰の辺りに当てていた。

何やら色っぽい声で、少し楽になりましたと切れ切れにつぶやいている。しっかりしなさい、と法良が肩を抱いた。

うめえもんだ、と團十郎はゆるゆると首を振った。

「女を知らねえ坊主なんざ、手玉に取れるってわけか。いつもとまるで様子が違うが、女は怖《こえ》えな」

そのままお待ちを、と駆けだした談志の草履《ぞうり》の鼻緒が切れ、地面に勢いよく倒れ込んだ。悲鳴が漏れた。

「あ、足が……足が折れました」

下手な芝居をしやがって、と團十郎は苦笑を浮かべた。足が折れました、とわざわざ説明する者などいるはずがない。それでは落語の下げである。

「お後がよろしいようで、とか言いだすんじゃねえか」

素人臭い芝居だったが、気づくと人だかりができていた。爺さん大丈夫かいと声をかける者、娘さんが心配だね、と囁き交わす女たち。

あいつらは全部サクラかと尋ねた團十郎に、もちろんそうです、と鶴松がうなずいた。

「こういう時は、周りの声が大事です。法良には僧という立場があります。誰もいないのならともかく、あれだけ人が集まっているんです。病人を捨て置くことなど、できるはずがありません」

そちらのお二方、と談志が小坊主に震える手を伸ばした。

「申し訳ございませぬ。門屋まで行って、薬を取ってきていただけませぬか。事情を話せば、店の者がすぐ薬を渡すでしょう。それとも、医者を呼んでもらった方がいいのか……お願い申し上げます。どうかお助けください」

おれが医者を呼んできてやろう、とサクラの一人が言った。

「番頭さん、足が折れてるんだろ？　おい、みんな手伝ってくれ。知ってる医者が近所にいる。番頭さんを運んでやろうじゃねえか」

あんたも来てくれ、とサクラが小坊主の一人の肩を叩いた。お葉の腰に手を当てたまま、行ってあげなさいと命じた法良が、そのまま右に顔を向けて、良玄《りょうげん》と呼んだ。小坊主の僧名なのだろう。

「門屋という薬問屋に行って、薬をもらってくるように。それほどの手間ではありませんせん。仏様に仕える身として、当然のことです」

しばらく、と叫んだ談志が懐から分厚い財布を取り出した。

「お待ちください。ここに銭と薬の名前が入っております。事情を話すより、これを渡した方が事は早く済みます」

誰が考えた筋立てだ、と團十郎は剃り上げたばかりの頭を掻き毟《むし》った。

「何で番頭が薬の名前を書いた紙を大事に財布に入れてるんだ？　おかしいと思わ

ねえか？」

　仕方ありません、と鶴松が肩をすくめた。

「談志師匠は薬問屋の番頭ではありませんし、門屋という薬問屋に娘はいません。お宅のお嬢様が癪でお倒れになりました、とあの小坊主が言おうものなら、すべてが水の泡です。無理でも押し通すしかありません。何、道理なんかすぐ引っ込みますよ」

　正気で言ってんのか、と團十郎は鶴松の頭を小突《こづ》いた。

「お前の策は、肝心なところが抜けてやがる。そこが一番大事じゃねえか。運否天賦《うんぷてんぷ》でやってけると思ったら、大間違いだぞ。いいか、よく聞け――」

　あたいが連れてってあげる、と娘が前に出てきた。娘というより、まだ子供である。十歳ほどだろうか。

「門屋さんなら、あたいが知ってる。うちのすぐ近くだもん。ほら、早く早く。あんなに苦しがってるじゃない。かわいそうだよ」

　お葉が苦痛の声を上げた。どこか艶《なまめ》かしく、色っぽいのは、わざとそうしているのだろう。

　法良の手を握ったまま、放そうとしない。法良も満更《まんざら》ではなさそうである。

　仕方ないねえ、と丸髷の女が人だかりをかき分けるようにして、お葉と法良に近づいた。

「こんな道端で騒いでいたら、その辺のお屋敷から文句が出るよ。袖摺《そです》り合うも多生《たしょう》の縁っていうだろ。うちで面倒みてあげる。ほら、みんな手伝って。娘さんを運ぶんだよ。こんなに寒いんだ、癪どころか風邪までひいちまったらどうすんのさ」

そうだ、そうしよう、それがいい、とその場にいた全員が声を揃えた。最初から筋書きが決まっているのだから、話は早い。

医者へ談志を運ぶ者たちと小坊主、薬を買いにいく子供と小坊主、お葉を家へ連れていく者たち、ときれいに三つに分かれた。お葉は法良の手を握ったままである。

そろそろ出番です、と鶴松が團十郎の肩に手を置いた。

「あの子供は道に迷うことになっています。門屋というのは小さな薬問屋で、看板もありません。医者も一軒目は留守で、二軒目に廻らなければなりません。途中で談志師匠が痛い痛いと大騒ぎしますから、そう簡単には戻ってこられないでしょう。その間に、お葉さんについていてほしいとわたしが法良を説きます」

無理だろう、と團十郎は首を振った。

「法良は寛永寺の住職の名代だと言ったよな。陰富について、詳しく聞いてくるのが奴の役目だ。通りすがりの病人のことなんざ、知ったこっちゃねえというのが本音じゃねえか?」

拙者《せっしゃ》、高家《こうけ》旗本上杉家家臣、畠山源三郎《はたけやまげんざぶろう》、と居住まいを正した鶴松が名乗りを上げた。どこか幼さが残る顔が、いきなり大人らしくなった。

「高家上杉家って……上条上杉《じょうじょう》家のことか」

左様《さよう》、と鶴松がうなずいた。上条上杉家は室町期に興《おこ》った名家上杉家の支族として有名である。

高家とは儀式や典礼を担当する役職で、旗本なら誰でもなれるというものではない。家柄、家格が高くなければならないのである。高家旗本は京の天皇に拝謁する機会が多かったため、官位は高かった。

＊　＊　＊

江戸時代を通じ、最も名前が知られている高家旗本は吉良上野介《きらこうずけのすけ》であろう。

元禄《げんろく》十四年三月十四日、江戸城殿中松之廊下で赤穂《あこう》藩主浅野内匠頭《たくみのかみ》が、それまで長く苛《いじ》めを受けていた吉良に恨みの一太刀《ひとたち》を浴びせたことで、赤穂藩は取り潰しになり、浅野家も断絶する。

だが、吉良家に対して、幕府からは何の咎めもなかった。これを不服として赤穂藩の浪士《ろうし》たちが決起し、主君の仇《かたき》を討つため、吉良邸へ討ち入ることとなる。

いわゆる忠臣蔵だが、この事件を元にした人形浄瑠璃《じょうるり》や歌舞伎の演目として『仮名手本《かなでほん》忠臣蔵』は大人気を呼んだ。権高《けんだか》な敵役《かたきやく》として、吉良上野介は重要な登場人物であった。

『仮名手本忠臣蔵』はもともと人形浄瑠璃の演目で、その後歌舞伎に転用された。フィクションの部分も多いが、高家旗本がその官位の高さから、大名さえも下に見ていたことがわかる。

武士の身分、そして上下関係は複雑だが、あえて単純化していえば、旗本と大名は将軍お目見えが適《かな》うという意味で、同じ身分とされた。

ただし、旗本の中でも高家旗本は別格、というのがこの時代の常識であった。

＊　　＊　　＊

「おめえも侍に化けるってわけか」

嘘をつくわけではありません、と鶴松が答えた。矢部家も江戸幕府開闢《かいびやく》以来の旗本である。今は浪人の身だが、歴《れっき》とした武家の出だ。

容儀を整えれば、武士を名乗っても疑われることはない。養子とはいえ、鶴松にも生まれつきの威厳が備わっていた。

「衣服も刀も用意があります」あとは着替えるだけです、と鶴松が言った。「上杉家の江戸家老、多々良喧路《たたらこうろ》が鳥居の陰富に加わっているのは、法良も知っています。多々良の家臣、畠山源三郎を装ったわたしが会合での話を細大漏らさず聞き、それを伝えるからあなたは病人の側にいるように、それが僧侶としての務めでしょうと諭《さと》せば、法良も納得します」

「考えたもんだな」

「七代目は戻ってきた小坊主を連れて、南町奉行所へ行き、法良のふりをしてすべてを見聞きして、わたしに伝えてください」

いいですね、と念を押した鶴松が速足で丸髷の女の家に向かっていった。

「人の世はみな芝居、か」

初代市川團十郎が遺した言葉をつぶやいて、團十郎は通りに出た。しばらく待っていると、東と西から同時に二人の小坊主が駆け込んできた。

「ずいぶん、遅かったですね」

優しく声をかけたのは、法良になりきるための芝居である。法良の人柄は調べ済みだったので、難しくはなかった。

これを、と小坊主の一人が小さな紙袋を差し出した。

「薬でございます。法良様、あの娘さんはどこに？」

世の中には親切な方が大勢おられます、とその紙袋を受け取り、もう一人の小坊主が連れてきていた医者に渡した。

「すべては宿縁《しゆくえん》。御仏のお導きです。ありがたやありがたや。医者殿、あちらの家に癪を起こした娘さんがおります。この薬をお使いください。されば、癪などあっと言う間に治るでありましょう」

おっしゃる通りですな、と医者が額を手のひらで叩いた。太鼓《たいこ》持ちの仕草である。

やめねえか馬鹿、とその肩を突いた。出《で》がわかっちまうぞと耳元で囁いて、二人の小坊主に向き直った。

「さて、わたくしたちは南町奉行所へ参りましょう。刻限《こくげん》に遅れてはなりませぬ」

はい、と声を揃えてうなずいた二人が先に立って歩きだした。こいつが芝居ってもんだ、と團十郎は一人悦《えつ》に入《い》った。

九

南町奉行所の門前に立つと、待て、と鋭い声が左右からかかった。

南町奉行所とは町奉行が勤める役所としての名称で、一般には御番所《ごばんしょ》、もしくは御役所と呼ばれる。これは北町奉行所も同じであった。

その役割は警察、裁判所を合わせたものと言われるが、実際には他にもさまざまな役目があった。江戸の行政、治安維持も奉行所の管轄である。

火事と喧嘩《けんか》は江戸の華、とよく言われるが、江戸では火事が多かった。防火、消火、更には地震、台風など天災が起きた際も、奉行所が指揮を執《と》る。

江戸の治安を護る機関であるため、南町、北町奉行所、共に警護は厳重だった。中に入ることが許されるのは、町奉行と与力、そして同心たちだけである。

江戸時代中期以降、多少規制が緩み、定町廻《じょうまちまわり》同心が私的に雇っている目明かしたちも出入りを許されるようになったが、町人はもちろん武士であっても、奉行の許しがなければ入れなかった。

例外は、何らかの事件が起きた際の関係者だけである。奉行所は警察と裁判所を兼ねているため、奉行所内で取り調べと裁判が行なわれた。

この時だけは被疑者、証人、訴えを起こした者が取り調べられ、いわゆるお白州《しらす》で判決が言い渡される。

だが、これはあくまでも例外であり、基本的に門は閉まっていた。誰何《すいか》されるのは当然であった。

鳥居の奴はうまいことを考えたもんだ、と改めて團十郎は思った。陰富は違法な博奕である。何よりも重要なのは、開帳する賭場の確保だった。

江戸八百八町で最も安全な場所、それは奉行所である。部外者が出入りすることはできない上、表門と裏門しか出入り口はなく、どちらも常に門衛が二人以上立ち、監視の目を光らせている。

何か異変が起きたり、無理やり押し入ってくる者がいたとしても、与力、同心等、手練《てだ》れの者が揃っているから、守りは堅い。

奉行所は現在の警視庁と同じ機能を持っている。どれほど頭の悪いテロリストでも、警視庁本庁舎を襲撃しようとは考えないだろう。その意味で、奉行所は鉄壁の砦《とりで》であった。

しかも、陰富を取り締まるのは町奉行なのである。立場と権力をうまく使うことで、鳥居は絶対に安全な陰富開帳の場を得ていた。

誰何を受け、寛永寺僧侶法良でございますと名乗ると、うなずいた門衛がゆっくり門を開いた。法良が来ることは、前もって知らされていたのだろう。そうでなければ、門を開くはずがない。

しばらく待っているように、と二人の小坊主に声をかけてから、團十郎は表門をくぐった。手鎖の刑と江戸十里四方所払いを言い渡されたのは、この南町奉行所のお白州である。

（ありゃあ、嫌なもんだったな）

ため息が口をついて出た。ただし、入ったのは仮牢だけで、奉行所の建物の中には足を踏み入れていない。

（さて、どうなるか）

何度も鳥居の陰富に加わっているため、法良は顔を覚えられているのだろう。何より、剃髪した頭と僧衣が身元を明らかにしていた。

剃った甲斐があったぜ、と團十郎は青光りする頭に手を当てた。現れた目付きの悪い小柄な男が、こちらへ、とだけ言って先を歩きだした。

まともな武士ではないとひと目でわかったし、奉行所の与力や同心でもないだろう。目明かしの類《たぐい》だと見当をつけたが、外れてはいないはずだった。

目明かし、岡っ引きとは、同心が私的に雇う非正規警察官と考えるとわかりやすい。その多くが元犯罪者で、裏社会の情報に通じているため、捜査が容易になるという利点があったが、その立場を悪用し、商家から金を脅《おど》し取るなど、彼ら自身が犯罪に加担する場合も少なくなかった。

「すみませぬ、目を患《わずら》っておりまして」左目を押さえながら團十郎は言った。「もう少し、ゆっくり歩いていただけませぬでしょうか」

おや、というように男が足を止めた。ものもらいでございます、と團十郎はうなずいた。

「ご心配には及びませんが、何もかもがぼんやりとしか見えませぬ。申し訳ございません」

深々と頭を下げたが、これも芝居のうちだった。今から陰富の会合に加わるが、眼病と偽っておけば、多少受け答えがおかしくてもどうにかなるだろう、という考えが腹の内にあった。

事前に鶴松から教えられていたため、奉行所内部の様子は大体わかっていた。表門から入ると、すぐ右に門番所があった。

その奥は若同心詰所と呼ばれているが、経験の浅い同心が待機する場所だ。言ってみれば研修所である。世話役部屋が併設されているが、こちらは年配の同心のための部屋だった。

左には半地下の仮牢があり、そこには未決囚が留め置かれている。仮牢とは、今でいうところの拘置所《こうちしょ》である。

青い敷石の先に表玄関があった。男が引き戸を開けると、團十郎も入ったことのあるお白州が見えた。

奥へ進むと、内部は広く、与力番所、同心番所、吟味所《ぎんみしょ》、広間や用部屋など主な施設があった。敷地内には書庫を兼ねた土蔵がいくつかあるが、ほとんどが享保年間に建てられたもので、今では物置の役目しか果たしていないということだった。

廊下を進んでいくと、何枚かの襖《ふすま》で隔てられている部屋の前に出た。こちらでございます、と腰を屈《かが》めた男が開けたのは、向かって右側の襖である。鳥居が賭場として使っている東の支度部屋だった。

（さて、幕が上がった）

ここから先は台詞《せりふ》もない。台本もない。すべては團十郎次第である。

どうにかなるさ、とつぶやいた。幕が上がれば、役者は演じるしかない。覚悟は決まっていた。


今来たのは誰か、と鳥居は隣の支度部屋からの声に耳を澄ませた。目の前では、五人の男が頭《こうべ》を垂れている。いずれも目明かしで、鳥居の手下だった。

法良という坊主です、と蛭《ひる》の仁吉《じんきち》が顔を上げた。小柄な鳥居と比べると、倍ほどに体が大きいが、緊張で顔が強《こわ》ばっていた。

そうか、と鳥居はうなずいた。仁吉以下、他の四人とも元は咎人《とがにん》である。

何らかの罪を犯した者を、奉行所が雇い入れることは珍しくなかった。裏の道にいた者の方が、事情に通じているため、下手人を捜すことも容易だ。

ただ、この五人は単なる盗《ぬす》っ人《と》のような軽い罪の咎人ではない。いずれも人を殺したことがあった。

江戸時代、殺人は最も重い罪で、その刑罰は死罪と決まっていた。厳罰主義が採られ、斬首《ざんしゅ》、獄門《ごくもん》、磔《はりつけ》、鋸《のこぎり》挽《び》き、火炙《ひあぶ》りなど残酷な方法で下手人を処刑するのである。

だが、鳥居は自らこの五人を裁き、お白州では死罪を申し付けていたが、その後裏から手を回し、小伝馬町《こでんまちょう》の牢から解き放っていた。

いつでも捕縛《ほばく》できると脅した上で、直属の目明かしにしたので、鳥居の命令には是非もなくすべて従わなければならない。

この一年、さまざまな汚れ仕事を命じていたが、逆《さか》らう者はいなかった。むしろ、喜々として従っていたというべきだろう。

人殺しの腐った性根《しょうね》は変わらない。それをわかった上で手下にしたのが、鳥居の知恵だった。

無論、脅しという鞭《むち》だけではなく、相応の飴《あめ》もある。それぞれに金や女、酒を与えていたから、不満を言うはずもない。

奉行所裏手の床下に巨大な穴を掘り、千両箱を運び入れたのもこの男たちである。知恵はともかく力だけはある、という者ばかりだったので、仕事は早かった。

「……これで十人か。あと五人」遅い、と鳥居は頬を引きつらせた。「約していた刻限を過ぎている。一体何をしておるのか」

すぐ来るはずでやす、と鳶《とび》の五郎太《ごろうた》が機嫌を取るように言った。剽軽《ひょうきん》な顔をしているが、僅《わず》かな給金のために鳶の親方を殺した男である。

「よいか、前にも話したように、此度《こたび》の湯島千両陰富では、お前たちにおはなし屋の役目を務めてもらう」鳥居はそれぞれの顔を順に睨みつけた。「難しいことではない。富突錐《とみつききり》で突かれた番号を伝えるだけのこと。当日は湯島天満宮境内で、万の位から決まる文字や数字をそれぞれ待て。細かい次第はまた教える。湯島天満宮のある上野から、南町奉行所は離れているが、駆ければ小半刻で来られよう。よいか、間違いは許されぬ。何度も念を押すようだが、聞き間違い、書き誤りがあれば、お前たちの首は即刻、体と泣き別れ。わかったな」

へい、と五人の男たちが平伏した。もうひとつ、と鳥居は指を一本立てた。

「今日の会合では、誰がおはなし屋となって当たり籤の番号を伝えるのか、と問う者が出てくるだろう。今までお前たちの面《つら》を見せたことはなかったが、今回で陰富は最後。百万両が懸かっているから、客たちも必死だ。この鳥居にとっても大勝負。お前たちの面を見せて、信用させねばならぬ。神妙な顔で頭を下げておれ。それだけでいい」

お奉行様、と二人の男が同時に顔を上げた。猫屋の勝蔵《かつぞう》、時蔵《ときぞう》兄弟である。猫屋というのは、元の稼業が猫の商《あきな》いだったためについた徒名《あだな》だ。二人とも子猫を抱えていたが、それはいつものことである。

「ひとつだけ確かめておきてえことが」弟を制した勝蔵が口を開いた。「あっしらの分け前ですが……」

一人千両、と鳥居はうなずいた。

「その日のうちに支払ってやろう。その金子を持って、どこへなりとも消えればよい」

おっしゃる通りに致します、と兄弟がへつらうように笑った。客が来ました、と蛭仁《ひるじん》が囁いた。

「これで十五人が揃ったかと」

ずいぶん待たされたな、と鳥居は立ち上がった。

「しばらく待て。刻が来たら知らせる」

返事を聞くことなく、鳥居は支度部屋西の間を出た。勝蔵と時蔵が抱いていた子猫の泣き声が、後ろから聞こえた。

# 十

手を合わせて念仏を唱えてから、東の支度部屋に足を踏み入れると、そこに九人の男が座っていた。支度部屋というが、休憩所、そして仮眠所を兼ねている広間だ。三十畳ほどはあるだろう。

哄笑《こうしょう》が飛び交い、酒の匂いが漂っていた。遊びには慣れているつもりだったが、性に合わねえ、と團十郎は鼻をつまんだ。

集まっている者たちの面に、何とも言い難いどす黒い欲が絡《から》まっていた。誰もが腹に一物《いちもつ》、あるいはそれ以上の何かを抱えているのだろう。

これはこれは、と杯《さかずき》を持ったまま中年の武士が立ち上がった。酔っているのか、顔が真っ赤である。近づいてくる足元も怪しかった。

「お坊様、遅かったな。皆で先に一杯やっていたところだ。まあ座れ、前回は悔しかっただろう。何しろ最後の数字が違っていただけで――」

肩に手をかけた武士に、ものもらいを患《わずら》っております、と團十郎は左目を閉じたまま顔を向けた。

「たいしたことではありませぬ。もう治りかけておりますので、ご心配なさらぬように……ただ、お顔もはっきりと見えませぬ。失礼なこともあるかと思いますが、お許しください」

それはそれは、とつぶやいた武士が腕を取って、空いていた座布団に團十郎を座らせると、わしがわかるかね、と顔を近づけてきた。存外、親切な男である。

「旗本の松平《まつだいら》誠之進《せいのしん》じゃよ。お坊様の右に座っておられるのは、長岡《ながおか》藩江戸家老の藤田雁乃助《がんのすけ》殿」

これは失礼しましたと頭を下げたが、顔も知らない男たちである。話しかけられても、迂闊《うかつ》に返事もできない。

あまり近づかれない方がよろしいかと思います、と目を押さえながら言った。

「この病《やまい》はうつりますので……わたくしも檀家からうつされたのですが、難渋《なんじゅう》しました。朝昼晩、薬草を煎《せん》じた汁で目を洗うのですが、その滲《し》みること滲みること」

まばたきを繰り返し、目をこすった指を座布団になすり付けると、藤田という武士が不快そうな表情になった。

「ほんの一刻ほど前、目を洗ったばかりですが、まだ目の痛みが引きませぬ。医者に言わせれば、それが治っている証《あかし》ということですが、お武家様方にご迷惑をおかけするのは、仏道に背《そむ》くことになります。どうか、お気をつけくださいまし」

松平が腕を放し、座っていた座布団ごと少し離れた。藤田という長岡藩の江戸家老が、そそくさと背を向けた。

そりゃそうだろう、と團十郎はうなずいた。この時代、目医者はいたが、ものもらいを治せる者はいない。それだけ厄介《やっかい》な病なのである。近づきたくないと思うのは、誰でも同じだろう。

手探りする風を装って、手元に置かれていた猪口《ちょこ》を取り上げた。香りで灘《なだ》の酒だとわかり、ごくりと喉が鳴った。

それは酒《ささ》にござる、と顔だけを向けた藤田が声をかけた。

「隣の湯呑みが玉露《ぎょくろ》。前も間違えて酒を飲み、猪口一杯で酔い潰れていたが、湯島千両陰富の集まりは本日だけ。細かい取り決めなどもあるゆえ、お茶にしておいた方がよろしかろう」

聞こえないように舌打ちして、團十郎は手前の茶を飲んだ。酒といえば何といっても灘である。

法良の馬鹿野郎と心の中で罵《ののし》ったが、考えてみれば僧侶なのだから、酒を飲まないのは当然だった。

顔を上げると、それぞれの前に二つの膳《ぜん》が置かれ、魚介を中心に美味《うま》そうな酒の肴《さかな》が並んでいた。ますます酒が飲みたくなったが、ここは堪《こら》えるしかない。

その後、遅れていた数人の男が現れ、着座した。團十郎も含め、全部で十五人である。

それぞれの話に耳を澄ましていると、名前や身分がわかった。大名の家中の重臣、大身《たいしん》の旗本、御家人、富裕な商人も陰富の客として連なっていた。

十四人の男たちの間にも、身分差があった。一番下は商人だが、武士同士の間でも言葉遣いが違った。丁寧に話す者もいれば、権高《けんだか》に話す者もいた。

座の中心にいたのは、鳥取藩江戸家老、河田景与《かわだかげとも》という初老の武士だった。鳥取藩といえば石高三十二万石を誇る大藩であり、外様《とざま》だがその家格は高い。河田に対し、他の者が気を遣っているのは、立場を考えれば当然だろう。

最初にものもらいを患っていると言ったためか、團十郎に話しかける者はいなかった。嘘も方便で、そのほうがいいと團十郎はほくそ笑んだ。

男たちの話が一段落するのを待っていたかのように襖《ふすま》が開き、入ってきた背の低い男が鋭い眼光を左右に向けた。全員が一斉に口を閉じた。

後ろ手に襖を閉めた鳥居耀蔵が、わざわざのご参集申し訳ございませぬ、と低い声で言った。

鳥居の声を聞くのは、一年半前に捕縛されたあの日以来である。人の声じゃねえな、と頭を垂れたまま團十郎は腹の中で毒づいた。

死人が口を開いたら、こんな声になるのではないか。墓の中から響くような冷たい声である。

冷たいといえば、鳥居が入ってきた時、支度部屋に冷気が流れ込んだように感じた。気のせいではない。その証拠に、二の腕に鳥肌が立っていた。

（相変わらず気味の悪い野郎だ）

妖怪という異名を持つだけのことはある、と團十郎は薄目を開けて鳥居を見た。顔の印象は蝮だが、造作《つくり》はそれなりに端整である。異常なまでに整っている、と言うべきかもしれない。

人の顔を真ん中で分ければ、左右それぞれ少しずつ違うものだが、目の大きさ、鼻の形、薄い唇、何もかもが測ったように同じである。人ではなく、むしろ人形に近い。

（眉毛の本数まで同じかもしれねえ）

異相である。人ではない何かという印象が強いのは、そのためもあった。

「およそ半年前、徳川十二代将軍、家慶様の命により、天保十五年（一八四四）睦月《むつき》（一月）一日より、全国の寺社における富籤興行すべてが禁じられることが正式に決まりました」

丁寧な言葉遣いだったが、鳥居の声には感情がなかった。聞いているだけで、座っているのが苦痛になるほどである。

だが、今は鳥居の話を聞かなければならない。他の者と同じように、耳を傾けた。

富籤が廃止されれば、陰富も終わらざるを得ませぬ、と鳥居が言った。

「従いまして、師走大晦日の湯島千両富をもって、この集まりも最後となります」

舌打ちの音、残念と言う者、畳を叩く者。それぞれ反応は違ったが、共通しているのは悔しいという感情だった。

隣で藤田が筆算をしていた。目の端に映った数字に、團十郎の口からしゃっくりが飛び出した。損金の和が十七万二千両、と記されていた。

この場にいる全員が、大金を鳥居の陰富に注《つ》ぎ込んでいる。悔しいと思うのは当然だろう。

さて、と鳥居が持っていた扇子《せんす》で軽く畳を打った。

「皆様の申される通り、残念ではありますが、いずれまた再開する日も来るでありましょう。それまでの辛抱《しんぼう》ということで、ご理解いただければと」

　湯島千両富は最後を飾るにふさわしい大興行、と笑みを浮かべた。真っ赤な唇が耳元まで裂けるような、気味の悪い笑顔である。

「約十年、今日まで陰富に皆様がどれほどの金子を張っていたか、胴元として私もよくわかっております。ですが、此度《こたび》の湯島千両陰富は、すべてを取り戻し、更には莫大な利を得る二度とない好機。今から詳しくお話しいたしますので、お聞きください。ただし、これはここだけの話。口外はもちろん、書き留めることも禁じます」

　細い目で周囲を見渡した鳥居が、懐から取り出した和紙の束を左右の者に渡した。

「お回しください。今回の湯島千両陰富について、細部まで記してあります。なお、後ほど回収いたしますが、よろしいですね」

（用心深い野郎だ）

　回ってきた三枚の和紙に視線を向けながら、團十郎は首を捻った。鳥居本人が書いたわけでもないだろうし、署名もなかった。

　だが、何らかの証拠にはなり得る。それを嫌って、回収すると言っているのだろう。これから話す内容を書き記すことを禁じたのも、どんな形であれ痕跡《こんせき》を残したくないからに違いない。

「ひとつ、湯島千両富に関して」一枚目の紙に目をやった鳥居が、低い声で読み上げた。「留札の褒美金が千両というのは、他の寺社でもあまり例がありませぬ。高額すぎるゆえ、寺社奉行も禁じておりますが、大義名分があれば別」

薄い唇を閉じた鳥居が、左右に目を走らせた。蝮という異名そのままに、蛇《へび》のような冷たい目である。

「此度で六度目になりますが、定法がございます。何しろ千両富ですから、万事滞《とどこお》りなく行なわれることが肝要《かんよう》」

男たちがそれぞれ小さくうなずいた。書面に目をやりながら、厳しいこった、と團十郎はつぶやいた。

*　*　*

前にも触れたように、富籤は神事である。そのため、執り行なわれるのは寺社のみ、と決まっていた。管轄するのは寺社奉行である。

神事であるゆえ、細かい手順や作法がある。寺社の大小、宗派などによって違いはあるが、それぞれ厳しい取り決めがあるのは同じであった。

江戸時代初期から中期に至るまで、富籤興行の褒美金の相場は百両というのが一般的だったが、八代将軍吉宗《よしむね》が公営化した後、冥加金徴収の増額を図る幕府、興行を執り行なう寺社側の利益、そして一攫千金を狙う庶民の願望が合致したことで、褒美金が高騰《こうとう》していった。

この辺りの事情は、現在の宝くじとまったく同じと言っていい。その中で最も高額な褒美金となったのが、千両富であった。

一般の客が購入する富札は紙製で、そこに番号と朱印が捺してある。富突に使用される富駒は木製で、縦二寸五分（約七・五センチ）、横一寸三分（約三・九センチ）、厚さ二分（約六ミリ）の薄い板切れである。

以下、混乱を避けるため、客が購入する紙札を富札、富突に使われる木札を富駒と呼ぶ。

多くの場合、富籤興行では富駒を百回突くのが定法である。富箱の中に入っている数千枚ないし一万枚以上の富駒を百回突き、一番籤、十番籤、二十番籤というように、きりのいい数字が当たり籤となる。

そして百回目に突かれた最後の富駒を留札と呼び、この褒美金が最も高額になる。宝くじで言えば一等である。

その次に褒美金が高いのは一番籤で、これが二等となる。その他、十番ごとに突かれた富駒は三等である。

その他に留札の前後賞、あるいは組違い賞などもあり、それぞれ褒美金が支払われた。どちらも江戸初期から記録が残っているが、この辺りのシステムは現在の宝くじと何ら変わらない。

江戸と上方《かみがた》、あるいは他の地方、寺社によって、多少やり方は異なり、また江戸後期になると回転式の富箱が作られ（現在、商店街の福引などで使われているものと同タイプ）、それによって当たり籤を決めることもあったが、いずれにしても基本的な形は変わらない。

富籤興行を主催する寺社は富箱を用意し、その中に富駒を入れるのだが、富箱の大きさにも規定があった。

現存する資料「富興行一件記」によると、享保から寛政期にかけては、〝堅内法二尺七寸一分余（縦・約八十二センチ）、横内法一尺六寸二分（横・約四十九センチ）、但し深さ一尺六寸四分（深さ・約五十センチ）、木枠の厚さ四分（約一・二センチ）〟とされていた。

これもまた地方、寺社、宗派によって多少の差はあるが、平均的な大きさはこの程度だった。

通常の富籤興行においては、この富箱の中に富駒を入れてかき回し、富突錐と

## 富箱に入れる富駒

湯島千両富の場合、万の位、千の位、百の位、十の位、一の位と、それぞれ下記の枚数の富駒が富箱に入れられ、富突錐で突かれる

〈万の位〉 福禄寿松竹梅 ×100枚＝600枚

〈千の位〉 イロハニホヘトチリヌ ×100枚＝1,000枚

〈百の位〉 一二三四五六七八九十 ×100枚＝1,000枚

〈十の位〉 イロハニホヘトチリヌ ×100枚＝1,000枚

〈一の位〉 一二三四五六七八九十 ×100枚＝1,000枚

それぞれの位ごとに100回ずつ、富駒が突かれる

## 湯島天満宮で売られる富札の数

万の位だけ6種類なので6×10×10×10×10＝60,000枚

## 当たり籤の仕組み

| | 1 | 2 | 3 | 4 | 5 | 6 | 7 | 8 | 9 | 10 | …… | 20 | …… | 100 |
|---|---|---|---|---|---|---|---|---|---|---|---|---|---|---|
| 万の位 | 松 | 梅 | 福 | 寿 | 松 | 禄 | 禄 | 福 | 梅 | 竹 | …… | 寿 | …… | 福 |
| 千の位 | ハ | イ | ヌ | チ | リ | イ | ロ | ハ | ホ | ニ | …… | ホ | …… | ロ |
| 百の位 | 十 | 五 | 二 | 三 | 三 | 七 | 四 | 六 | 十 | 九 | …… | 五 | …… | 三 |
| 十の位 | イ | ト | リ | ハ | ロ | ヌ | チ | ヌ | ロ | ハ | …… | イ | …… | ホ |
| 一の位 | 九 | 一 | 十 | 七 | 五 | 一 | 八 | 二 | 四 | 四 | …… | 七 | …… | 五 |
| 当たり | ◎ | | | | | | | | | ◎ | | ◎ | | 留札 |

呼ばれる長い錐で突くのだが、湯島千両富では販売される富札が六万枚と大量なため、容積に限界があった。

六万枚の富駒をひとつの富箱に入れることは、物理的にできない。そのため、湯島千両富における富突は、通常と手順が違った。

まず、準備されるのは五つの富箱である。一つ目の箱には福禄寿松竹梅、六種類の富駒が百枚ずつ入っている。これを百回突いていくのである。

一番目に突かれた富駒、その後十番ごとに突かれた富駒は、境内に組まれた櫓《やぐら》の上にある奉納額に、順に掲げられる。

例えば一番最初に突いた富駒が松であれば、これが一番札の頭の文字となる。最後に突いた百番目の富駒が福であれば、これが留札の頭の文字になった。

次に、イロハニホヘトチリヌ、という文字が記された富駒が百枚ずつ入っている富箱と交換し、再び百回突く。突いた順に万の位の文字の下に並べていくが、これが千の位となる。

そして、百の位は一から十までの数字が記された百枚ずつの富駒が入っている富箱を百回突き、万の位、千の位の次に置く。十の位は再びイロハニホヘトチリヌ、一の位は一から十までの数字で、手順はまったく同じであった。

湯島千両富では、このようにして当たり籤を決めることになっていた。最後の最後まで留札がわからないので、富札を購入した客にとっては博奕の醍醐味《だいごみ》を味わうことができる。そのため、大変な人気を博した。

湯島天満宮に数万人の群衆が集まり、過去には興奮した人々が将棋倒しになり、怪我《けが》人が出たこともあったほどである。にもかかわらず、この形が定着したのは、千両という高額な褒美金のためだった。

神事である富籤に不正は許されないが、千両という大金が動くとなれば、イカサマを試みる者がいないとは誰にも言えない。

突き手が恣意《しい》的に文字や数字を選んで突くことも、不可能ではなかった。また、富駒をかき回す際、手心を加えて偏りを作ることもあり得る。

千両という大金には、それだけの魔力があった。何が起きてもおかしくない。万の位から一の位まで、毎回富箱を交換し、突き手を替えるのは、不正防止という考えが勧進元である湯島天満宮、そして管轄している寺社奉行にあったためである。

通常なら、数千枚から一万枚の富駒を入れる富箱に、六百枚から千枚の富駒しか入れないため、十分にかき回すことができたが、これもまたイカサマ防止策のひとつだった。

不正やイカサマ防止が重要なのは当然だが、数万人の群衆がすべてを見ているため、僅かでも疑われるようなことがあってはならない。

何しろ千両である。不正の気配を感じただけで、大騒ぎになるだろう。暴動が起きても不思議ではない。そのために編み出されたのが、この手法だった。

富箱を交換するたび、箱の中を集まっている群衆に見せ、毎回祈禱《きとう》を捧げるのも、神事の習わしであると同時に、イカサマがないことを知らしめるためだった。繁雑《はんざつ》だがやむを得ない、と寺社及び寺社奉行は判断していた。

湯島千両富の富札は、一枚八朱《しゅ》である。八朱は二分《ぶ》だから、一両の半分の価値に当たる。現代の金額に換算すると、四万円弱ほどだろうか。

多くの富籤興行で、富札の値段は一朱ないし二朱であった。約四千五百円ないし約九千円で、現代の宝くじの価格と比べると高額だが、発行枚数が大きく違うので、一概に比較はできない。

例えば二〇一八年の年末ジャンボ宝くじは、一枚三百円だが、発売されたのは四億八千万枚である。それに対し、江戸時代の通常の富籤興行では、約一万枚ほどの富札が販売されていた。富札一枚の値段が上がるのは、寺社側の収益を考えるとやむを得ないところだろう。

江戸時代の物価を考えると、一朱は庶民が簡単に購入できる額ではない。そのため、数人で一枚を買うということも少なくなかった。

湯島千両富に関しては以上です、と鳥居が言った。質問する者はいなかった。湯島千両富の富突は有名であり、誰もがその独特なやり方を知っていた。

では、湯島千両陰富について、と鳥居が二枚目の紙をめくった。

「皆様が買われる富札は一枚百両。今までの陰富とは違います。千両富ゆえ、額を増やしました」

團十郎は口を手で押さえた。開いた口が塞がらないとは、まさにこのことだろう。

陰富では、正規の富籤興行における褒美金の倍率が適用される。湯島千両富の場合、留札が当たれば八朱が千両になるから、倍率は二千倍である。千両富だけあって、他の興行とは違い、倍率も破格だった。

これまでの陰富では、陰富札一枚が十両ないし二十両だったと鶴松から聞いていたが、今回は百両だという。その二千倍は二十万両である。

六万枚のうち一枚だけの留札を当てることなど、できるはずもないのだが、人の欲には限りがない。

＊　＊　＊

留札を当てさえすれば、という欲が客の心を引きずり、百両という異常な額に対しても感覚が麻痺《まひ》しているようだった。

一枚百両です、と鳥居が繰り返した。

「同じ番号を何口購入されても結構ですし、別の番号の札を何通り買っても構いません。今回が最後です。ちまちま賭けても始まらないでしょう」

男たちがうなずき合った。身分の高い武士、裕福な商人たちの集まりだから、金に余裕があるのだろうが、團十郎には狂気の沙汰としか思えなかった。

「一番札に始まり、十番ごとの当たり札、留札の前後札、あるいは組違いなど、すべて湯島千両富に準じ、支払う褒美金も倍率を合わせます」

鳥居の説明が続いた。聞いているだけで虫唾《むしず》が走り、團十郎は首筋を掻いた。

「また、今まで通り、皆様が支払った金額の二割五分は、その場で返金致します」

結構結構、と松平が肥えた腹を叩いた。では相違点について、と鳥居が最後の紙をめくった。

「まず、これまで皆様が陰富札を購入した金額の総和ですが、約四百万両となっております。ですが、その二割五分、つまり四分の一の百万両は既にお戻し済み。また、一割は胴元であるわたくしが寺銭として受け取っています」

胴元として鳥居が得た金額は約十年で四十万両、と團十郎は頭に数字を刻み込んだ。それだけの金を賄賂《わいろ》として使えば、出世は思いのままだっただろう。

　差し引き二百六十万両となりますが、と鳥居が感情のない声で言った。

「これまで留札の大当たりこそ出ていないものの、他の当たり札は出ております し、前後札、組違いその他も含め、百五十万両を支払っています。その他もろもろを勘定しますと、積み立て金は百万飛んで二千両。この際、二千両は数に入れませぬ。よろしいですね」

　それで、と全員が身を乗り出した。今回が最後です、と鳥居が手にしていた三枚の紙を畳に置いた。

「留札を当てた方が出た時は、褒美金の二十万両に加え、積み立てていた百万両すべてをそっくりそのままお支払いします。無論、他の当たり札についても、それぞれ褒美金をお渡しします」

　一瞬、全員が沈黙し、すぐ破《わ》れるような笑い声が起きた。馬鹿しかいねえのか、と團十郎は苦笑を浮かべた。留札の当たり籤なんか、出るわけねえだろうが。

　だが、それは自分が富籤や陰富に興味がないためだとわかっていた。ここにいる男たちは、博奕に淫《いん》している。

　その興奮は、褒美金の額が大きくなればなるほど膨れ上がっていく。百万両という金は、人の心から正気を奪うには十分すぎる額だった。

更に、と鳥居が拳で軽く畳を叩いた。

「どなたも留札を当てることができなかった場合、以前、取り決めました通り、積み立て金の百万両を今まで皆様が陰富札を購入した金額に応じ、払い戻します。そのために、わたくしは出納帳《すいとうちょう》をつけておりました。一両単位まで、きっちりお返しします」

全員が笑いながら箸で器を叩いた。なるほどな、と團十郎はつぶやいた。

今まで男たちが賭けていた金子の総和が四百万両というから、一人当たり二十七万両ほどを使っていたことになる。十年だから年間二万七千両だ。

それはそれで大金だが、最終的には積み立て金から払い戻すという取り決めがあったからこそ、男たちは陰富にのめり込んでいったのだろう。返金の保証がなければ、こんな馬鹿な話に乗る者など、いるはずもない。

「明日より師走。十八日から湯島千両富が開かれる大晦日の日の出まで、陰富札を買うことができます。その番号は今まで通り、皆様ご自身でお決めください。湯島千両富は晦日正午から始まります。その刻までに陰富札のお支払いをしていただくことが条件となりますが、この辺りは従来通り。よろしいでしょうか」

応《おう》、と全員の声が響いた。師走晦日正午、ここへお集まりくださいと鳥居が言った。

「皆様が何口、何枚の陰富札をお求めになるか、それはわかりませぬが、少なくとも十枚以上になるでしょう。湯島千両富は万の位から一の位まで、五つの富箱がそれぞれ百回突かれます。常より刻はかかりますが、それもまたお楽しみのひとつかと」

当日は酒も肴も最高の物を揃えます、と鳥居が唇を歪めて笑った。

「手配した目明かしが、湯島天満宮で待つことになっております。その者たちが文字や数字を書き写し、奉行所へ戻り、報告をする手筈《てはず》。最後の最後まで、留札の番号はわかりませぬが、面白い趣向とは思いませぬか」

面白いな、と松平が大笑した。

「まさに一喜一憂。どうなるかわからぬというのは皆同じ。胸が躍《おど》るとはこのことだ。だが――」

何か、と鳥居が顔を向けた。目明かしたちは信用できるのか、と松平が左右に顔を向けた。河田がうなずいたが、相談済みのようだった。

「その者たちが不正を働くというのではない。万一そのような不埒《ふらち》な者がいても、湯島千両富の留札はもちろん、他の当たり札は、翌日に売られる瓦版でわかる。そうではなくて、聞き間違えや見間違え、書き誤りということがあるのではないか、と申している」

なるほど、と周囲にいた者たちがそれぞれうなずいた。そうであろう、と松平が畳を強く叩いた。

「もし、目明かしたちが間違った文字や数字を我らに伝えたらどうなる？　そして、その番号の陰富札を誰かが持っていたら？　本当の当たり籤と番号が違っていたら、外れになるのだろう？」

「左様です」

それではぬか喜びではないか、と松平が天井を仰いだ。

「落胆も甚《はなは》だしい。今までとは違う千両富、しかも留札を当てれば百二十万両だ。間違いがあってはならぬ」

松平様の申される通り、と他の数人が首を縦に振った。どうするのか、と目を剝《む》いた河田に、心配はご無用です、と鳥居が切って捨てるように言った。

「素性《すじょう》さえよくわからぬ目明かしが多いのは、松平様の申される通りです。文字も読めず、数字を数えることができぬ者がいるのも確か。しかし、そこはわたくしも考えております」

考えとは、と松平が尋ねた。此度の陰富では、わたくしも賭け手に回ります、と鳥居が薄い唇を真っ赤な舌で湿した。

「胴元も兼ねておりますゆえ、間違いがあってはならぬというのは、わたくしにとってもも同じ。それゆえ、信用できる者を選び抜きました」

　鳥居が二度手を叩くと、襖が開き、廊下ひとつ挟んだ隣の支度部屋で、五人の男が平伏していた。面《おもて》を上げよ、と鳥居が命じた。

「左から蛭の仁吉、霞《かすみ》の幸助《こうすけ》、鳶の五郎太、猫屋の勝蔵、その弟の時蔵。この者たちがおはなし屋となり、湯島から奉行所へそれぞれの位の文字や数字を知らせることになっております。読み書き算盤、ひと通りのことはこなせる者ばかり。絶対に間違いはあり得ませぬ」

　よくもここまで人相の悪い連中を集めたもんだ、と團十郎は感心した。特に蛭の仁吉という禿頭《とくとう》の大男など、異相としか言いようがない。最後の猫屋の兄弟はそれぞれ懐に子猫を抱えていたが、あまりに不釣り合いで笑えてくるほどだった。妖怪の手下は化け物ってことかと思ったが、口には出せない。黙って五人の男たちの顔を見ているしかなかった。

　この者たちはわたくしの忠実な僕《しもべ》にございます、と鳥居が静かに口を開いた。

「命令に従い、余計なことは致しませぬ。間違いなく正しい文字、そして数字を伝えますし、万が一にも過《あやま》ちがあった時は、即刻これ」

　首に手を当てた鳥居が顎を向けると、猫屋の勝蔵が膝の上に抱えていた子猫を差し出した。可愛い子よ、と受け取った鳥居が頬ずりをした。

「この者たちはわたくしにとって子猫も同様、家族も同然。ですが、皆様方にご迷惑をおかけするようなことがあれば、死んで償《つぐな》うしかありませぬ」

このように、と素早く子猫の首を捻った。鈍い音がして、そのまま動かなくなった。

捨てておけ、と鳥居が子猫の死骸を放った。

「間違いなどあり得ませぬし、もし起きた時にはこの五人が死んでお詫び致します。いかがでしょうか」

支度部屋が静まり返った。團十郎は胴震いを堪《こら》えた。

目の前にいる鳥居耀蔵という男は、人でも妖怪でもない。悪鬼《あっき》である。そうでなければ、躊躇《ちゅうちょ》なく子猫の首の骨を折ることなどできるはずがない。

お見苦しいことを致しましたと頭を下げた鳥居が、下がれと男たちに命じた。

「新しい酒と肴を運ばせましょう。おくつろぎいただき、百万両の使い道を語り合うのも、また一興ではありませぬか」

五人の男たちが頭を下げ、襖を閉めた。入れ替わるように、膳部を掲げた五人の芸妓が廊下から入ってきた。場が一気に華やかになったが、鳥居だけが顔をしかめていた。

女嫌いという噂を團十郎も聞いたことがあったが、本当らしい。女たちを見る目に、不快そうな色が漂っていた。

一瞬、目が合った。だが、それだけだった。酒をという鳥居の声に、芸妓たちが笑みを浮かべて酌《しゃく》を始めた。

# 第三幕　助六所縁江戸櫻《すけろくゆかりのえどざくら》

## 一

宴《うたげ》というより酔っ払いの馬鹿騒ぎだ、と團十郎《だんじゅうろう》は茶を啜《すす》った。大名の江戸家老、重臣、大身《たいしん》の旗本《はたもと》、御家人《ごけにん》、そして富裕な商人たちが泥酔《でいすい》し、酔態《すいたい》をさらしていた。

團十郎も人並みに、いやそれ以上に酒を好む。憂《う》さを晴らすため、度がすぎるほど飲むこともあるし、それもまた酒の効用だろう。

だが、時と場合による。更《さら》に言えば、一番嫌いなのは他人の銭で酒を飲むことだった。

この時代に限らず、歌舞伎《かぶき》役者には後援者、贔屓筋《ひいきすじ》がいた。相撲《すもう》の世界で言えば谷町《たにまち》だが、若い時から目をかけ、経済的に援助し、高価な舞台衣装や大道具小道具を買い与えるなど、役者、あるいはその一座を応援する者たちである。

歌舞伎に関して言えば、発祥とも言うべき出雲阿国《いずものおくに》以来の伝統であり、また、分野を問わず芸術、芸能の世界では、そのような庇護者《ひごしゃ》が必ず存在した。

秀《すぐ》れた芸を観たいというのは、人間の本然《ほんぜん》であろう。自分にはできない芸事であっても、その才能を見出《みいだ》し、育てるため衣食住の面倒を見ることはもちろんだが、さまざまな場所へ連れていき、見聞を広めさせる。

天から与えられた才能を育てることを悦《よろこ》びとする者は多数いた。それは洋の東西を問わず、枚挙《まいきょ》に暇《いとま》がない。ただ、團十郎自身はそういう者たちが苦手だった。

成田屋《なりたや》という屋号が示すように、初代市川《いちかわ》團十郎は下総国《しもうさ》（千葉県）の成田山新《しん》勝寺《しょうじ》の後援によって歌舞伎役者としての地位を固めていたし、今もその関係は深い。

だが、初代の頃とは事情が違っている。少なくとも、経済的な援助については不要になっていたし、團十郎自身、新勝寺との関係を必要以上に密にしようとは思っていなかった。むしろ芸の妨《さまた》げになると思い、距離を取るようにしていたほどである。

同様に、贔屓筋の客たちからの誘いもすべて断っていた。馴《な》れ合いの関係になるのが嫌だったし、他人の銭での酒宴となれば、世辞《せじ》や追従《ついしょう》のひとつも言わなければならない。それを考えるだけで、身震いするほど不快だった。

飲む時はてめえの銭で、好きなように飲む。そうでなければ何ひとつ楽しくない。

團十郎にとって、社交は必要ないものだった。そんなことをしなくても、客は己《おのれ》の舞台を観に来るという自信があった。

狷介《けんかい》といえば狷介だし、増上慢《ぞうじょうまん》とも言えるが、天才特有の自負心ということかもしれない。

宴が終わり、南町奉行所《みなみまちぶぎょうしょ》の外に出たところで、あの連中と一緒にしてほしくねえ、と唾《つば》を吐いた。供《きょう》された酒も肴《さかな》も最高級のものだったし、舌が鳴るほど、ほっぺたが落ちるほど旨《うま》かった。

とはいえ、所詮宛《しょせんあ》てがいものである。そんなものを飲み食いして喜ぶのは犬ころだけで、團十郎にしてみれば浅ましい限りだった。二口、三口食べた後は茶ばかり飲んでいたが、いい加減飽きていた。

（こりゃあ、幕府も長くは保《も》たねえな）

そんな思いが一瞬頭を過《よぎ》った。いやしくも幕府は政治の中枢《ちゅうすう》であり、諸藩の重臣、旗本、御家人にしても政《まつりごと》に関わる身分である。

そういう立場にある者が、己の利と得だけを考えているようでは、政体として長く続くはずもない。

酔っ払った男たちが、奉行所の外で待っていた家臣たちに支えられるようにして駕籠《かご》に乗り込み、その場から離れていった。見回すと、二人の小坊主《こぼうず》が立っていた。

戻りましょう、と團十郎は優しく声を掛けた。

「長居する場所ではありません。寛永寺《かんえいじ》に戻り、本日のお勤めをしなければなりませぬ」

法良《ほうりょう》様は変わられましたね、と小坊主の一人が感に堪《た》えたように言った。

「何と申していいのかわかりませぬが、何かを悟《さと》られたような……」

わたくしはまだ修行中の身です、と團十郎はひとつ首を振って歩きだした。背中の辺りに焼けつくような視線を感じたが、あえて振り向かなかった。

（おかしい）

鳥居耀蔵《とりいようぞう》はお白州《しらす》の横にある小部屋の障子《しょうじ》を閉じ、支度《したく》部屋東の間に戻った。

百本近い徳利《とくり》が転がり、すべての膳部《ぜんぶ》が引っ繰り返され、畳《たたみ》の上に杯《さかずき》や酒の肴が散乱していた。見ているだけで不愉快だった。癇性《かんしょう》で、特に乱雑を嫌うのは、生来の性格である。

毎回のことで、やむを得ないとわかっていたが、腹立たしさの方が勝《まさ》り、すぐ片付けよと低い声で命じると、芸妓《げいぎ》たちが慌てて畳を拭《ぬぐ》い始めた。

廊下に出て、西の間の襖《ふすま》を開けると、蛭《ひる》の仁吉《じんきち》をはじめ、五人の目明《めあ》かしが平伏していた。

どうも妙だとつぶやいて、上座の座布団に腰を下ろすと、何がでございましょう、と仁吉が目だけを上げた。

「特に変わったことはなかったと思いましたが……」

あの坊主だ、と鳥居は細い首を曲げた。

「奴は酒に弱い。だから飲まなかったのはいいが、膳部に形だけしか箸《はし》をつけていなかった。常日頃、精進料理しか食えぬ僧の身として、この時だけが楽しみですと前に言っていたが……不審に思わなかったか」

さあ、と目明かしたちが顔を見合わせて首を振った。所詮、お前たちはその程度、と鳥居は苦笑した。

答えを期待していたわけではない。腹の中では五人の男たちを軽侮《けいぶ》していた。鳥居の言葉の意味さえわかっていないだろう。

よろしいでしょうか、と口を開いたのは鳶《とび》の五郎太《ごろうた》だった。申せ、と鳥居はあばたの目立つ顔に目を向けた。

「前南町奉行、矢部定謙《やべさだのり》のことでやすが」

「あの男は死んだ。もはや何もできぬ」

これは噂でやすが、と五郎太が膝《ひざ》を前ににじらせた。

「矢部家の子、鶴松《つるまつ》が神田の貧乏長屋に住み着いているそうでやす。あの男は古本の商《あきな》いで生計を立てていると聞いてやすが、このところ商売はそっちのけで、やたらと出歩いているそうで……どうやら鳥居様の陰富《かげとみ》について、何か探っているようでやす」

矢部鶴松、と鳥居はつぶやいた。いかにも武家の息子というべき、整った顔が脳裏に浮かんだ。

「五郎太はそう言うが、矢部家は取り潰《つぶ》されてるんだぜ」仁吉が大口を開けて笑った。「お家は改易《かいえき》、鶴松は浪人の身だ。そんな野郎に何ができる？」

待て、と鳥居は仁吉を手で制した。

「確かに鶴松は浪人だが、そう簡単ではない。矢部定謙は火付盗賊改《ひつけとうぞくあらため》を振り出しに、堺《さかい》奉行、大坂西町奉行、勘定《かんじょう》奉行や小普請組《こぶしんぐみ》支配を経て、南町奉行にまで昇り詰めた男だ。あのような最期を迎え、武士の身分はおろか、官位も取り上げられたが、幕閣に知己《ちき》も多い。今、大目付《おおめつけ》になっている遠山景元《かげもと》もその一人。鶴松が我らの陰富について調べているとなると、面倒なことになるやもしれぬ」

遠山景元は前北町奉行で、当初より老中頭《ろうじゅうがしら》水野忠邦《ただくに》の改革に矢部、鳥居等と共に加わっていたことからもわかるが、幕政刷新の必要性を強く感じていた者の一人だった。

ただし、町人への贅沢《ぜいたく》、奢侈《しゃし》禁令を徹底しようとした水野、鳥居と意見が合わず、矢部と共に禁令の緩和を求めるなど、改革の方針を巡って激しく対立していた。

世の乱れを憂《うれ》え、武士中心の社会に戻すため、町人や農民の権利を取り上げるという水野と鳥居に対し、遠山は時勢に合った政治改革を唱《とな》え、水野反対派の急先《きゅうせん》鋒《ぽう》となっていた。水野は遠山を罷免《ひめん》する腹積もりでいたが、天保十二年（一八四一）十二月に、矢部定謙が南町奉行の座を追われることとなった。

北と南の両町奉行を、立て続けに辞めさせるわけにはいかない。結局、鳥居の献策もあり、遠山を大目付に棚上げしたのは天保十四年（一八四三）二月で、これにより人事上の決着をつけていた。

大目付は奉行よりも上位職である。昇進だから、遠山も拒否できなかったが、形式的な職にすぎず、実質的な権限はない。

水野と鳥居の狙いは、遠山も含めた水野反対派の一掃《いっそう》にあり、それには成功していたが、鶴松が鳥居の陰富について証拠を揃えて訴えるようなことがあれば、大目付の遠山も取り調べを命じることができる。

しかも、幕府内には定謙に同情する者も少なくなかった。面倒とは、それを指していた。

「鳥居様、それは考えすぎというものでございましょう」仁吉が更に口を大きく開けた。「どう調べようとも、陰富が南町奉行所内で開かれていることは、誰にもわかりませぬ。証拠のひとつもありませぬし、何を聞かれても知らぬ存ぜぬで通せば――」

我らはそれでいい、と鳥居は口元を歪《ゆが》めた。

「奉行所で陰富に加わっているのは、ここにいる六人と同心の大迫《おおさこ》のみ。他の与力、同心《どうしん》は見て見ぬふりをしている。その方が、奴らにとっても得だからな。難しいのは、今日集まっていた賭《か》け手たちよ。あの者たちが口を割れば、まずいことになる」

できるはずがありませぬ、と猫屋の勝蔵《かつぞう》が首を振った。

「陰富はご禁制の博奕《ばくち》だと、誰もがわかっております。それゆえ、加わっていたとなればお咎《とが》めがあるのは必定《ひつじょう》。旗本、御家人たちは改易、大名の重臣に至ってはお家取り潰し、藩そのものを失うこともあり得ます。奴らが口を割ることなど、考えられませぬ」

それとも、と五郎太が握った拳《こぶし》で畳を軽く叩いた。

「何かある前に、矢部鶴松を殺しやすか」

しばらく考えた後、それは駄目だ、と鳥居は首を強く振った。

「この鳥居耀蔵と矢部定謙の間に、私怨《しえん》があったことは誰もが知っている。鶴松が殺されたとなれば、世間が騒ぎだし、つまらぬ噂も流れるだろう。奴を殺すのは得策と言えぬ」

ではどうされるおつもりですと尋ねた仁吉に、捕縛《ほばく》せよと鳥居は囁《ささや》いた。

「今すぐとは言わぬ。師走晦日《しわすみそか》、あの男が牢に入っていればそれでよい。陰富は今回で終わる。何を訴えても、後の祭り」

「ですが、鶴松は古本を商っているだけで、捕縛しようにも……」

そんなことはどうにでもなる、と鳥居は立ち上がった。

「まずは奴が何をどこまで知っているのか、関わっている者が誰なのか、それを探れ。鶴松が我らの陰富に気づき、証拠まで揃えているというのなら、殺《あや》めることも考えねばならぬが、そうでなければ恐れるには足りぬ。捕縛するのが上策である」

人は誰でも叩けば埃《ほこり》が出る、と鳥居は唇の端を歪めて嗤《わら》った。

「何も出なくても、その時は埃をつけるのがお前たちの役目。しかも、裁くのは南町奉行であるこの鳥居。必ず鶴松を牢に叩き込んでやる」

調べよ、と命じて背を向けた。五人の目明かしが平伏したのが、気配でわかった。

二

上野新黒門町《くろもんちょう》まで戻ると、待っていた談志《だんし》が、これはこれはお坊様、とわざとらしく大声を張り上げた。

「いや、驚きましたな。これぞ奇縁と申しましょうか。昼に会い、夕に会い、前世の宿縁があるのやもしれませぬ」

あの、と小坊主が足を指さした。

「いやいや、これぞまさに霊験《れいげん》」これこの通り、と談志が足を踏ん張った。「何もかもがお坊様のおかげでございます。わたくしも寛永寺の檀家《だんか》となって早四十年、いろんなことがございましたな。あんなことがあった、こんなこともあった、そんな思いで胸が一杯でございます。そう言えばお嬢様のことでございますが、これもまたお坊様の功徳《くどく》ということなのか、あれから一刻も経たぬうちに、ぴたりと癪《しゃく》が治まりましてな。いかがでしょう、せめて顔だけでもご覧になってはいただけませぬか。あの時のお坊様にお礼を言いたいと、お嬢様も申されております」

さすがは噺家《はなしか》というべきか、立て板に水のような勢いで喋《しゃべ》り続けた談志が、お嬢様はあちらのお宅で休まれております、と近くの家を指さした。

「こちらのお二人には、あたくしがお礼を致します。近くに茶店《ちゃみせ》があるのですが、そこの羽二重《はぶたえ》団子が名物でして……」

茶店で待つようにと二人の小坊主に命じ、お葉《よう》がいるという家へ向かうと、横合いから腕を摑《つか》まれ、路地に引き込まれた。

「ずいぶん長かったですね」

裃《かみしも》姿を見て、似合うじゃねえかと皮肉を言った團十郎に、やめてくださいと鶴松が頰《ほお》を膨《ふく》らませた。いい大人なのに、子供のような表情を作る男である。

「わたしも鳥居の陰富の寄り合いに出たことになっていましたから、法良のそばで見張っているわけにもいきません。引き留めたのはお葉さんです。痛い、苦しい、助けてください、迫真《はくしん》の芝居でしたよ」

「おめえは蔭からそれを見てたってわけだ。妬《や》けたんじゃねえのか」

つまらないことを言ってないで、寄り合いで決まったことを教えてください、と鶴松が顔を寄せた。

「いくらお葉さんでも、これ以上引き留めるのは無理です。法良も寺に戻らなければなりませんからね。もっとも、本人はお葉さんの手を握って、片時もそばを離れませんでしたが」

「あれだけの美人だ。女っ気のねえ坊主の魂を抜くなんざ、朝飯前だろう」

團十郎は懐《ふところ》に手を差し入れた。出てきたのは、細長く切り取った障子紙である。

何も書いてはならないと鳥居に命じられていたが、話がひと通り済んだところで厠《かわや》へ行き、一気呵成《いっきかせい》に説明された内容を書き連ねていた。物覚えがいいのは、歌舞伎役者ならではのことである。

「字が汚《きた》ねえが、何しろ立ったまま書かなきゃならなかったんでな」

十分読めます、と障子紙を指でたどりながら鶴松がうなずいた。

「なるほど、わたしの読みもそれほど外れていなかったようです。やはり鳥居は積み立て金の分配について話しましたか」

念入りにな、と團十郎は青光りしている頭に手をやった。陽《ひ》が暮れ始めていたせいか、やたらと頭が冷えた。

「そうでなけりゃ、賭け手の連中が納得しねえだろう。鳥居の話が終わった後、飲めや謡《うた》えのどんちゃん騒ぎが始まったんだが、聞いていて背中の毛が逆立《さかだ》ったぜ。

奴らはそれぞれこの十年で、数十万両の損金を出している。てめえの金ならともかく、ほとんどが公金の使い込みだ。今回の湯島千両陰富で留札《とめふだ》を当てりゃあ、積み立て金の百万両はもちろん、褒美金《ほうびきん》（賞金）も入ってくる。当てるためには、陰富札を買いまくるしかねえ。奴らも切羽《せっぱ》詰まってるんだろう。最低でも数万両は注《つ》ぎ込む勢いだったが、どうかしてるとしか思えねえ」

ここにいてください、と鶴松が丸めた障子紙を懐に押し込んだ。

「陰富の会合のことを、法良に教えなければなりません。談志師匠が行った茶店はわかっています。わたしと法良がこの家を出たら、七代目は中で隠れていてください。いいですね」

鶴松が勝手口から家の中へ入っていった。疲れるぜ、と團十郎は空を見上げた。宵《よい》の明星《みょうじょう》が美しく輝いていた。

三

その晩、團十郎は勧められるまま酒を飲み、潰れるようにして眠った。敵陣に乗り込んだ緊張が解けたせいもあった。

何しろ、江戸十里四方所払《しほうところばら》いの身である。僧侶に化けていたとはいえ、咎人《とがにん》が南町奉行所に入り込み、自分を捕縛した鳥居耀蔵と顔を突き合わせていたのだから、いつ露見《ろけん》するのかと内心冷や汗ものだった。

　奉行所の門を出た時には、両脇に汗の染みができていたが、舞台の上でも、ここまで気を張ったことはない。酔いの回りが早かったのも当然だろう。

　僧衣を着流しに替え、新黒門町の家を出たのは翌朝、辰《たつ》の下刻《げこく》（午前九時頃）である。半刻《はんとき》（一時間）もかけずに、神田の蝸牛《かたつぶり》長屋に着いた。土間で待っていたのは、お葉と談志の二人だった。

　ご苦労だったね七代目、と談志が声をかけた。

「いやあ、今だから言うけど、おいらはてっきり鳥居の野郎が七代目だと見破るんじゃねえかと思ってたんだよ」

　お葉が差し出した手のひらに、談志が一分金《いちぶきん》を載せた。

「賭けには負けちまったが、まあいいさ。無事に帰ってきたんだから、それで良しとしなきゃな」

　上がりなよ、とお葉が指さした。狭い部屋の奥に鶴松が座っていた。

「あれからどうした？」

　向かいに腰を下ろすと、法良に一から十（拾）まですべて伝えました、と鶴松がうなずいた。

「七代目のおかげです。改めて礼を言いますが、子細《しさい》に会合の内容を記してもらい、助かりました。法良も寛永寺の住職にうまく話せると言っていましたよ」

歌舞伎役者なら台詞《せりふ》覚えがいいのは当たり前だし、時には台本に直しが入ることもある。初日前日の舞台稽古《げいこ》で筋が変わり、それを演じることも日常茶飯事だ。

「鳥居の狙いもだいたいはわかっていたからな。礼を言われるようなことじゃねえ」

上がってきた談志が鶴松の隣に腰を据え、続いたお葉が盆の湯呑《ゆの》みを畳に直接置いた。四人で三畳間に座ると狭苦しさが増したが、互いが風避けになって、意外に暖かかった。

「師走だな」

番茶の温もりが手に優しかった。師走です、と鶴松がひと口茶を啜った。

「いよいよ今月晦日、湯島天満宮《ゆしまてんまんぐう》で千両富籤《とみくじ》興行が開かれます。鳥居の千両陰富も同日に行なわれます」

そういうこった、と團十郎は湯呑みを畳に置いた。

「改めて考えてみたが、鶴松、どうやったっておめえの企みはうまくいかねえよ。そうじゃねえか？」

首を斜めにした鶴松に、立てた策は悪くねえ、と團十郎は言った。

「湯島天満宮と数寄屋橋門内の南町奉行所が離れていることを利用して、湯島からやってくるおはなし屋……今回は鳥居配下の目明かし連中だが、そいつらを足止めし、代わりにおれたちの仲間が偽の番号を伝え、留札を作るっていうのは名案だよ。昨日、おれはおはなし屋を務める五人の目明かしの面《つら》を見たが、どいつもこいつも憎体《にくてい》でな。ひと目見たら忘れねえだろう。悪相揃いだから、覚えるのは簡単だ」

蛭の仁吉、霞《かすみ》の幸助《こうすけ》、鳶の五郎太、猫屋の勝蔵とその弟の時蔵《ときぞう》、と鶴松が丸めていた障子紙をするすると伸ばした。蛭仁《ひるじん》は知ってるよ、と談志が口元を歪めた。

「面もひでえが、心はもっとひん曲がってる野郎だ。元は甲州のヤクザ者だったらしいが、無宿人《むしゅくにん》として江戸に流れ着き、いつの間にか目明かしになってやがった。弱い者苛《いじ》めをさせたら天下一だよ。野郎にたかられて潰れた店が何軒あるか、数え切れねえぐらいだ。噂じゃ、人を殺《あや》めたこともあるらしい」

他の四人もすぐわかる、と團十郎は湯呑みを突き出した。

「目明かしは同心が抱えてる子分だが、市中見回りをしているから、夕刻には奉行所に戻らなきゃならねえ。名前もわかってるんだから、家を見張ったっていい。その辺りはどうにでもなるが、そこからどうするつもりだ?」

仏頂面《ぶっちょうづら》のお葉が茶を注《つ》ぎ足した。どうするとは、と鶴松が尋ねた。

「おめえは鳥居から百万両の大金を騙《だま》し取ろうとしている。他に手を貸している者がいるのもわかってる」昨日、新黒門町にいた連中もそうだし、他にも大勢いるんだろう、と團十郎は言った。「だがな、湯島天満宮の千両富はすげえ人出だぞ。境内はおろか、周りの道も人で埋め尽くされるほどだ。その中で、あの五人を見つけられるのか？　見失っちまったら、おめえの策なんざ何の役にも立たねえ。そこはわかってんのか？」

七代目が考えているより味方は多いんです、と鶴松が微笑んだ。

「鳥居、そして前老中水野忠邦を恨《うら》んでいる者は星の数ほどいます。十人、二十人で目明かしを取り囲めば、見失うことはありませんよ」

何だか頼りねえな、と團十郎は注がれた茶を一気に飲んだ。

「大体、どうやって目明かし連中を足止めする？　あいつらは堅気《かたぎ》じゃねえ。法良とは違うんだ。女が道に倒れてたって、目もくれねえで奉行所に走っていくだろう。そんな奴らをどうやって止めるっていうんだ？」

手はいくらでもあります、と鶴松が言った。

「一番いいのは湯島天満宮から出さないことですし、そのための手も打っています。外に出たとしても、南町奉行所に近づけないようにすればいいだけのことです。七代目が言ったように、晦日の湯島天満宮は凄《すさ》まじい人出になるでしょう。境内から出るだけでも刻《とき》がかかります。足止めするのは、それほど難しくありませんし」

それはこっちのおはなし屋だって同じだろう、と團十郎は鶴松の目を見据えた。

「晦日の湯島じゃ、普通に歩いたって小半刻《こはんとき》で三町（約三三〇メートル）も進めねえって話もあるぐらいだ。それは大袈裟《おおげさ》だとしても――」

案外七代目はここが弱いね、と談志がこめかみの辺りを指で叩いた。

「こっちのおはなし屋は、湯島にいなくたっていいんだよ。この長屋にいてもいいし、何だったら最初から数寄屋橋辺りにいたっていい。どうせ偽の番号を伝えるんだぜ？　湯島千両富で何番の富駒が突かれたかなんて、どうだっていいんだよ」

こいつは一本取られた、と團十郎は頭をこすった。

「だがな、ちったぁおれのことも考えてくれよ。法良になりすまして、奉行所の賭《と》場《ば》に出向くのはおれなんだ。言ってみりゃあ、敵の本陣だぞ。与力だって同心だって目明かしだって、何十人、何百人といるだろう。つまり、敵は腐るほどいるってことだ」

「そうかもしれないねえ」

「それなのに、おれは一人だけで、刀の一本も持っていねえ。坊主が刀を持ってたらおかしいいし、持っていたって、剣術の心得なんかありゃしねえよ。もし正体を見破られたら、どうなるかわかってんのか？ 膾《なます》切りに刻まれるか、簀《す》巻《ま》きにされて桜川に放り込まれるか、どっちかだ。もうひとつ言っておくが、おれは泳げねえからな」

何を自慢してるんだか、とお葉が横を向いて笑った。笑い事じゃねえぞ、と團十郎は畳を拳で叩いた。

「いいか、奉行所にはおれ以外誰も入れねえ。用心棒に宮本武蔵を雇ったって、門前払いだよ。奉行所にしてみりゃ、当たり前のことだ。誰でも彼でも入れる場所じゃねえ。命を張るのはおれだけで、お前らは高みの見物ってわけだ。うまくいってもいかなくても、お前らの生き死にとは関係ねえが、おれは間違いなく殺される。何か策がなけりゃ、こんな馬鹿な話には乗れねえな」

万全の策など、この世にはありません、と鶴松が肩をすくめた。

「どれだけ考えに考え抜き、策を練り上げたとしても、すべてがその通りに運ぶとは限りません。何があるかわからないのは、人の世の常でしょう」

坊主みてえなことを言いやがる、と團十郎は横を向いた。伊達《だて》や酔狂《すいきょう》でこんなことをしようとは思っていません、と鶴松が尖《とが》った鼻梁《びりょう》に触れた。

「わたしにも覚悟があります」

「覚悟？」

七代目にもしものことがあれば、と鶴松が脇差《わきざし》を傍《かたわ》らに置いた。

「その場で腹を切ります。それがわたしの覚悟です。あなたは一人で敵の本陣に乗り込むと言いましたが、それは違います。わたしは常にあなたと一緒にいます。信じてください」

おれのために腹を切るわけじゃねえだろう、と團十郎は大きな鼻をこすった。

「お葉さんと師匠のためか？　二人を守るために、てめえが死んで幕を引こうってわけだ。手を貸してくれる連中のためでもあるんだろう。格好つけやがって」

すべての責めはわたしが負います、と涼やかな声で鶴松が言った。

「お葉さんも師匠も、わたしにそそのかされただけのこと。鳥居以外、誰のことも傷つけたくありません。ですが、七代目の命が懸かっているのはその通りです。そして、わたしにはあなたを守ることができません。できるのは、あなたを一人にしないと約することだけです」

腹の立つ野郎だ、と團十郎は胡座《あぐら》をかいた。

「何が腹が立つって、おめえが本気だってことだ。おれが殺されたとわかったら、その場で迷わず腹を切るだろう。目を見りゃあ、それぐらいわかる。だが、どうしてだ？　おれとおめえはつい半月前まで、口を利いたこともなかったんだぞ？　そんなおれのために腹を切るっていうのは、どういう料簡《りょうけん》だ？」

友と信じているからです、と鶴松が微笑んだ。

「士は己を知る者の為に死す、と『史記』にあります。己を知る者とは、友のことでしょう」

こいつは驚《おどれ》えた、と團十郎は目を剝《む》いた。

「浪人とはいえ、おめえは武家の出だ。そしておれは法外の歌舞伎役者。そんな二人が友のわけねえだろう」

江戸期において身分は明確に分かれており、属している階級が違えば、会話さえ許されないこともあった。武士と歌舞伎役者は、本来交わってはならない立場なのである。友、という言葉の重さを、團十郎もよくわかっていた。

「馬鹿なこと言うんじゃねえ。おれとおめえは――」

意外とつまらないことを言うんですね、と鶴松が笑みを濃くした。

「武士だ役者だ、そんなことどうだっていいでしょう。知り合ったのが半月前でも、昨日だったとしても、友は友じゃありませんか」

今までその目で何人騙してきやがったんだ、と團十郎はつぶやいた。

「……おれは運が良かった。おめえみたいな野郎が舞台に上がったら、こっちはおまんまの食いっぱぐれだよ。わかったわかった、煮るなり焼くなり好きにすりゃあいいさ」

無言で鶴松が頭を下げた。こんなおかしな野郎は見たことがねえ、と半ば呆《あき》れながら、團十郎は懐から取り出した煙管《キセル》をくわえた。

その日の仕事を終えて、鳥居は支度部屋西の間に下がった。そこにいた同心たちが目礼した。彼らの主な仕事は、取り調べにおける書類の作成である。

励《はげ》めよとだけ言って、そのままもうひとつの支度部屋、東の間に入った。そこに蛭の仁吉をはじめ、五人の男たちが控えていた。

鳥居の陰富に、大迫以外の与力や同心たちは関与していない。南町奉行所には二十五騎の与力が配置されていたが、その身分は歴《れっき》とした御家人である。

二十五騎というのは、騎乗を許されている武士の身分を示すための呼称だった。御家人身分とされたのは、罪人を扱うことが前提の職であるためで、実質的には旗本並の待遇であり、鳥居も彼らを陰富に引き入れることはできなかった。

それは同心も同じである。南町奉行所には百人の同心が置かれていたが、彼らもまた徳川家直参《じきさん》の足軽身分出身だった。

他にも忍者を祖とする伊賀同心、甲州口の警備を担当する八王子千人同心など、同心にはいくつもの組織があった。

足軽身分ではあるが、奉行所では江戸時代初期から同心になった者も多い。このような者は「譜代《ふだい》同心」と呼ばれ、一代足軽ではなく、子孫に身分を受け継がせることができた。

与力、同心とも武士であり、鳥居にとっては信用できない者たちだった。金よりも徳川家、幕府への忠義心の方が勝る者が多いためである。

陰富は天下の御法度《ごはっと》だから、幕法を破っていることになる。大きく言えば幕府に対する反逆であり、忠義心の強い者なら、死を覚悟して訴え出るかもしれなかった。

その点、目明かしは違った。そもそも目明かしは奉行所が雇っているのではない。

同心がいくばくかの小遣い銭を与えて、江戸の治安維持に協力させている者たちである。言ってみれば私設警察官だ。

彼らに幕府への忠義心などない。金で転ばすことなど、簡単ですらあった。

特に、目の前にいる蛭仁以下五人の目明かしは、人を殺めた罪で捕縛されていたのを、鳥居の独断で牢から解き放ち、直属の手下《てか》にしていた者たちである。

弱みを握られているため、十分な報酬《ほうしゅう》さえ与えれば、忠実な飼い犬になる。それがわかっていたからこそ、この男たちを選んだのだ。

今回の湯島千両陰富が最後だ、と鳥居は抑えた声で言った。五人の男たちが大きくうなずいた。

天保《てんぽう》九年（一八三八）、目付に昇進した頃から、鳥居は老中頭水野忠邦の懐刀《ふところがたな》として、幕政改革に取り組んできた。

水野にとって、幕府の権威を守ることこそが絶対の正義であり、そのためには享保《きょうほう》、寛政《かんせい》期に世の中を戻さなければならない、という信念を持っていた。

徳川家、幕府、武士階級を中心とする封建体制の維持こそが、乱れた世を立て直すための最上の策だ、と考えていたのである。

鳥居にとって、水野の政治的信念などどうでもよかったが、老中頭となった水野に従えば幕閣として昇進できる。そのため、賄賂《わいろ》を使うなど、さまざまな手段を用いて近づき、抜擢《ばってき》に次ぐ抜擢を受け、現在の町奉行の地位を得た。

水野が唱えた天保の改革に力を尽くしたのは、あくまでも出世のためだった。

だが、その後幕府内部の実状を詳しく知るに及び、いずれ幕藩体制が終焉《しゅうえん》を迎えることを悟《さと》った。どのような形であれ、幕府は瓦解《がかい》するだろう。

天保十四年（一八四三）、勘定奉行・勝手方を兼任したことによって、それは確信に変わった。

先がない幕府と心中する気など、鳥居には毛頭《もうとう》なかった。幕府に忠義を尽くすより、優先すべきなのは自らの利であり、つまりは金だった。

己の金銭欲が異常に強いことを、鳥居は自覚していた。金に対する執着心《しゆうちやくしん》は、自分でも理由がわからなかったが、持て余すほどの金銭への渇望《かつぼう》があった。

ただ、金を見ていたいのである。触れていたいのである。金に埋もれていたい、それだけである。

頑固に形式にこだわり、現実と乖離《かいり》した改革を推し進めようとする水野を裏切ったのは、これ以上うま味がないと算盤《そろばん》を弾《はじ》いたためだった。

己を抜擢した水野の失政の証拠を差し出すことで、新しく老中頭になった土井利位《どいとしつら》の側近となったが、これもまた計算である。土井は水野より更に無能で、扱いやすい男だった。

町奉行の職に就《つ》いてすぐ、十年前から密《ひそ》かに始めていた陰富の賭場を、南町奉行所内に移した。町奉行職を欲したのは、奉行所こそが陰富の賭場として最も安全な場所だとわかっていたためである。

そのために前町奉行矢部定謙を無実の罪で追い落としたが、良心の呵責《かしやく》はなかった。

幕府の財政は破綻《はたん》寸前どころか、実質的には破産状態にあった。そして、幕府に財政を立て直すことができる人材はいない。

贅沢や奢侈をこれまで以上に厳しく取り締まり、出費を抑えることだけが、幕府の財政再建策だったが、抜本的な構造改革を実行するには、幕府の体制は綻《ほころ》びすぎていたのである。

そのため、貧富の差が大きくなり、天保の大飢饉《だいききん》等天災が重なったこともあって、庶民の不満は高まる一方だった。天保期の富籤興行の大流行は、蜘蛛《くも》の糸にすがる庶民の儚《はかな》い望みに起因するものでもあった。

一揆の頻発や続出する打ち壊し等を憂えた十二代将軍徳川家慶《いえよし》が、社寺による富籤興行の中止を決めたのは、強い危機感によるものだった。将軍自らが富籤のような些事《さじ》に口を出すことなど、過去に例はなかった。

何を今さらと鳥居は思っていたが、将軍の直命には従わざるを得ない。来年、天保十五年睦月（一月）一日より、全国の社寺における富籤興行は全面的に禁止される。

陰富は富籤興行がなければ成立しない。従って、今後、陰富の開帳はできなくなる。

町奉行という立場上、この禁令をいち早く知った鳥居が考えたのは、過去十年にわたって積み立ててきた百万両の大金を我が物にすることだった。そもそも積み立て金制度自体、賭け手である大名小名の有力家臣、あるいは大身の旗本、御家人、更には富裕な商人、僧侶たちを引き留めておくための便法にすぎなかった。

毎回の陰富において、外れた賭け金を積み立て、次の富籤興行で留札を引き当てた者にその金を含めた褒美金を支払うと定めたことで、彼らの射幸心《しゃこうしん》を煽《あお》った。

それに加え、富籤興行が全面的に禁じられた時は、それぞれが賭けに投じてきた金額に応じて積み立て金を返金すると保証していたからこそ、ここまで長く続けることができたのである。

今日まで積み立ててきた金の総和は、積もり積もって百万両となっていた。そして、次の湯島千両富が最後の陰富の場となる。賭け手たちは、今まで以上に巨額の賭け金を注ぎ込むだろう。

すべて総取りにする、というのが鳥居の腹積もりだった。何もかもが描いた絵図通りに動いている、とほくそ笑んだ。

試算を繰り返したが、湯島千両陰富の賭け金、約百万両を加えると、二百万両近い大金が自分の懐に入るはずだった。考えただけで脳天を快感が貫き、胴が震えた。

「始めよ」

低い声で命じると、五人の男たちが畳を外した。床下に木箱があり、その中に大量の和紙が入っていた。その半分ほどに、墨で文字と数字が記されている。陰富札であった。

一般に売られている富札と同じで、紙に文字や数字を組み合わせた番号が記されているが、富札にはその一枚一枚に寺社の朱印が捺してある。

偽造防止のためだが、陰富札の場合、胴元が番号を控えているため、その必要はなかった。客の側が番号を指定して、陰富札を購入するから、偽造も何もないのである。

通常の陰富であれば、六万枚の陰富札を作ることはない。だが、今回は事情が違った。留札を当てるために、どうしても必要な手順であった。ただし、その理由は目明かしたちに話していなかった。

「鳥居様、陰富札も六万枚となりますと、なかなか大変でございますなあ」

蛭の仁吉が愛想笑いを浮かべた。五人で六万枚の番号違いの陰富札を作っていくのだから、一人一万二千枚、しかも同じ番号を書いたり、抜けがあってはならない。注意を怠《おこた》ることはできなかった。

厳重に確かめよと命じた鳥居に、なぜ今回に限って六万枚もの陰富札を作らねばならないのでしょう、と猫屋の時蔵が顔を上げた。

「まだ二万枚も終わっておりませぬ。すべての番号を書かねば、確かめることもできませぬ。どのような訳があって、このようなことをせねばならぬのでしょうか」

下知《げち》に従え、とだけ鳥居は言った。頭は自分であり、目明かしたちは手足にすぎない。手足は頭の命に服していればそれでいい。

「ここには誰も入るなと命じてある。十日で終わらせよ」

それだけ言って、支度部屋を出た。奉行の私邸は奉行所の敷地内にある。そのまま鳥居は奥へ向かった。

# 四

わからねえことがひとつある、と團十郎は左右に目を向けた。

「昨日、おれはこの耳で鳥居の話を聞いた。気味の悪い声だったな。なるほど、妖怪と呼ばれるのももっともだと思ったぜ」

余計なことはいいから、とお葉が睨《にら》みつけた。

「あたしも師匠も、あんたの書き付けは読んでる。思ってたより頭がいいんだね。要領よくまとまっていて、わかりやすかったよ」

そいつは過分なお誉《ほ》めの言葉、と團十郎は苦笑を浮かべた。

「奴の話じゃ、積み立て金の総額は百万両だ。嘘じゃねえんだろう。鳥居が奉行所の床下かどこかに、百万両の金を隠し持っているのは間違いねえ」

「だから？」

鳥居の噂はいろんなところから耳に入ってくる、と團十郎は右の小指を耳の穴にねじ込んだ。

「噂というより、はっきり言やあ悪口だな。人としての心がない、冷酷非道、中には人殺しとまで言う者もいた。だが、誰もが悪し様《あざま》に罵《ののし》るのは、奴の銭に対する汚《きたな》さだ」

わたしたちが思うほど、鳥居は恵まれた暮らしを送ってきたわけではありません、と鶴松が腕を組んだ。

「鳥居は大学頭《だいがくのかみ》を務めている林述斎《はやしじゆつさい》の三男、部屋住みの身です。苦労もしたでしょう。養子となった鳥居家も、内情は火の車のようです」

武士は食わねど高楊枝《たかようじ》さ、と談志が言った。

「二千五百石取りは大身の旗本と言っていいが、それなりに容儀《ようぎ》も整えなきゃならねえ。軍役やら弓持ち、鉄砲、槍《やり》持ち、甲冑《かっちゅう》持ち、他にも草履《ぞうり》取りや馬の口取り、足軽から挟み箱持ち、三、四十人を雇うことになる。馬だって二頭はいるだろう。女中も七、八人は揃えなきゃ格好がつかんさ。それだけの人数を雇って、給金を支払うってことになると、台所は苦しかっただろうな。金にしわくなるのも、無理はねえ」

町人からは殿様と呼ばれても、暮らしはその町人以下ってわけだ、と團十郎はうなずいた。

「そこから抜け出すためには、出世するしかねえ。簡単に言えば、奉行職に就くのが一番早《はえ》えが、そのためには上に賄賂を渡さなきゃならなかった。鳥居が無能だったら、屋敷で傘でも張ってるしかなかったろうが、あいにく奴は誰よりも賢く、有能な切れ者だ。陰富に目をつけ、その利で職を買っていった。利は利を呼び、今じゃ天下の町奉行様だ。その代わり、奴は魂をなくしちまったがな」

妖怪だもの、とお葉がぽつりとつぶやいた。金は金を欲します、と鶴松がため息をついた。

「欲に限りはありません。何のために金を欲しているのか、今では鳥居もわからなくなっているでしょう。それが金の魔力です。お足とはよく言ったもので、なければ身動きが取れませんが、ありすぎれば歩きにくくなるでしょうね」

鳥居は金に取り憑《つ》かれた亡者《もうじゃ》だ、と團十郎は鶴松の顔を正面から見据《みす》えた。

「餓鬼《がき》といってもいいが、一両、一分《ぶ》、一朱《しゅ》の銭だって、誰にも渡したくねえだろう。ましてや百万両だ。いや、晦日の千両陰富の賭け金も含めりゃ、二百万両になるかもしれねえ。おめえの言うように、てめえで総取りする腹積もりなのは間違いねえが、どうすりゃそんなことができる?」

何か思案があるのでしょう、と鶴松が言った。金のことだけなら打つ手はあるさ、と談志が唇を尖らせた。

「乱暴なことを言っちまえば、百万両を抱えて逐電《ちくでん》しちまえばいい。晦日までまだ日はあるんだ。蛭仁たちに命じて、山の中にでも隠してから逃げ出すことだってできる。医者を巻き込んで、死んだことにしてもいい。それが駄目でも、南町奉行所に火をつけるって手がある。小判が全部溶けちまったとなりゃあ、他の客も諦めるしかねえだろう」

逐電できる立場ではありません、と鶴松が首を振った。

「町奉行が突然姿を消したら、何があったのかということになります。厳しく詮議《せんぎ》されれば、五人の目明かしの誰かが、鳥居の居場所を吐くでしょう。死んだことにするというのも無理筋です。家督相続や、その後のこともあります。百万両を抱えたまま、死ぬまで外に出ないというわけにもいきません。それでは何のための百万両かわからなくなります」

鳥居には大勢の家来がいる、と團十郎は顔を上げた。

「そいつらを使って、百万両を奉行所から持ち出すってのはどうだ?」

考えにくいですね、と鶴松が畳を叩いた。

「わたしはあの男のことを洗いざらい調べました。鳥居は誰のことも信じません。家族や家来でさえもです。命より大事な百万両を他人に託すなど、あの男にとっては言語道断の所業でしょう」

　哀れな男だね、とお葉がつぶやいた、そう思います、と鶴松がうなずいた。

「猜疑心《さいぎしん》があの男の肌を覆《おお》っています。目明かしたちは、何らかの弱みを握られているのでしょう。だから鳥居に従っているんです。心の底では、あの連中も鳥居を信じてはいないでしょうし、それは鳥居の側も同じです。無間《むげん》の闇の中、立ち尽くしている孤独な男。それが鳥居です」

「だが、今さら金子《きんす》を捨てられやしねえだろう」奴はどうするつもりなんだ、と團十郎はくわえた煙管《キセル》を置いた。「このままじゃ、百万両を客たちに返すしかなくなるぞ。鳥居も賭け手に回ると言っていたが、妖怪だって留札は当てられねえよ。ってこたあ、積み立ててきた金を吐き出すしかねえじゃねえか」

　留札を当てる算段があるのです、と鶴松が静かに首を振った。

「誰からも文句の出ない形で百万両を手にするには、それしかありません」

　馬鹿らしい、と團十郎は低い天井に向かって煙を吹き上げた。

「六万枚の富札のうち、留札は一枚だけなんだぞ？　十枚に一枚じゃねえんだ。それならまぐれ当たりもあるだろうが、六万枚じゃ話にならねえ。イカサマをやるつもりだとしても――」

　鳥居はそのつもりです、と鶴松が言った。

「イカサマで留札を当てる。その成算があったからこそ、積み立て金を総払いすると言ったのでしょう」

「どんなイカサマだ？」

まだわかりません、と鶴松が肩をすくめた。お茶を替えようかね、とお葉が土間に降りて行った。


師走に入り、寒さが厳しくなっていた。

「足」

寝所に入った鳥居《とりい》が命じると、妻の登与《とよ》が布団に手を入れて、足をさすり始めた。

冷え性で、時に手足の先が痺《しび》れるほど痛み、我慢できない時がある。登与は何も言わず、命じられるまま従うだけだった。

逆らえば何をされるかわからない、という心《しん》の臓が冷えるような怯《おび》えがあった。

鳥居は林家の三男で、婿《むこ》養子である。本来なら養子に迎えてくれた鳥居家に感謝するべき立場だが、家格が高いだけの無能な旗本だと、内心侮蔑《ぶべつ》していた。

妻の登与は気立てのいい女で、器量も良かったが、鳥居は最初から気に入らなかった。頭が悪い、というのがその理由である。

そもそも、鳥居は女という生きものが嫌いだった。益体《やくたい》もない話をいつまでも続けるが、聞いているだけでも虫唾《むしず》が走った。

夫婦仲は冷えきっており、鳥居は登与のことを下女以下の存在にしか思っていなかった。

（矢部鶴松）

目を見開いたまま、名前をつぶやいた。鶴松の養父、前南町奉行矢部定謙を讒言《ざんげん》によって罷免したのは、ちょうど二年前、天保十二年（一八四一）十二月のことである。

当時、老中頭であった水野忠邦の改革に反対していた定謙を解任するため、大坂町奉行を務めていた頃の不正、大塩平八郎《おおしおへいはちろう》の乱への加担、更には江戸町奉行として職務怠慢《たいまん》であると言い掛かりをつけ、偽の証拠まででっち上げて町奉行の職を奪い、罪人として伊勢桑名《くわな》藩預かりという厳しい処分を下した。

その三カ月後、定謙は自らの無実を訴えるために腹を切り、自害したが、その際、鳥居は鶴松と顔を合わせていた。定謙の死を伝え、矢部家改易を言い渡すためである。

鶴松は二十代後半、三十歳になっていただろうか。背は五尺六寸（約百七十センチ）ほどで、姿勢が良く、いかにも武家の出という風であった。役者のようとまでは言わないが、目鼻立ちの整った男だった、と鶴松の顔を思い浮かべながら、鳥居は深く息を吐いた。

「痛《いと》うございましたでしょうか」

怯えたように顔を上げた登与に、手を止めるなと命じて、更に鶴松のことを考え続けた。

矢部定謙は不正の罪で罷免され、同時に旗本という身分を失った。養子である鶴松も、今は浪人の身である。

定謙の死後、鶴松のことを調べるよう配下の同心に命じていた。幕府開闢《かいびゃく》以来の旗本で、五百石取りの旗本だが、改易により家屋敷は没収されていた。浪人の身となった鶴松は、その後しばらく母方の実家に身を寄せていたが、一年ほど前に古本の商いを始めたと報告があった。

特に目立つ動きをしていたわけではなかったので、その後監視を解いたが、蛭の仁吉によると、不審な様子があるという。

自分の陰富に関することだと直感していた。鶴松は養父定謙の仇《かたき》を討つつもりだ。そのため陰富について調べている。

（できるはずがない）

鶴松の養父、矢部定謙も鳥居の陰富を察していた。だからこそ、先手を打って町奉行の職を奪ったのだ。

それによって、鳥居自身が町奉行になったが、まさに一石二鳥の妙手であった。陰富について、定謙が確たる証拠を握っていないことは、鳥居も知っていた。そのため、定謙は鳥居を糾弾《きゅうだん》できなかったのである。

いかに町奉行といえども、老中頭の側近である鳥居を簡単には捕縛できない。確かな証拠を摑むまで、泳がせるつもりだったのだろうが、それが命取りになった。

鳥居の陰富について、定謙は鶴松にどこまで話していただろうか。おそらく何も言っていないはずだ、と鳥居はつぶやいた。

なぜなら、鶴松は家督を相続する前で、まだ無役だった。町奉行には守秘義務がある。

いくら息子であっても、職務上の秘密を漏らすはずがない。堅物《かたぶつ》で知られた定謙ならなおさらだ。

だが、鶴松は間違いなく自分の陰富に気づいている、という確信があった。勘の良さは人後《じんご》に落ちない。

どのような手段を用いたかは不明だが、あの男は自分の陰富のことを詳しく調べている。

ただし、鶴松も確証を摑んでいるわけではない。何もないから、動くことができないのだろう。

何より、町奉行を務めているのが陰富の胴元《どうもと》である鳥居自身だから、訴えても揉《も》み消されるだけだ。それがわからないほど、頭が悪いとは思えなかった。

寺社による富籤興行が年内で終わることは、半年前の布告により、江戸市中すべての者が知っていた。富籤興行が開かれなければ、陰富は成立しない。それは鶴松も承知しているはずである。

師走には多くの寺社で富籤興行が行なわれるが、最も規模が大きいのは湯島千両富だ。

陰富の胴元がそれに合わせて陰富を開帳すると読むことは、誰にでもできる。自分もそのつもりで準備を進めていた。

鶴松には、養父定謙が親しくしていた幕閣の有力者に伝《つて》がある。彼らに訴え出ることはできるが、何の証拠もないのに、怪しいというだけで南町奉行所へ踏み込む者など、いるはずもない。

法制上も不可能である。奉行所は独立した機関であり、その上に立つ評定所《ひょうじょうしょ》の大目付を除けば、断りなしに入ることは許されない。

奉行所は治安を守る唯一の公的機関である。由井正雪《ゆいしょうせつ》の乱、大塩平八郎の乱のように、謀反《むほん》が起きた場合、それに対処する最前線の指揮所は奉行所に置かれることになっていた。

当然ながら、謀反を起こす側もそれは承知している。大塩平八郎の乱でも、その計画の根幹に大坂町奉行所への襲撃があった。

最前線指揮所を押さえれば、指揮系統が混乱し、乱の制圧が困難になるためである。

奉行所の独立性が高い理由はそれであり、守りを堅くするのは必然だった。だからこそ、奉行所が最も安全な陰富開帳の場となったのである。

奉行所では、奉行がすべての権限を握っている。配下の与力、同心も、奉行に対しては口を出せない。

また、外部から侵入することは絶対にできない。常に門は閉ざされ、警備も厳重であり、与力、同心、目明かし、その他百名以上が常駐している鉄壁の砦だ。

無理に押し入ろうとすれば、戦《いくさ》と同じである。そんなことをする者など、いるはずがない。

だが、矢部鶴松に不穏な動きがあるという。いったい何をするつもりなのか。ただの浪人にすぎず、何の力もないあの男に何ができるというのか。

鶴松に味方する者が少なくないことは、鳥居も知っていた。前老中頭、水野忠邦の改革によって、多くの者が職を失ったが、その反動なのだろう。

鶴松なら百人、あるいは数百人を集めることができるかもしれない。

だが、それは烏合《うごう》の衆である。無力な者が集まったところで、何もできるはずがない。

「痛い」

鋭い声で言うと、飛び下がった登与が畳に額をこすりつけて許しを乞《こ》うた。

「申し訳ありませんでした。気をつけますゆえ、お許しください」

もういい、と絹布団を頭から被《かぶ》った。足は温まっていたが、頭の中は冷めていた。

いったい鶴松は何を企んでいるのか。さまざまな想念が頭の中を巡ったが、答えは出なかった。

五

あいつは本ばかり読んでやがるな、と煙管をくゆらせながら團十郎は言った。師走に入り、十日が経っていた。

「いいじゃないの、好きで読んでるんだから」

繕《つくろ》いものをしていたお葉が顔を上げた。そんな尖った物言いをすることはねえだろう、と團十郎は煙を吐いた。

「悪く言ってるわけじゃねえ。感心してるんだ」

自分のことを誉められたように、お葉が照れ笑いを浮かべた。今時の旗本にしちゃあ珍しいこった、と團十郎は握った煙管を左右に振った。

「ただ遊び呆《ほう》けている連中ばかりだが、鶴松は違う。ずいぶん物学びに熱心だ」

そういう人なんだよね、とお葉が形のいい眉《まゆ》をひそめた。

「もっとあたしらと話したり、その……花見や月見に出かけたりしてもいいんじゃないかって、思ってるんだけど」

ひとつ顎をしゃくって表に出ると、お葉がついてきた。

「おお寒い。もう師走なんだね」

昼過ぎだったが、日陰には霜《しも》がまだ残っていた。草履を履いた足で踏むと、沈み込むような感触があった。

「余計な世話を焼く柄じゃねえが、お葉さん、あんた鶴松のことを――」

何言ってるのさ、とお葉が團十郎の肩を小突《こづ》いた。

「馬鹿馬鹿しい、鶴松さんは七代目と違って真面目《まじめ》な人なんだよ」

照れんなって、と團十郎は肩を小突き返した。あんな鈍い男、大っ嫌い、とお葉が足元の小石を蹴《け》った。

女臭い顔になりやがった、と團十郎はお葉の頭を軽く叩いた。素直になればいいのだが、どこかで意地を張っているのだろう。

「あんたが言うように、鶴松は鈍臭《どんくせ》え男だ。女心なんか、わかるわけがねえ。こう見えて、おれは案外世話焼きでな。間に入ってやろうか？」

鶴松さんのことなんか、何とも思ってないって言ってるでしょ、とお葉が怖い顔になった。

「七代目、百回言ってるけど、あんたって呼ぶのはやめとくれ。あたしにはお葉って名前があるんだ」

すまん、と團十郎は片手で拝むようにした。

「じゃあ、この話は終わりだ……それにしても、あいつは何を考えてるんだ？　鳥居はイカサマを使うと言っていたが、六万枚の富札の中からたった一枚の留札を当てるなんて、誰にもできやしねえよ。留札の番号がわからなけりゃ、イカサマも何もねえだろう」

あたしたちと同じ手を使うんじゃないかって思うの、とお葉が言った。

「だって、湯島千両富で突かれた札の文字や数字を奉行所に知らせるのは、鳥居の手下の目明かしなんだろ？　何番が出ましたたって言えば、客はそれを信じるしかないじゃないか。それなら、鳥居が決めた番号を留札にすることもできるはずだよね」

　あり得ねえな、と團十郎は首を振った。

「その場はそれで済むかもしれねえ。お奉行様が留札を当てました、だから褒美金と積み立て金の百万両、そして当日の賭け金すべては鳥居様のものになると言われりゃ、客も納得するだろう。だが、湯島千両富は師走晦日の大興行だ。翌日は元旦だから、その日のうちに瓦版屋《かわらばん》が辻に立って、当たり籤の番号が書いてある瓦版を売りに出す。もちろん、鳥居の陰富に加わっている客たちだって買うさ。留札の番号が違っていたら、誰でも鳥居のイカサマに気づく。その後どうなるか、言うまでもねえだろう」

　そうだよねえ、とお葉がうなずいた。その辺りのことは考えていたようである。

「だけど、他にどうすると？　算盤《そろばん》は苦手だけど、何百枚陰富札を買ったって、留札を当てることができないのは、あたしだってわかるよ。陰富札は一枚百両で売るんだろ？　十枚で千両、百枚で一万両だよ？　いくら町奉行って言ったって、所詮旗本なんだから、際限なく金子が使えるわけでもないし、取り置いている百万両に手をつけるわけにもいかないだろうし」

　わからねえ、と團十郎は消えていた煙管を懐に入れた。七代目、という叫び声が聞こえたのはその時である。

転がるように表に出てきた鶴松が、右手に一冊の古書を摑んでいた。

「なるほど、その手があったか……それにしても大胆な……」

「何のことだ？」

あの男の手口です、と声を低くした鶴松が周りに目を向けて、中に戻りましょうと囁いた。

「壁に耳あり障子に目あり、ここのところ、妙な気配が漂っています。用心するに越したことはありません」

鶴松が團十郎の背中を押すようにして長屋に入った。心配そうな顔をしたお葉が辺りを見回した。

「いったいどうした？　手口ってのは、鳥居のイカサマのことか？」

そうです、と鶴松が手にしていた古書を差し出した。何だこいつは、と團十郎は恐る恐る手を伸ばした。

「汚ねえ本だな。帳子競艶《ちようしきようえん》？　和本じゃねえな、唐本《とうほん》か？」

唐本とは中国の古書全般を指す。これは周《しゆう》の頃、春秋時代の写本です、と鶴松が記されていた文字に指を当てた。

「二千年ほど昔の本ということになります。当時あった罪や咎人、それをどう裁いたかを編んだ草紙と考えると、わかりやすいでしょう」

「それがどうした？」

「前から当たりをつけていたのですが、何しろ漢文なのでなかなか読み進められなくて……それにしても、鳥居という男の賢さには舌を巻くしかありません。あの男がこの古書を読んでいたとは思えませんから、自分で考えついた手口なのでしょう。なるほど、確かにこれならイカサマもうまくいくはずです」

おめえは何でも一人飲み込みをする悪い癖がある、と團十郎は言った。

「何のことだか、さっぱりわからねえ。わかるように話してくれ。焦《あせ》るこたあねえ。晦日までまだ刻《とき》はたっぷりあるんだ」

筵《むしろ》戸《ど》が開いて、談志が顔を覗《のぞ》かせた。ちょうどいい、と團十郎は場所を空けた。

「師匠、入ってくれ。鶴松が鳥居のイカサマを見破ったと――」

声がでけえよ、と談志が皺《しわ》だらけの口元に太い指を当てた。

「三日ほど前から、この長屋の周りを知らねえ顔がうろつくようになった。人相《にん》占《した》いじゃねえが、ろくなもんじゃねえのはすぐわかったよ。調べてみたんだが、下っ引《び》きのようだね」

「下っ引き？」

静かにしろって、と談志が團十郎の口を塞いだ。

「目明かしどもが使っている連中だよ。目明かしだってまともじゃねえが、下の下《げ》の下っ引きって奴だ。探りを入れていたが、ついさっき蛭仁の面を見た。野郎が出《で》張《ば》ってるってこたあ、おいらたちが目をつけられてるのは間違いねえ」

蛭仁の狙いはわかってるだろと言った談志に、わたしですね、と鶴松がうなずいた。

「鳥居は聡《さと》い男です。わたしが何か企んでいると気づいたのでしょう。事と次第によっては、捕縛して牢にたたき込む。そのつもりかもしれません」

他人事《ひとごと》みたいな言い方は止《よ》しとくれ、とお葉が不安そうな表情を浮かべた。

「どうするんだい、ここにいたら捕まっちまうのかい？　だけど、あたしらはまだ何もしていない。そうでしょ？」

罪を犯した者を捕らえることだけが奉行の役目ではありません、と鶴松が小さく息を吐いた。

「罪を犯す前に取り押さえることもあるでしょう。いずれは気づかれると思っていましたが、これほど早いとは……敵ながら天晴《あっぱ》れとしか言いようがありません。さて、どうするか……」

落ち着いてる場合か、と團十郎は部屋にあった風呂敷を広げて、着替えを詰めろとお葉に命じた。

「逃げるんだ、ここにいちゃまずい。深川《ふかがわ》に成田不動の出開帳《でがいちょう》が開かれることで有名な永大寺《えいだいじ》って寺がある。成田不動ってのは――」

成田山新勝寺、と鶴松が微笑んだ。

「市川家と親交が深いのは、江戸の者なら誰でも知ってますよ。七代目が間に入れば、永大寺もわたしたちを匿《かくま》ってくれるでしょうが、謹《つつし》んでお断りします。そもそも、七代目には大事な役目があります。寛永寺の僧、法良になりすまして、鳥居の陰富に賭け手として加わるという大仕事がね」

「そうは言うが……」

わたしたちが隠れて、七代目だけを危ない目に遭《あ》わせることはできません、と鶴松が明るい声で笑った。

「それに、整えなければならない手筈《てはず》がまだ残っています。鳥居のイカサマの手口がわかった今、ようやくすべてを始めることができます」

「悠長なことを言ってるが、蛭仁なり、他の目明かしなり、与力や同心がこの長屋へ踏み込んできたらどうする？　おめえが捕まっちまったら、一巻の終わりじゃねえか」

いくら鳥居でも、そこまでの無茶はできません、と鶴松が首を振った。

「何もしていなくても捕縛はできますが、いくら叩いても埃のひとつも出ないのでは、どうにもなりません。今、鳥居がわたしを見張っているのは、何を企んでいるのか探《さぐ》るためでしょう。今日、この長屋へ踏み込むとは思えません。まだ刻はあります。逃げるにせよ隠れるにせよ、慌てる必要はないんです」

そうは思えねえな、と團十郎は舌打ちをした。

「おめえだって、鳥居の性根《しょうね》がねじ曲がってるのはわかってるはずだ。金のためなら、何をするかわからねえ野郎だぞ。町奉行の権限でおめえを取っ捕まえて、奉行所なり小伝馬町《こでんまちょう》の牢なりにぶち込むこともできるし、裏から手を回して牢名主《ろうなぬし》におめえを殺させるかもしれねえ。わかってるのか?」

小伝馬町の牢に送ることはできません、と鶴松が腕を組んだ。

「あそこに行くのは刑が決まった者だけです。鳥居としても、目の届く場所にわたしを置いて吟味《ぎんみ》したいでしょう。とにかく、今は鳥居のイカサマについて話す方が先です」

お茶でもいれようかね、とお葉が腰を上げた。

六

鶴松が黄ばんだ古書の表紙をゆっくりとめくった。初めて女の手を握る時のような手つきである。

漢字だらけじゃねえか、と談志が顔をしかめたが、人の殺め方、泥棒の手口、偽金造り、あらゆる事例が事細かく載っています、と鶴松が指を止めた。

「博奕《ばくち》についての章もあります。というより、イカサマのやり方ですね。博奕は古来からあったのでしょうが、人が考えることは今も昔も変わらないということがよくわかります」

鳥居はどんな手を使うつもりなんだと尋ねた團十郎に、総替《そうがえ》ノ法《ほう》ですと鶴松が答えた。

「何だ、そりゃ？」

「富籤興行では、寺社がそれぞれ富札を作らなければなりません。今回の湯島千両富では、六万枚の富札が売りに出されますが、陰富は違います。客が決めた番号を言えば、それを書いた札を渡すだけです」

「そんなこたあわかってる」

ですが、と鶴松が漢字で埋め尽くされている頁の一行を指した。

「この本によれば、陰富の胴元も正規の勧進元《かんじんもと》と同数の陰富札を作る、とあります。それを他の場所に隠しておき、留札の番号がわかったら、自分が持っている陰富札と、隠してある多数の陰富札の中にある留札をすり替えるわけです。ある種の手妻《てづま》と考えてもいいでしょう」

もういっぺん言っとくれ、と談志が右に首を捻《ひね》った。必要なのは手を貸す者です、と鶴松がうなずいた。

「ただ、陰富が開帳されるのは南町奉行所で、鳥居の手下もいます。それほど難しくはないでしょうね」

よくわからん、と談志が左に首を曲げた。もっと詳しく話した方がいいようです、と鶴松が本を伏せた。

「今まで胴元を務めていた鳥居が、今回に限り賭け手に回るのは、この総替ノ法を使うためです。あの男も百枚、それ以上の陰富札を買うでしょうが、それはすり替えが露見しないための便法にすぎません。陰富札を手にした者が賭場にいなければ、この手は使えないのです」

簡単に言うが、と團十郎は顔をしかめた。

「鳥居の陰富の場には、おれも含めて十五人の賭け手がいる。どうしたって、お互いのことが気になるさ。イカサマ云々《うんぬん》じゃなく、博奕ってのはそういうもんだ。十五人、三十の目玉がある。すり替えとおめえは言うが、そんなにうまくいくかね」

七代目は陰富の賭場になる支度部屋に入っていますから、言わずともわかるでしょうが、と鶴松が薄い古紙に大きな四角形を描いた。

「わたしは敷地内にある屋敷で暮らしていましたから、奉行所内の様子はよく知っています。支度部屋は二つありますが、元はひとつの大きな部屋でした。それを廊下と襖で二つに分けています」

四角形の真ん中に一本の太い線を引いた鶴松が、これが廊下ですと言った。

「東西どちらの支度部屋にも襖がありますが、鳥居はそれを背にして座ります。胴元の定席ですし、今までもそこに座っていたはずですから、誰も不自然には思いません。その時、もうひとつの支度部屋には、事前に用意した六万枚の陰富札が順番に並べられています。そこには目明かしの一人が控えています」

見てきたように言うじゃねえかと笑った團十郎に、総替ノ法のために必要な手順なのです、と鶴松が笑みを返した。

「今回の湯島千両富では、万の位から順に富駒が突かれます。そのたびに、おはなし屋役の目明かしが湯島から奉行所へと走ることになるでしょう。万の位がわかった段階で、六万枚のうち五万枚は用無しになります。他はともかく、留札にならないためですが、この辺りの理屈はわかりますか？」

筋《すじ》はわかるよ、と談志がうなずいた。

「頭が福なら、他の禄、寿、松、竹、梅は留札にならねえもんな」

さすが師匠はわかりが早い、と鶴松が紙に「福」と書いた。

「控えている目明かしは、福の段だけを残し、他の札は捨てます。その後、千の位、百の位と頭の番号がわかれば、外れ札が増えていき、それも捨てるでしょう。残っているのは十の位で、そこまでわかれば、最後の一の位が何であれ、目明かしの前に残っているのは、十枚の陰富札だけです。それを鳥居が持っている陰富札とすり替えれば、その中に必ず留札がありますから、積み立て金の百万両と褒美金、そして当日の客たちの賭け金すべてが鳥居のものになるというわけです」

くどいようだが、鳥居は手妻使いじゃねえ、と團十郎は言った。

「十五人の賭け手たちが見ている前で、どうやってすり替えるっていうんだ？」

鳥居は襖を背に座っていると言ったはずです、と鶴松が手を後ろに回した。

「薄く開いた襖の間から、目明かしが鳥居の持っている陰富札と、留札になる十枚の陰富札をすり替えるのは簡単です。手妻と言いましたが、こんなことは素人にだってできますよ」

それが総替ノ法かい、と感心したように談志がうなずいた。

「なるほど、よく考えたものだ。それなら確実に大当たりの留札を引くことができる……だけど鶴さん、ちいっとまずいことがあるんじゃないのかい？」

そうだよ、とお葉が四つの茶碗に茶を注いだ。

「あんたのからくりだと、鳥居の目明かしたちを足止めして、偽の留札の文字や数字を南町奉行所に知らせることになってたよね？」

そうです、と鶴松が鬢《びん》の辺りを掻《か》いた。その留札は七代目が持っている、とお葉が團十郎に顔を向けた。

「でも、鳥居も用意している六万枚の陰富札の中から、同じ留札を持つことになっちまう。それじゃ、留札が二枚あるってことになるんじゃないのかい？」

陰富札の番号は客が勝手に選ぶことができる、と團十郎は言った。

「おれと鳥居が二人とも同じ番号の札を買うことも、ないとは言い切れねえ。だが、六万枚のうち、たった一枚の留札だ。そんな偶《たまさか》が起きるはずもねえだろう。どういうことだ、と他の賭け手たちが騒ぎだすに決まってる」

そこが難しいところです、と鶴松が顎を撫《な》でた。

「その解は、この本にも書いてありません。ここが思案のしどころで、策がないわけではないのですが……」

この前も言ったが、と團十郎は湯呑みに手を掛けた。

「陰富の賭場に出るのはおれだ。おれと鳥居が同じ番号の留札を持っていたらどうなるか、おめえはわかってんのか？」

七代目がイカサマを使ったと言い立てるでしょう、と落ち着いた声で鶴松が言った。

「ですが、わたしたちが作る留札の番号は、僧法良が持っている陰富札の番号をそのまま使います。陰富札を買う際、法良は番号を言い、胴元である鳥居もそれを控えていますから、何と言われても一歩も引く必要はありません。それに、鳥居より七代目の方が舌の回りはいいはずです。何しろ、天下の市川團十郎ですからね。鳥居を含め、賭場の客たちを七代目の弁舌で言いくるめてもらうのが、さっき言った策です。鳥居こそイカサマをしたと言うのもひとつの手で、あの男は自分が買った陰富札の番号は控えていないはずです。七代目には証《あかし》があり、鳥居にはそれがない……とはいえ、陰富の賭場を仕切っているのは鳥居です。転び方にもよりますが、積み立て金の百万両と客たちの賭け金は、半分ずつの取り分ということになるかもしれませんね」

頼りねえな、と湯呑みを抱えたまま團十郎は胡座をかいた。

「そんなにうまくいくはずがねえ。おれは役者だから、口上《こうじょう》は達者だよ。だがな、いつもの調子でぺらぺら喋ってたら、おれが七代目市川團十郎だとばれちまう。役者と坊主の喋りは違うからな。偽坊主とわかれば、その場で殺されたって文句は言えねえ」

黙り込んだ鶴松が顔をしかめた。最初の話とも違う、と團十郎は腕を組んだ。

「鳥居は金の亡者で、殺すことはできねえ。だが、奴の魂を奪うことはできると言ってたよな。魂ってのは、つまり金だ。奴を素寒貧《すかんぴん》にするために、危ない橋を渡ってきたんじゃねえのか？　積み立て金と客たちの賭け金は、合わせて二百万両にもなるだろうが、半分ずつなら、奴の手元に百万両が残る。それじゃ奴の魂は奪えねえ。それとも何か、おめえは百万両が欲しくて、こんなことを始めたのか？」

そんなつもりはありません、と鶴松がこめかみを指で押さえた。

「妖怪を退治するためには、すべての金を奪うしかありません。ですが、今のままでは手の打ちようがないのも確かです」

無理しなくてもいいんじゃないのかい、とお葉が言った。妖怪は鳥居一人ではありません、と鶴松が小さく首を振った。

「あの陰富に加わっている者たちも、賄賂で動く幕府の役人も、大きく言えば、この国に住む者のほとんどが妖怪になり果てています。金がすべて、自分さえ良ければそれでいいと考える者は、皆、妖怪ですよ」

誰だって金は欲しいだろうと言った團十郎に、もちろんですと答えた鶴松が、伏せていた本を取り上げた。

「ないよりもあった方がいい。わたしもそう思っています。ですが、金のためなら何をしてもいい、と考えたことはありません。度がすぎれば、人は金に動かされるようになります。それこそが妖怪の正体です」

　このままでは富める者はますます富み、貧しい者はますます貧しくなります、と鶴松が静かな声で続けた。

「生き辛《づら》い世の中になるでしょう。他人を騙したり、仕事の手を抜いたり、嘘をつくのが日常茶飯事になります。妖怪たちが考えるのは、下の者から金を吸い上げることだけです。わたしはそんな妖怪たちに一矢《いっし》報いたいと思っています。いや、もしかしたら、大妖怪の鳥居がすべての金を失えばどうなるか、それが見たいだけなのかもしれません。面白い見世物《みせもの》になると思いませんか？」

　見世物のためにおれが殺され、おめえも命を捨てることになる、と團十郎は湯呑みを畳に置いた。

「それでも構わねえと？」

　その時はその時です、と鶴松が微笑んだ。とんだ世話物だ、と團十郎はつぶやいた。まさか、こんな野郎と心中することになるとはな。

　師走十五日、昼四つ巳の刻（午前十時頃）、江戸城に登城し、老中頭土井利位他の老中たちに報告を済ませた鳥居は、寺社奉行、勘定奉行らと湯島千両富について話し合った後、南町奉行所に戻った。

特に重要だったのは、寺社奉行との打ち合わせである。例年、師走には犯罪が増えるが、特に多いのが火付け、そして何よりも掏摸《すり》だった。

年末年始ともなると、江戸中の武士、町人が寺社へお参りに行く。年末は年納めの厄払《やくばら》い、年始は初詣《はつもう》でである。

江戸中の寺社にとってはまさに書き入れ時であり、当然人出も多くなる。掏摸にとっても、年末年始は稼ぎ時なのである。

その中でも、湯島千両富は最も規模が大きい催し物だった。例年、数万人が湯島天満宮へ厄払いのお参りを兼ねて詣でるが、今年で千両富籤興行は最後となる。今までにない数の人出が見込まれ、混雑が予想された。どれだけ注意しても、掏摸の被害に遭う者が続出するだろう。

鳥居はそれを強く言い立て、本来なら寺社奉行の管轄《かんかつ》である湯島天満宮内に、警備のため南町奉行所から与力、同心、岡《おか》っ引《び》きを出動させる了解を取っていた。

鳥居の狙いは掏摸の捕縛ではなく、蛭の仁吉その他四人の目明かしを湯島天満宮の要所に配置することで、留札の番号をいち早く知ることにあった。

奉行所に入ると、与力、同心たちが書類仕事に精を出していた。その年に捕まった咎人の吟味は年内に済ませるというのが奉行所の慣例で、年末になると忙しくなるのは毎年のことである。

町奉行は咎人の処分を裁可《さいか》する立場なので、書類仕事に加わることはない。無言のまま、支度部屋東の間に入った。

数日前から、与力、同心たちには東西の支度部屋への出入りを禁じていた。

猫屋の勝蔵と弟の時蔵が、正座したまま頭《こうべ》を垂れた。他の三人には、神田の蝸牛長屋に出向き、矢部鶴松の動向を探るよう指示していた。

手がこうです、と勝蔵が細い筆を握ったまま、震える右手を上げた。あと二千枚ほどでしょうか、と時蔵が言った。二人の周りに、白紙の陰富札がいくつかの束になって置かれていた。

「いつ終わる?」

鳥居の問いに、陰富札をすべて書き終えるのは明日中に何とか、と勝蔵が答えた。

「ですが、万が一にも抜け番があってはならぬとのお言い付け。それゆえ、番号合わせをいたしますが、何しろ六万枚でございますから……」

明日中に終わらせよ、と鋭い声で鳥居は命じた。

「既に賭け手の客たちから、陰富札購入の申し入れが来ている。指定された番号を書いた陰富札を渡し、控えを取るだけだが、今回は数が増えるだろう。明日の夜には、蝸牛長屋から仁吉たちをこちらに戻す。明後日からは、客たちに売る表の陰富札を作るのだ」

陰富札なのに表というのも妙でございますね、と時蔵が暗い笑みを浮かべた。五郎太はまだか、と鳥居は左右に目をやった。

「鶴松の様子を知らせるようにと、伝えておいたはずだが」

合図でもあったかのように、支度部屋の襖が音もなく開いた。廊下に平伏していたのは、鳶の五郎太だった。

何かわかったかと尋ねた鳥居に、何もございやせん、と五郎太が顔を伏せたまま答えた。

「例の長屋を見張っておりやすが、あの男はほとんど外へ出ることもなく、部屋に籠《こ》もっているばかり。近づいて様子を探ろうとしたんでやすが、何しろ貧乏長屋で壁が薄すぎて……」

皮肉なものだ、と鳥居は唇の端だけを吊り上げて嗤った。ただ、妙なことがございやす、と五郎太が顔を上げた。

「先日の会合に来ていた寛永寺の若い坊主が、あの長屋に出入りしておりやした。出入りというより、鶴松の部屋に寝泊まりしているようで……いったいどういうことなのか、とんとわかりませぬ」

あれは偽坊主だ、と鳥居が鼻で嗤った。

「まったく、この鳥居耀蔵も甘く見られたものよ。下手な芝居を打ちおって……わからなんだか、あれは七代目市川團十郎よ」

まさか、と三人の目明かしが顔を見合わせた。最初こそわからなかったが、と鳥居は口元を拭《ぬぐ》った。

「あの市川團十郎が頭を剃《そ》り上げているとは思わなかったからな。だが、後で考えてみれば、最初からあの男は様子がおかしかった。いつもは飢えた餓鬼《がき》のように膳《ぜん》のものを食い散らかすくせに、あの日だけはろくに箸をつけようともしなかった。七代目市川團十郎と寛永寺の僧、法良が瓜二《うりふた》つという話は聞いたことがある。それですべて合点《がてん》がいった。團十郎が法良に化けていたのだ」

あの野郎は江戸十里四方所払いのはず、と時蔵が腰を浮かせた。

「どの面下げて江戸に戻ってきやがったんだ。今からでもふん縛《じば》って、手鎖《てぐさり》にしてやりますか」

やめておけ、と鳥居は首を振った。

「あんな役者風情《ふぜい》は放っておいて構わぬ。問題は矢部鶴松よ。奴が何を企んでいるのか、團十郎と組んで何をするつもりなのか……およそのことはわかっているが、しばらくは泳がせておけばよい」

鶴松についてはそれだけでやすが、と五郎太が伸びていた髭を毟るようにした。

「もうひとつ、お奉行様にお伝えしておきたいことがございやす。読本作家の柳《りゅう》亭種彦《ていたねひこ》のことは、覚えてやすか？」

しばらく前に死んだと聞いた、と鳥居はうなずいた。

「下らぬものばかり書いていたからな。天罰というものだ」

「では、娘がいたことは？」

知らぬと言った鳥居に、柳亭種彦というのは父娘《おやこ》の筆名だったようでやす、と五郎太が声をひそめた。

「こいつは風の噂でやすが、父親の方は酷《ひど》い酒飲みで、譴責《けんせき》を受ける前から筆を執《と》ることも少なくなっていたと……代わりに書いていたのが娘のようでございやす。お葉という名ですが、その娘も例の長屋に暮らしておりやす」

なるほど、と鳥居は先が細くなっている顎に触れた。

「つまり、蝸牛長屋に鶴松をはじめ、この鳥居に恨みを持つ者が集まっているということか。なかなか面白い。一人ずつ捕らえるより、一網打尽《いちもうだじん》の方が楽でよい。五郎太、詳しく調べるのだ。さすれば、鶴松の捕縛も簡単になる」

お得意の搦《から》め手でございますか、と皮肉な笑みを浮かべた勝蔵に、これぞ武士の計略である、と鳥居は胸を張った。

三日後、鳥居は賭け手の客たちに陰富札の販売を始めると伝えた。売り場は南町奉行所の支度部屋である。

本来、部外者は奉行所内に立ち入ることができないが、各藩の重臣や旗本、御家人が年末の挨拶に来るのは毎年の恒例《こうれい》で、しかも奉行所の全権を握っている鳥居自らが認めていたため、与力や同心たちが咎めることはなかった。

陰富の客たちは、家臣や手代《てだい》に風呂敷に包んだ千両箱を持たせて入ってきては、決めていた番号を言い、陰富札を購入していった。

金の管理は胴元を兼ねる鳥居の役目で、鳥居自身も大金を投じて陰富札を買っていた。日を置いて何度か続けていると、あっと言う間に師走二十九日になった。

その夕刻、鳥居は五人の目明かしを集め、鶴松の動きを確かめた。不審な様子はありませぬ、と五人が口を揃えて答えた。

どうしたものか、と鳥居は黄色い歯に長い爪を強く押し当てた。鶴松を捕らえるのは簡単だが、不審な筋がない者を取り調べるのは難しい。下手に動けば、奉行の名前に傷がつく。

だが、湯島千両富は明後日に迫っていた。そこで鶴松が何かを仕掛けてくるのは間違いない。

法良に化けた七代目市川團十郎を賭場に潜《もぐ》り込ませ、町奉行の鳥居自らが陰富に加担していたと暴くつもりなのだろうが、他にも目的があるのかもしれなかった。

結局のところ、團十郎は駒にすぎない。鶴松の身柄さえ押さえれば、どうにでもなるだろう。

「……柳亭種彦の娘が、同じ長屋に暮らしていると言っていたな」

そうでやす、と五郎太がうなずいた。そこが狙い目だ、と鳥居は五人の目明かしに策を授けた。

明日夕刻であると最後に念を押すと、五人が薄笑いを浮かべてうなずいた。

## 七

師走というだけあって、年末の刻の流れは常よりも早い。気がつけば、晦日の前日になっていた。

この間、團十郎は鶴松と共にさまざまな手筈《てはず》を整えていた。たとえば法良である。

既に法良は寛永寺住職に命じられて、千両の大金を投じ、十枚の陰富札を購入していたが、晦日当日、法良の身柄を押さえ、所持している陰富札を奪わなければならない。その札の中から、留札の番号を決めることになっていた。

乱暴だが、寛永寺から南町奉行所へ向かう途中、法良と連れの小坊主を捕まえて、陰富札を取り上げた上で、近くの廃寺に閉じ込めることにした。

捕らえるのと同時に、身ぐるみ剝《は》いで、團十郎は法良の僧衣に着替える。その方が露見しにくいだろう。

法良が何番の札を買ったかは、今のところわかっていないが、それはその時に調べればいい。

留札として一枚を選び、それを談志が差配《さはい》しているおはなし屋に伝える。その辺りの段取りは決まっていた。

また、湯島千両富で突かれた富駒の文字や数字を知らせるため、南町奉行所へ向かう目明かしたちを足止めしなければならなかったが、これは談志とお葉がその策を練っていた。そのために手を貸す者は噺家や読本作家、役者や女郎など百人近くいた。

あの手この手で足止めすることになっていたが、目明かしたちは渡世人《とせいにん》、無宿者の出である。口だけでは収まりがつかないかもしれない。

その時には鶴松が神道無念流《しんとうむねんりゅう》の剣をふるい、目明かしたちを峰打《みねう》ちで倒すことになっていた。

「どうも心配だな」すべての手筈を確かめ終えたところで、團十郎は三人の顔を順に見つめた。「うまく事が運べばいいんだが、すんなりいくとも思えねえ。嫌な感じがしやがる。背中がぞくぞくして、たまらねえよ」

舞台に立つ役者の多くがそうであるように、周りの些細《ささい》な変化に体が反応することがある。今朝起きた時から、どこか違和感があった。

おいらもだよ、と談志が着物の襟《えり》を立てた。

「七代目の言う通りだぜ。昨日まで、ここを見張っていた連中が一斉に姿を消しやがった。何を探ろうとしていたのか知らねえが、諦めたのか、それとも別の狙いがあるのか……」

大丈夫だよ、と明るい声でお葉が笑った。

「準備万端整ってるんだし、あとは明日を待つだけさ。そうでしょ？　男って、どうしてそんなに気が弱いんだろうね。情けないったらありゃしない」

百万両が手に入ったらどうする、と團十郎は鶴松の顔に目を向けた。

「金のためにやるんじゃねえ、というおめえのつもりはわかってる。だが、そうは言っても金は金だ。おめえのことだから、本でも買う気か？」

足音が、と鶴松が片膝を立てた。暮れ六つ（日没）、冬の陽は西の空に沈んでいる。蝸牛長屋の周りは真っ暗だった。

何も聞こえねえぞと言った團十郎に、捕り方ですと鶴松が囁いた。

「一人か二人か……わたしたちがここにいるかどうか、確かめているようです。外へ出ましょう。幸い、今夜は月も出ていませんし、雲も厚く、星明かりもほとんどありません。うまくすれば、逃げることもできるでしょう」

「おれたちが何をしたっていうんだ。いくら町奉行でも、何もなけりゃ無茶はできねえだろう」

あの男の恐ろしさはわかっているはずです、と鶴松が背中を押した。

「何をしたか、していないか、そんなことは鳥居にとってどうでもいいんです。罪状がなければでっち上げるだけですし、それだけの力もあります。今は闇に紛《まぎ》れて逃げましょう。集まるのは長命寺《ちょうめいじ》。いいですね？」

わかってる、とうなずいた談志が筵戸を開けて外に出た。何かあった時には蝸牛長屋を捨て、談志の碁友《ごゆう》が住職を務めている向島《むこうじま》の長命寺に集まると前から決めていた。

先に行くぜ、と團十郎は闇を透かすようにしながら歩を進めた。龕灯《がんどう》の光が辺りを照らしたのはその時だった。

龕灯は別名強盗提灯《がんどうちょうちん》とも呼ばれ、目明かしが犯人探索の際に使う道具である。

「柳亭種彦の娘、お葉」

破れ太鼓《だいこ》のような大声に、團十郎は背後にいた談志の肩を押さえて地に伏せた。

蛭仁だ、と談志が囁いた。

「そこにいるのはわかっている。我らは南町奉行所の目明かし。詮議したき筋あり、おとなしく出てこい。お上《かみ》にも慈悲《じひ》はあるぞ」

下がれ、と團十郎は談志の腕を引いた。気づくと龕灯の光は十ほどあり、捕り方の数は二十人を超えていた。

「お葉、お前が父親の代わりに人情本を書いていたことはわかっている。筆名こそ柳亭種彦だが、実際に筆を執っていたのはお前だな？ そうであるならお前も風紀紊乱《びんらん》の咎人。おとなしく出てくればよし、逃げ隠れすれば、罪は重くなるばかり。道理がわからぬほど、愚かではあるまい」

何が悪いんだい、と叫ぶ声がした。龕灯の光が蝸牛長屋の正面に集まり、そこにお葉が立っていた。

「お父《と》っつぁんは病《やまい》持ちだったんだ。人情本を書くのを手伝ったのは、親孝行ってもんだろ。それのどこがいけないのさ！」

龕灯を手にした蛭仁が近づいていった。悪相の大男の姿に、お葉が怯えたように一歩退いた。

「殊勝《しゆしよう》な心掛けと言いたいところだが、そうもいかねえ」こっちへ来い、と蛭仁がお葉の細い手首を摑んだ。「ほお、なかなかの美人じゃねえか。何を震えてやがる、奉行所でとっぷり話を聞いてやろう。お前が何をしていたのか、洗いざらい喋ってもら……痛《いて》え！」

頰を張る音がした。触るんじゃないよ助平野郎《すけべえ》、とお葉が叫んだ。

「何をされても黙ってるような女だと思ったら、大間違いってもんだ。どこへでも連れてきな、悪いことなんて何もしてないんだから――」

無言で蛭仁が右腕を振ると、殴《なぐ》られたお葉がその場に倒れ込んだ。あの野郎、と立ち上がりかけた團十郎の腰に、談志が必死でしがみついた。

「出ちゃ駄目だ、七代目。あんたが捕まっちまったら、何もかんも終わっちまう。法良になり替われるのは、あんたしかいねえんだよ」

「だけど、お葉さんが……」

ここは辛抱《しんぼう》するしかねえ、と談志が首を振った。

「おいらだって、あの腐れ外道《げどう》をぶん殴ってやりたいよ。だけど、そうはいかない。お葉ちゃんには申し訳ねえけど、一日二日の我慢だ。人情本を書いていたぐらいで、今さら手鎖なんかになりゃしねえ――」

いきなり蛭仁の巨体が吹っ飛んだ。蝸牛長屋から飛び出した鶴松が、木刀で喉元《のどもと》に突きを入れたのである。それを待っていたように、二十人ほどの捕り方が鶴松を取り囲んだ。

「浪人、矢部鶴松だな？」

捕り方の一人が怒鳴った。落ち着いた表情で、鶴松が木刀を左右に向けた。

「わたしは通りかかっただけの素浪人。だが、大の大人が二十人掛かりで娘一人を捕らえようなど、恥ずかしいとは思わぬか」

何を言う、と男たちが叫んだ。情けない、と鶴松が腰に手を当てて笑った。

「目明かしと名乗っていたが、ご公儀《こうぎ》の者がそのような卑劣《ひれつ》な真似をするはずがない。その辺の盗《ぬす》っ人《と》か、それともヤクザ者か。成敗《せいばい》したところで、罰《ばち》は当たらぬ」

捕り方たちが一斉に襲いかかった。お葉に手を貸して立たせた鶴松が、先頭の男の頭を木刀で殴りつけた。目にも止まらぬ速さである。

闇の中へ走っていくお葉の背中に目をやった鶴松が、気合だけで捕り方たちの足を止めた。風さえも動かない。

馬鹿野郎、とふらつく足で立ち上がった蛭仁が吠えた。

「何をしてやがる、こいつを捕らえろ！　お上に刃向かう無法者だ。殺したって構わねえ！」

それだけ汚い口を叩くところを見ると、やはり地回りのヤクザ者、と鶴松が冷笑を浮かべた。

「確かにわたしは浪人の身だが、神道無念流ではそれなりに知られた腕。お主たちのような者では相手にならぬ。命が惜しければ、すぐに立ち去るがいい」

木刀を捨て、真剣を抜いた。薄い星明かりが刀身に当たり、光を放った。

「無法者を成敗するのに遠慮はせぬ。もう一度だけ言う。死にたくなければ消えろ」

蛭仁が腰に手をやった。刀を持ってやがる、と談志がつぶやいた。

目明かしは正式な武士ではない。あくまでも同心に雇われている町人である。そのため、帯刀《たいとう》は許されない。捕り物の際、武器として用いるのは主に十手《じって》である。

他の捕り方たちも、刀を抜いていた。蛭仁がお葉捕縛の指揮を執っているが、与力や同心が目明かしの下につくことなどあり得ないから、捕り方たちも目明かしか下っ引きなのだろう。

にもかかわらず、全員が刀を持っているのは、鳥居の指図があればこそだった。読本作家が風紀を乱すといっても、お葉のような娘一人を捕らえるために、ここまでする必要はない。お葉捕縛は口実にすぎず、最初から狙われていたのは鶴松だと團十郎にもわかった。

捕り方たちが刀を振《ふ》るって襲いかかったが、鶴松は僅かに体を動かすだけである。

だが、捕り方たちの刀が鶴松に触れることはなかった。腕が違うぜ、と見惚れたように談志がつぶやいた。

素早く鶴松が左右に刀を振ると、薄闇の中に火花が飛び散った。顔さえ向けないまま、左の拳を突き出すと、殴られた捕り方が悲鳴を上げて倒れ込んだ。

そのまま鶴松が二人の捕り方の鳩尾《みぞおち》を刀の柄《つか》で突き、更に続けて三人の男の膝を正面から蹴《け》った。皿が割れたのか、男たちが呻《うめ》き声を上げてうずくまった。一瞬で五人の男を倒したことになる。

(こんなに強《つえ》えとは)

剣術修行をしていたと聞いていたが、これほどの腕とは團十郎も思っていなかった。いつも物静かに本を読んでいるだけの鶴松が、右へ左へと素早く場所を変えながら、男たちを倒していく。これが真の姿なのだろう。

「刀を捨てやがれ!」

蛭仁の怒鳴り声がした。右手を逆手《さかて》にねじ上げられたお葉が、悲鳴を上げていた。捕まっちまったのか、と團十郎は天を仰いだが、それは鶴松も同じだった。龕灯の光に照らされた顔が、みるみる色を失っていった。

「その娘を離せ。さすれば、わたしもおとなしくお縄につく」

そっちが先だと叫んだ蛭仁に、大きく息を吐いた鶴松が刀を放った。捕り方たちが一斉に鶴松の体を地面に押さえ付け、縄で縛った。

おめえなんぞに用はねえ、と蛭仁がお葉の体を突き離した。

「矢部鶴松、よくもこの蛭仁の面《つら》に傷をつけてくれたな。この恨み、忘れねえぞ……おい、何をぼんやりしてやがる。そいつを引っ立てろ。奉行所へ連れていけ」

おう、と声を揃えた捕り方たちが、両手両足を縛り上げた鶴松の体を持ち上げ、太い木に吊り下げた。猟師に捕らえられた獣のようである。

七ノ字、と鶴松が叫んだ。

「後は頼んだぞ」

黙ってろ、と蛭仁が当て身を食らわせた。急所に入ったのか、鶴松が動かなくなった。

どうすると囁いた團十郎に、とにかく長命寺へ、と談志が絞り出すような声で言った。

七ノ字とは、もちろん七代目のことである。後事《こうじ》はすべて團十郎に託すということなのだろうが、どうすればいいのか、皆目《かいもく》見当がつかなかった。

蛭仁を先頭に歩きだした捕り方たちの姿が見えなくなった。何も考えられないまま、團十郎は倒れていたお葉に駆け寄った。

# 終幕　勧進帳《かんじんちょう》

一

天保《てんぽう》十四年（一八四三）、師走晦日《しわすみそか》。

明け方から急に冷え込みが厳しくなり、夜半《やはん》から降り始めていた雨が雪に変わっていた。

七代目、という声に團十郎《だんじゅうろう》は目を開けた。不安そうな表情を浮かべた談志《だんし》とお葉《よう》が立っていた。

背中が痛《いて》え、と團十郎はつぶやいた。

昨夜遅く、向島《むこうじま》の長命寺《ちょうめいじ》の門を叩くと、住職が迎えてくれたが、蛭《ひる》の仁吉《じんきち》に殴《なぐ》り飛ばされた時、足をくじいたお葉の手当てをする方が先で、相談をしようにもできなかった。

熱を出したお葉、そして疲れ切った談志が倒れるように横になったが、團十郎は本堂の板壁を背に座り、夜が明けるまで動かなかった。目こそ閉じていたが、一睡《いっすい》もしていない。

いつだってそうだ、と唇からつぶやきが漏れた。

「初日の前は眠れねえ。そんな顔すんな、お葉さん。熱は下がったか？」

どうにか、とお葉がうなずいた。段取りは全部ここに入ってる、と團十郎はこめかみを指でさした。

「水を一杯くれ。他には何もいらねえ」

どうするんだい、とお葉が足首を押さえながら座った。

「鶴松《つるまつ》さんが捕《つか》まっちまったんだよ。まさか、南町奉行所《みなみまちぶぎょうしょ》の賭場《とば》に乗り込むなんて言わないだろうね」

決めてたことじゃねえか、と團十郎は談志が差し出した湯呑《ゆの》み茶碗を受け取った。そうは言うけどよ、と談志が顔をしかめた。

「七代目、本気かい？　鶴さんが捕まってるんだ。誰を殺《あや》めたわけでもねえが、目《め》明《あ》かしや下《した》っ引《ぴ》きと刀を抜いてやり合ってる。どれだけの罪になるか、そこはわからねえが、一日二日で奉行所から出られるはずもねえ。吟味《ぎんみ》には数日かかるし、そのまま小伝馬町《こでんまちょう》の牢屋にぶち込まれるに決まってる」

「だろうな」

確かに鶴さんは頭が切れる、と談志が先を続けた。

「ヤクザ者に町娘が襲われてると勘違いして助けに入ったとか、言い訳はいくらでも作れるだろうよ。いくら鳥居《とりい》でも、それじゃ死罪にはできねえ。言ってみりゃあ、ただの喧嘩《けんか》だからな」

ひとつうなずいて、團十郎は湯呑みに口をつけた。

「おい、こいつは酒じゃねえか」

般若湯《はんにゃとう》だよ、と談志が笑った。

「だけどさ、もしあんたが寛永寺《かんえいじ》の僧、法良《ほうりょう》になりすまして鳥居の陰富《かげとみ》の賭場に入り込み、イカサマで奴から金を奪ったらどうなる？　鳥居は蛇《へび》や百足《むかで》より嫌な野郎だが、馬鹿じゃねえ。あんたの後ろに鶴さんがいることに気づくだろう。御法度《ごはっと》の陰富で積み立てた百万両だから、表沙汰《おもてざた》にはできねえが、間違いなく野郎は鶴さんを殺すぜ。てめえで手を下《くだ》すまでもねえ、小伝馬町の牢名主《ろうなぬし》に銭でも摑《つか》ませりゃ、それでいいんだからな」

この般若湯はうめえな、と團十郎は湯呑みを突き出した。

「もう一杯くれ。いい気付けになる」

馬鹿言ってるんじゃないよ、とお葉が湯呑みを取り上げた。

「やめようよ、こんなこと。ただの喧嘩なら、叱責《しかり》か過料《かりよう》を払うか、重くたって叩きぐらいで済むだろうけど、殺されちまったらどうするの？　そんなことになったら――」

そいつを考えていた、と壁を背にしたまま團十郎は腕を組んだ。

「おれだってそれぐらいわかってる。百叩きなら、鶴松は笑って耐えるだろう。だが、殺されちまったら取り返しがつかねえ。やめた方がいいってのは、その通りかもしれねえ」

そうだよ、と膝《ひざ》でにじり寄った談志に、だがそれじゃ鶴松の男の一分《いちぶん》が立たねえ、と團十郎は言った。

「湯島《ゆしま》千両陰富で、南町奉行鳥居耀蔵《ようぞう》から積み立て金の百万両、ついでに留札《とめふだ》の褒《ほう》美金《びきん》（賞金）と客たちの賭け金を巻き上げるって絵図を描いたのは鶴松だ。そのためにどれほど苦労してきたか、おれよりあんたらの方がよっぽどわかってるだろう。男には意地ってもんがある。命惜しさにそいつを捨てちまったら、あとは屑《くず》みてえに生きていくしかねえ。そんなことを鶴松が望んでると思うか？」

「格好つけてるんじゃないよ、馬鹿！」

お葉が團十郎の頰《ほお》を平手で張った。

「いいんだよ、生きてさえいれば。命より大切なものなんて、この世にはありゃしない。そんなこともわからないのかい？　意地だ面子《メンツ》だ誇りだ、男はそんなことばっかり。どうかしてるよ」

どうかしてなきゃこの世は面白くねえ、と團十郎は張られた頬を撫《な》でた。

「いいか、鶴松は最後にこう言った。七ノ字、後は頼んだぞってな。鶴松が捕まっちまった今、おれが代わりを務めるしかねえ。あんたらにも従ってもらうぜ」

どうする気だい、と談志が震える声で言った。決まってるじゃねえか、と團十郎は立ち上がった。

「幕が上がっちまったら、芝居を始めるしかねえだろう。師匠とお葉さんは、湯島へ行ってくれ。段取り通り、筋を進めるんだ」

あたしは行かない、と正座したお葉が首を振った。

「見損なったよ。鶴松さんを殺してでも、百万両が欲しいのかい？　口は悪いけど、七代目は優しい人だって思ってたのに……」

何と言われても構わねえが、金のためじゃねえ、と團十郎は静かな声で言った。

「今頃、鳥居は鶴松をひでえ拷問《ごうもん》にかけているだろう。口を割るような男じゃねえが、万が一でもおれのことを喋《しゃべ》っちまったら、南町奉行所の門をくぐった途端、おれの首が飛ぶ。法良に化けてるとわかった時も同じだ」

喉元に手を当てた。だからやめようって言ってるんじゃないか、とお葉が言った。

「今なら間に合うんだよ、七代目。百万両なんかどうだっていい。黙って我慢してりゃ、鶴松さんは戻ってくる。そうだろ？」

かもしれねえが、と團十郎はきれいに剃《そ》り上げている頭に手をやった。

「ちょいと料簡《りょうけん》が違う。鶴松だって、おれだって、黙って耐えてた方が得なのは百も承知よ。何でもお上《かみ》の言う通りに致しますって頭を下げてりゃ、とりあえず命だけは何とかなるだろう。だがな、おれたちはそんなことに飽き飽きしてるんだ。鳥居に生かされるんじゃなく、死ぬも生きるも、てめえで決めてえんだよ」

「でも……」

お葉さんだってわかってるはずだ、と團十郎は言葉を継いだ。

「命より大事なものなんかねえっていうのは本当だよ。だが、生かされているだけの命は、本物の命じゃねえ。おれも、鶴松も、誰だって、てめえの命で生きたいと思ってる。それに、鳥居の野郎はそんなに甘くねえ」

七代目の言う通りかもしれねえな、と談志がうなずいた。

「話がどう転んでも、鳥居は鶴さんを殺すつもりかもしれねえ。生かしておけば面倒なことになるのは、わかりきった話だ。まだ殺しちゃいねえだろうが、それは鶴さんが何を企んでいたのか探るためで、目明かし相手に喧嘩したとか、そんなこたぁ関係ねえんだろう」

お葉の美しい瞳から、涙がひと筋こぼれた。談志が細い肩に手を置いて、小さくうなずいた。

七代目にもしものことがあったら、その場で自分も腹を切ると鶴松が言ってただろう、と團十郎はお葉を見つめた。

「実はな、おれもあの時、決めてた。鶴松を一人じゃ死なせねえってな。ああいう男だ。おれがいなけりゃ、三途《さんず》の川を一人で渡りきれねえだろう」

馬鹿なことばっかかし、とお葉が泣き笑いの顔で言った。おれのことをどう思ってるか知らねえが、と團十郎は大きな鼻をこすった。

「役者にだって男気ってものがある。そいつを見せてやるよ」

七代目、と談志が座ったまま顔を上げた。

「あんた……死ぬ気なのかい？」

さあな、と團十郎は横を向いた。そこまでの覚悟があるのかと問われれば、応《おう》とは言えない。まだこの世に未練もある。

だが、仕方ない。これも浮世《うきよ》の義理だ。

夜明けまで考えていたのは、鶴松のことであり、鳥居のことだった。何があっても、鳥居が鶴松を放免《ほうめん》するはずがない。

鶴松が陰富について調べ抜いていることに、鳥居は気づいている。そうであるなら、殺すしかない。

たった今、この刻《とき》も、鳥居は鶴松にすべてを吐かせるため、厳しい拷問を続けているはずだが、鶴松が口を割ることはないとわかっていた。團十郎のだの字も言わないだろう。

（おれが法良を装っていると鳥居が気づかなけりゃ、まだ勝ち目はある）

「あの妖怪からあり金残らず奪って、吠《ほ》え面《づら》かかせてやる」

鶴松が殺された時、引き換えになるのは、すべてを失った鳥居の間抜け面《づら》だけだ。帳尻は合わない。鶴松は死に、自分も殺される。そして、鳥居は生き残る。

算盤《そろばん》では大損だが、一矢《いっし》報いることはできる。それならそれで勘定《かんじょう》は合う、というのがひと晩考え抜いた末の結論だった。

捕まった鶴松は南町奉行所内の仮牢にいるはずだ。救い出すことは絶対にできない。そうであるなら、決めていた筋書通りに事を進めるしかない。

「師匠、例の連中は？」

寛永寺の近くで見張ってる、と談志が答えた。例の連中とは、寄席《よせ》に出ていた色物の軽業師《かるわざし》である。今日のための手筈《てはず》を整えている間、何度か團十郎も顔を合わせていた。

「お葉さんも言いたいことが山のようにあるだろう。だがな、鶴松のことを本気で想っているなら、奴の男の一分《いちぶん》を立ててやってくれ。奉行所から鶴松を救い出すことはできねえ。奴の命は鳥居の手中にある。もうどうにもならねえのは、わかってるはずだ」

声を立てないまま、お葉が両の拳《こぶし》を強く握った。頬が涙で濡《ぬ》れていた。

「泣いてはいけません」

鶴松の声色《こわいろ》を使った團十郎を、お葉が見つめた。こいつは言伝《ことづて》だ、と團十郎はうなずいた。

「もし自分に何かあった時には、お葉さんにそう伝えてくれと頼まれていた。いつものように、男勝りで気風《きっぷ》が良くて、明るく笑っているお葉さんでいてくれってな。あいつは馬鹿だから、てめえの口じゃ言えなかったが、あんたに惚《ほ》れてたんだ」

言伝など、頼まれていない。だが、鶴松の心の内はわかっていた。まったく、世話の焼ける野郎だぜ。

あんたって呼ぶなと何度言ったらわかるんだい、とお葉が涙を拭《ぬぐ》った。

「馬鹿はそっちだよ、七代目。同じことを何度言わせれば気が済むんだい？」

それでこそお葉さんだ、と團十郎は膝を打った。

「いいか、こいつは鶴松の仇討《あだう》ちだ。おれに言わせりゃ、忠臣蔵だよ。まだ殺されちゃいねえだろうが、仇討ちの前借りだ。段取りは全部奴が作った。おれたちはその通りに動けばいい。じゃあな、おれは行くぜ。運が良ければ、また会おう」

気をつけてな、と談志が声を詰まらせながら言った。そりゃこっちの台詞《せりふ》だ、と團十郎は本堂を後にした。

矢部《やべ》の様子はどうだ、と奉行所内の私邸の縁側で鳥居はつぶやいた。庭の隅で、蛭仁《ひるじん》が伏せていた。

「ひと晩、石を抱かせましたが、何も吐きやせんでした」

何枚抱かせたと尋ねた鳥居に、五枚ですと蛭仁が青い顔を上げた。

「信じられませぬ。あの男は音《ね》を上げるどころか、ただ笑みを浮かべるだけで……普通なら二枚で口を割るものですが」

石抱きとは取り調べに際し行なう拷問の一種で、鞭《むち》打ちなどと比べて遥《はる》かに重い責めである。

三角に切った材木を並べ、そこに不審があると奉行が考えた未決囚を正座させる。その太ももに伊豆石《いずいし》と呼ばれる十二貫《かん》（約四十八キロ）の分厚い石板を乗せていく。

三角になっている材木が臑《すね》に食い込む痛みは、常人なら一枚でも耐えられない。それを鶴松は五枚乗せ、なおかつ笑って耐えているという。六十貫の重さがかかれば、臑が折れても不思議ではない。尋常ではない覚悟がある、と鳥居にもわかった。

どうかしてやがりますよ、と怯《おび》えたように蛭仁が言った。

「責め手の方が、怖《こわ》くなって石抱きをやめさせたほどで……」

鞭は使ったのかと確かめた鳥居に、あの野郎はどうかしてるんです、と蛭仁がうわ言のように繰り返した。

「いくら鞭で打ちすえても、悲鳴ひとつ漏らさず、ただ笑っていやがるだけで……あんな気味の悪い野郎、見たこともねえです。どうしますか」

面を見に行く、と鳥居は着流し姿のまま腰を上げた。向かったのは奉行所内の牢である。

数歩離れて蛭仁が従ったが、目もくれず歩を進めると、表門から見て左側にある牢の前に出た。

半地下になっており、一間一尺（約二・一メートル）ほどの階段を降りると、分厚い木の扉があった。そこに立っていた見張りの同心《どうしん》が、顎《あご》を向けた鳥居に一礼して扉を開いた。

薄暗い廊下が左右に通っている。そこが南町奉行所内の牢だった。

江戸市中で罪を犯した者は、捕縛《ほばく》された後、吟味を受けるため一時奉行所に留め置かれる。

罪状が決まると、叱責、あるいは過料を払って済むような軽い罪の者はそれで放免され、その他はすべて小伝馬町の牢屋に送られるのが習《なら》わしだった。

吟味は一度で終わらないことも多い。あるいは、罪を認めない者もいる。

その場合は吟味を続けなければならないため、奉行所内の牢に入れておくのが定法《じょうほう》であった。

鶴松もその一人ということになる。町娘がヤクザ者に襲われたと勘違いして救おうとしただけだ、と言《げん》を変えていない。そのため、未決囚として奉行所内の牢に入っていた。

小伝馬町の牢屋は、数人から十人ほどの囚人を雑居房に入れておくが、奉行所はすべて独房で、それが二十ほど並んでいる。

造りは簡素だが、牢は牢である。左右の房とは分厚い土壁で仕切られているため、未決囚同士話すことはできない。

正面は太い木が格子《こうし》になった扉で、錠前《じょうまえ》は鉄製である。壊せるはずもないし、鍵がなければ外に出ることはおろか、開けることすらできない。

見張りは二人いて、二十の独房の前を常に巡回していた。独り言さえ厳禁で、そのため牢内は静かだった。見回っている同心の足音しか聞こえないほどである。

入ってきた鳥居に、二人の同心が頭を深く下げた。矢部はと問うと、無言のまま通路の奥を指し示した。

奉行自らが牢へ来ることは、めったにない。二人の同心の顔に、当惑の色が浮かんでいた。

正面から左へ歩を進め、最奥部の独房の前で足を止めた。一畳《じょう》もない狭さの独房の中で、海老《えび》のように体を曲げた鶴松が横たわっていた。まるで死人である。

「立てませい」

同心が声をかけると、這《は》うようにして鶴松が立ち上がった。座りませいと命じると、そのまま正座して頭《こうべ》を垂れた。

離れておれ、と同心に命じてから、矢部鶴松、と鳥居は名を呼んだ。

「面《おもて》を上げよ。南町奉行、鳥居耀蔵である」

師走晦日、外は小雪がちらついている。身震いするほど寒かったが、鶴松は下帯《したおび》一枚の姿だった。牢内の床が水浸《みずびた》しになっているのは、蛭仁が水責めをしたためである。

鶴松が顔を上げた。顔色は真っ青である。歯の根も合わぬほど、全身を震わせていた。

「そろそろ口を割ったらどうだ？」

立ったまま言った鳥居に、何かの間違いです、と鶴松が格子になっている扉を摑んだ。

「わたしは町娘が襲われていると思い、それを救おうとしただけです。まさかあのような悪相の男が目明かしとは、思ってもいませんでした」

何だとこの野郎《やつ》、と怒鳴った蛭仁を手で制して、つまらぬ芝居はやめよ、と鳥居は唇の端を吊り上げるようにして嗤《わら》った。

「腹の内は読めている。お前は私のことを調べたようだが、私もお前のことを知っている。矢部定謙《さだのり》を追い落とした私が、それほどまでに憎いか？」

何のことかさっぱりわかりませぬ、と鶴松が強く首を振った。

「奉行所の目明かしや下っ引きを相手に争ったことは認めますが、わたしはあの娘さんを助けようとしただけで――」

体中痣《あざ》だらけの姿で弱々しく叫んだ鶴松に、頑固な男だ、と鳥居は横を向いた。

「では、私の方から話すことにしよう。お前は今日、私が陰富の賭場をこの奉行所内で開くことを知っている。僧を装った七代目市川團十郎を送り込み、町奉行が奉行所内で陰富の賭場を開いている証拠を摑もうと考えた。更には、積み立て金の百万両、そして褒美金や他の客の賭け金を含めた百万両、合わせて二百万両を奪おうと企てているのであろう。違うとは言わせぬ」

捕らえた以上、鶴松を解き放つつもりは鳥居になかった。陰富のすべてを知っている鶴松は死ぬしかない。

今は生きているが、鳥居にとって鶴松は既に死人だった。何を言っても、死人に口なしである。

何のことでございましょう、と鶴松が正座したまま言った。この目が節穴と思うか、と鳥居は細い両の眼《まなこ》を見開いた。

「お前の企みなど、すべてわかっている。だが、役者風情《ふぜい》に何ができると？　積み立てている百万両は、留札を当てた者にしか支払われぬ。イカサマの策でも授けたのだろうが、留札は六万枚の中のたった一枚。それを当てることができると、本気で思っているのか？」

意味がわかりませぬ、と鶴松が繰り返した。哀れな奴だ、と鳥居はその顔に唾《つば》を吐きかけた。

「何をしたところで、蟷螂《とうろう》の斧《おの》。奉行は私だ。与力《よりき》も同心も、私の命には服さざるを得ぬ。お前のような浪人と役者崩れには、何もできぬ。すべて正直に吐けば、死罪を免じて遠島《えんとう》ということにしてもいい。どうだ？」

何の理《ことわり》があってわたしを死罪にすると言うのです、と鶴松が傷だらけの足で立ち上がった。太い木の格子を挟んで、二人の顔が向き合った。

「目明かしたちを打ちすえたことは認めます。ですが、有《あ》り体《てい》に言えば、よくある喧嘩沙汰《ざた》にすぎませぬ。それを死罪や遠島とは、いかに町奉行とはいえあまりにも――」

吟味役を務めるのは奉行である、と鳥居は冷笑を浮かべた。

「そして咎人《とがにん》を裁くのも奉行の役目。お前が何を言おうが、私が裁可すればお前は死罪。抗《あらが》っても無駄なのは、わかっているはずだ」

わたしは何もしておりませぬ、と鶴松が声を振り絞って叫んだ。

「牢の皆様、聞いてください！　南町奉行、鳥居耀蔵様は無実の罪で矢部鶴松を裁こうとしています。同心殿、この声が届いておりますか？　助けてください、わたしは何もしておりませぬ！」

顋をしゃくった鳥居の前に出た蛭仁が、火事が起きた時のために置いてある手桶《ておけ》の冷水を浴びせかけた。声にならない悲鳴を上げた鶴松に、再び手桶の水を浴びせた蛭仁が荒い息を吐いた。

鳥居様、と様子を見ていた同心がおそるおそる声をかけた。

「旗本《はたもと》の高梶《たかかじ》殿がお見えになったそうです。いかがなさいますか」

今何時だと尋ねた鳥居に、巳《み》の正刻《せいこく》(午前十時頃)です、と同心が答えた。早いな、と鳥居は口元を歪《ゆが》めた。

湯島千両富は午《うま》の正刻(昼十二時)に始まる。それまで一刻(二時間)ほどあった。

「高梶殿を支度《したく》部屋東の間に通せ。他にも客が来るが、後は大迫に任せろ」

うなずいた同心が出て行った。命拾いしたな、と鳥居は倒れたままの鶴松に声をかけた。

「お前のことなど、どうにでもなる。陽が暮れたら、また来る。その時まで息があればいいが……言っておくが、お前の仲間が救いに来ることはできぬ。奉行所の門は閉ざしている。無用な望みは捨て、おとなしく待て……蛭仁、お前も来い」

へい、と蛭仁が背後に回った。凍え死ぬかもしれんな、と鳥居は外に出たところでつぶやいた。ちらちらと雪が舞っていた。

二

すまねえな、と團十郎は上野の廃寺の太い柱に縛《しば》りつけた僧侶を片手で拝んだ。いったいこれは、と法良が首を左右に向けた。

「まさか、あなたは七代目市川團十郎？　どのようなおつもりで、このようなことを……神仏《しんばつ》罰を被りますよ」

そうならねえように祈ってくれねえか、と法良の僧衣に袖《そで》を通しながら團十郎は言った。

「あんたにゃ何の恨《うら》みもねえ。あっちの小坊主《こぼうず》にもだ。悪いとは思っているが、宿縁だと思って堪《こら》えてくれ……寒いじゃねえか、ずいぶん薄着だが、坊主ってのは寒くねえのか？」

それも修行ですと答えた法良に、團十郎は自分の着物をかけた。少し離れた床の上に、手足を縛られた二人の小坊主が転がっている。五人の小柄な男が見張っていた。

「おめえさんたちは、ずいぶん手際《てぎわ》がいいな」

寛永寺から出てきた法良、そして二人の小坊主をつけていき、人気《ひとけ》のないところで一気に襲い、縄で雁字《がんじ》搦《がら》めにしたのは五人の軽業師だった。寄席で曲芸を演じているが、小柄ながら腕力は強い。

法良は柄こそ大きいが非力で、小坊主はまだ子供である。取り押さえるのはさほど難しくなかった。

三人を担《かつ》ぎ上げて廃寺に入り、厳重に縛り直した。大晦日、しかも雪が降っている。廃寺を訪れる者など、いるはずもなかった。

「本職は人さらいか？」

團十郎の軽口に、男たちが苦笑した。こいつらのことは頼む、と着替えを終えた團十郎は言った。

「不自由のないようにしてやってくれ。怪我《けが》なんかさせるんじゃねえぞ。水と握り飯もある。小便したいと言ったら、それも何とかしろ」特にこいつは、と法良を指さした。「おれの着物を着てるからな。小便で濡れちまったら困る」

五人がそれぞれうなずいた。談志が集めてきた者たちで、噺家《はなしか》とは違い口が重かったが、信頼の置ける男たちだった。

「さて、それでだ。法良さんよ、陰富札はどこにある？」僧衣の袂《たもと》を探りながら、團十郎は尋ねた。「おかしいな、持ってねえわけがないんだが」

なぜ陰富のことを知っているのです、と法良が首を傾《かし》げた。

「……いえ、どうでもいいことですね。あれが目当てなら、二人に持たせています」

　それはそれはとつぶやいて、小坊主の前に立つと、それぞれが自分の懐に目をやった。失礼するぜ、と手を突っ込み、團十郎は五枚ずつの陰富札を抜き出した。

「寛永寺は金があるな。十枚ってことは、千両か。他には持ってねえな？　それならそれでいい、しばらくの辛抱《しんぼう》だ。陽が暮れたら、縄を解《ほど》いてやる。安心しろ、おめえらをどうこうするつもりなんかねえ」

　何のためです、と法良が叫んだ。

「わたくしはご住職に命じられ、名代《みようだい》として陰富に加わっているだけです。こんなことをして、ただで済むと思っているのですか？」

　思っちゃいねえよ、と團十郎は法良の青光りしている頭を軽く叩いた。

「だがな、そっちも臑《すね》に傷があるのを忘れるんじゃねえぞ。陰富は天下の御法度。寛永寺といえば、開基《かいき》は三代将軍徳川家光《いえみつ》公、そして徳川将軍家の菩提寺《ぼだいじ》だ。そこのご住職が陰富に手を出していたと知られたら、困るのはそっちなんじゃねえか？　事と次第によっちゃあ、寛永寺が潰《つぶ》されるかもしれねえぞ。おれなら死ぬまで黙っているがな。それじゃ、あばよ」

　廃寺の外に出ると、いつの間にか雪は止んでいた。地面にうっすらと雪が積もり、辺りは一面真っ白である。

寒いのは大嫌《でえきれ》えだとつぶやいて、團十郎は駆けだした。巳の下刻（午前十一時頃）になっていた。

三

太鼓《たいこ》の音が鳴っている。湯島天満宮の境内、そしてその周りは人で溢《あふ》れんばかりである。人の波が押しては引き、引いては寄せていた。

（江戸中の人が集まっているんじゃねえのか）

少し離れた場所からその様子を眺めながら、談志はつぶやいた。巳の下刻である。半刻（一時間）後に、湯島天満宮千両富が始まる。

境内には老若男女が溢れ、押し合いへし合いを繰り返していた。人死にが出るのではないか、と思えるほどの混雑ぶりである。

無理もねえ、と談志は小さくうなずいた。将軍家慶《いえよし》自らが富籤《とみくじ》興行の禁止を命じたのは、七カ月前だ。

天保十五年睦月《むつき》（一月）一日より、寺社の富籤興行を禁じるということだったが、庶民にとって夢が消えるのと同じである。これが最後ということもあり、過去に例がないほどの人出となっていた。

庶民といっても、町人だけではない。半分ほどは武士である。江戸に暮らす多くの武士が貧しいのは、誰でも知っていた。

（それにしても、ここまでの人出とは思わなんだ）

舌打ちをしたが、それほど不安はなかった。

團十郎が蛭仁その他四人の目明かしの名前を聞いていたので、家を探すのは簡単だった。昨夜のうちに人を出し、見張らせている。目明かしたちが家を出たら、そのまま後をつけることになっていた。

いつもは見張る側の目明かしたちも、自分が見張られているとは夢にも思わないだろう、と談志はほくそ笑んだ。

老中《ろうじゆう》水野忠邦《ただくに》がその側近である鳥居燿蔵の進言により、江戸中にある寄席《よせ》のほぼすべてを廃業に追い込んだのは、二年十カ月前、天保十二年（一八四一）二月のことである。

贅沢《ぜいたく》、奢侈《しやし》禁止という改革の方針はいいとしても、寄席を潰すことに何の意味があるのか、いくら考えても談志にはまるでわからなかった。

水野も、そして鳥居も、ただ庶民から楽しみを取り上げたいだけなのだろう。その根底にあるのは、庶民たちが喜び、笑う姿が許せないという一点に尽きる。

「享保・寛政の御政事向《ごせいじむき》に復する」というのが改革の柱だったが、吉宗《よしむね》が聞いたら驚いて腰を抜かしたのではないか。庶民のささやかな喜びを奪うほど、愚かな将軍ではなかったはずである。

寄席が潰れれば、噺家をはじめ、演者たちはすべて職を失うことになる。それを救済するつもりは、水野にも鳥居にも一切なかった。芸人風情などどうなってもいい、と思っているのだろう。

噺家は芸でしか身を立てられない。噺家に限らず、芸事をする者は皆同じである。

それは自分でもどうしようもない生まれついての性《さが》であり、談志は己《おのれ》の芸に誇りを持っていた。

一朝一夕《いっちょういっせき》で身につけたものではない。苦しい修業に耐え、ようやく手に入れた芸だ。講談師、手妻《てづま》使い、軽業師、音曲《おんぎょく》師、誰もが同じである。

水野と鳥居はそれを一片の禁令によって取り上げ、庶民の楽しみを奪った。非道といえば、これほど非道なことはない。

歌舞伎役者、芝居小屋の小屋主、読本作家、あるいは吉原の太夫《たゆう》や水茶屋の娘たちも同じである。風紀の乱れを正すためというが、そんなはずがない。

庶民など生かされているだけでありがたく思え、武士のために家畜のようにただ働け、そう考えていなければ、あのような禁令を出すことなどあり得ない。

噺家の職を失った後、談志は細々と溜《た》めていた金で蝸牛長屋の大家になった。そこに転がり込んできたのが矢部鶴松である。

鶴松は息子に近い歳だが、何となく馬が合った。浪人の身となった鶴松は古本の商《あきな》いで生計を立てていたが、本を売るより読む方が性《しょう》に合うのか、長屋にいることが多かったので、自然とよく話すようになった。前南町奉行矢部定謙の養子だとわかったのは、それからしばらく後のことだ。

談志は噺家という職を、鶴松は養父と旗本という身分を失っていた。お互い、似たような境遇である。

失脚して老中の座から降りた水野はともかく、権勢をほしいままにしている鳥居耀蔵にひと泡吹かせてやりたいと冗談に紛《まぎ》らわせて言うと、わたしもそのつもりでした、と鶴松がうなずいた。それがすべての始まりだった。

もともと、鶴松には心中に企みがあったのだろう。養父定謙から聞いていたのか、鳥居のことも陰富についても詳しく知っていた。

積み立て金の百万両を奪うための策も立てていたが、それを実行するためには人手が必要だとわかり、その頃には仲間に加わっていたお葉と一緒に江戸市中を廻ると、鳥居への恨みを晴らそうじゃねえかと言っただけで、数百人の者が手を貸すと申し出てくれた。

どう抗っても、幕府、そして町奉行にかなうはずもないが、からかうことはできる。集まってきた者たちの中にあるのは悪戯心《いたずらごころ》であり、談志もそれでいいと思っていた。

金のためではない。江戸っ子の心意気を見せつけられれば、それでいい。

将軍だろうが老中であろうが町奉行であろうが、人の心を失った者は馬鹿である。馬鹿が力を持つと始末に負えない。洒落《しゃれ》のわからねえ相手に喧嘩を売るのは、粋《いき》じゃねえ。

鶴松の立てた策は、まさに洒落だった。しかも、命を懸けての大洒落《おおじゃれ》である。力を貸さなければ、江戸っ子の名がすたるというものだ。

(細工は流々《りゅうりゅう》、仕上げをご覧《ろう》じろか)

押し寄せてくる人の波を避け、その場を離れた。振り向くと、湯島千両富の開始を告げる鐘が鳴っていた。

四

寛永寺の僧、法良でございます、と南町奉行所の門衛に深々と頭を下げると、門がゆっくり開いた。

そうでなけりゃ困る、と團十郎は青々とした頭を撫で上げた。顔や姿形は瓜二つだし、着ている僧衣も法良のものである。疑う者など、いるはずもなかった。

だが、背後で門が閉まる音を聞いた時、背中を冷や汗が伝った。生きて門を出ることができるだろうか。

どっちでもいい、と頭《かぶり》を振った。死んだように生きるくらいなら、さっさとこの世からおさらばした方が、よほど気持ちがいい。そう思うと、嘘のように汗が止まった。

案内されるまま支度部屋東の間に入ると、そこに十四人の男がいた。一人一人の前に膳部《ぜんぶ》が置かれ、山海の珍味《ちんみ》と酒が用意されていた。

遅いではないか、と声をかけてきたのは日本橋で呉服を扱っている白山屋《しらやまや》の番頭、伸輔《しんすけ》という中年男だった。

他の者は武士ということもあり、僧である法良には話しかけやすいのだろう。

相済みませぬ、と團十郎は両手を合わせた。調べ済みだったが、白山屋の主人、白山慶之介《けいのすけ》も寛永寺の檀家《だんか》である。

「ご住職はどうしておられる？　先月お参りに伺った時は、風邪をひいたとか、そんなことを言っていたが」

知らねえよと言いたかったが、そうもいかない。昨日辺りから鼻水が止まりましたと答えると、それならよかった、と仲輔がうなずいた。

物言いが上からなのは、白山屋が檀家として寛永寺に多額の供養料を納めているためである。

先々代の頃から商いを広げ、江戸市中に五店舗を構える大店《おおだな》だ。その番頭を務める仲輔には、他人を見下す癖があるようだった。

「陰富札は何枚買ったのかね」

十枚でございますと答えると、そんなものか、と黒目を左右に動かした。

「寛永寺といえば、将軍家菩提寺ではないか。金子《きんす》など、いくらでも用立てることができたろうに。もっとも、今のご住職は赤螺《あかにし》のしわいやで知られたお方。十枚というのも、わからんではないが」

赤螺もしわいやも、けちを意味する言葉である。白山屋様はどれほどでございましょうと尋ねると、千枚よ、と仲輔が胸を張った。

白山屋ほどの大店ともなると豪儀なものだ、と團十郎は内心舌を巻いた。一枚百両の陰富札を千枚買ったということは、総額十万両を投じたことになる。

もっとも、江戸で裕福なのは大店の主人と相場が決まっていた。十万両など端金《はしたがね》なのだろう。

それにしても十枚とは少ないな、と猪口《ちょこ》に酒を注いだ仲輔が嗤った。目が赤くなっていたが、少し酔っているようだ。

「お武家様の中には数百枚、千枚二千枚というお方もおられる。お奉行の鳥居様も五百枚を買ったとか。今日で陰富も終わりだから、何としてでも留札を当てねばならぬということもあるのだろうが」

賭場に集まっている他の賭け手たちは、大名の重臣、旗本、御家人たちである。これまで長きにわたって鳥居の陰富に加わっていたが、その間に使った金子はそれぞれ莫大な額になっていた。

寺社における富籤興行の禁止が決まった今、今日がすべてを取り戻すことのできる最後の機会だと誰もがわかっている。

酒や肴《さかな》に舌鼓を打ち、笑みを浮かべて歓談しているが、誰の目も血走っていた。ほとんどの者が公金を使い込んでいるのである。ここで負けたら、金を取り戻す術《すべ》はないのだから、必死にならざるを得ない。既に支度部屋は鉄火場と化していた。

しばらく伸輔と話していると、奥の襖《ふすま》が音もなく開き、痩身《そうしん》、小柄な鳥居耀蔵が姿を現した。そのまま着座し、お運びいただき真《まこと》にありがとうございます、と軽く頭を下げた。

「さて、全員揃われたようですが、皆様陰富札はお持ちでしょうか。お忘れになったという方は、残念ながら本日の陰富には加われませせぬ。札をお確かめください」

その必要はない、と唸《うな》るような声がした。鳥取藩江戸家老、河田景与《かわだかげとも》であった。

他にも数人諸藩の重臣がいたが、鳥取藩は石高三十二万石の大藩で、外様大名だが松平姓と三葉葵紋《みつばあおいもん》を下賜《かし》されるなど、親藩に準ずる家格である。

集まっている十五人の中で、その立場は最も重い。賭け手の代表という自負もあるのだろう。鳥居に対しても臆《おく》するところはなかった。

「そのような間抜けがここにおるはずもない。鳥居殿の気遣いはわからぬでもないが、無用である」

遠くから鐘の音が聞こえた。正午です、と鳥居が言った。正午というのは午の正刻で、昼十二時を指す。

「たった今、湯島天満宮で千両富が始まったはず。一刻ほどで頭の文字を知らせる使いの者が参ります。それまではごゆるりと酒や肴をお楽しみいただければと」

何だと思うかね、と隣の伸輔が囁《ささや》いた。

「湯島千両富の富駒は全部で六万枚だ。すべてを一度に富箱に入れて突くわけにもいかないから、まず頭の文字を突くのが定法。福禄寿松竹梅、さてどうなることやら」

他の富籤興行と同じく、湯島千両富も百回突きである。そのため、万の位から一の位まで、五回に分けて富箱を替え、それぞれ百回突きを行なう。

るかである。

最初の百回突きで決まるのは、万の位の頭の文字が、福禄寿松竹梅のいずれにな
一番に突かれた富駒、その後十を区切りに十一枚の富駒が、それぞれ境内に組まれた櫓《やぐら》の上にある奉納額に順に揚げられるが、これは小当たりの籤である。

六万枚の富札のうち、当たり籤が最後の留札だけというのでは、興行にならない。一等、二等というように、仕来《しきた》りに則《のっと》り、十一枚の当たり籤を決めるが、他に組違いや前後などの番号にも、それぞれいくばくかの褒美金が支払われた。

ただし、最も重要なのは最後に突かれる大当たりの留札であり、その富札を買った者が千両を褒美金として受け取る権利を得る。

湯島天満宮に集まっている数万の人々が注目しているのは、留札だけと言っても過言ではなかった。

千両富の褒美金は千両である。庶民にとっては夢そのものといっていい大金だ。焦《あせ》ることはないでしょうと手元の膳部を引き寄せ、團十郎は沢庵《たくわん》を口に放り込んだ。

「何しろ百回突きです。それなりに刻《とき》もかかるはず。留札の頭の文字が突かれるのは、半刻（一時間）後でございましょう。それまでは待っているしかありませぬ。取らぬ狸《たぬき》の皮算用、と昔から申します。今から何が出るか考えても、意味などあり

ますまい」

坊主の話は説教臭くていかん、と仲輔が手を振った。違《ちげ》えねえ、と團十郎は内心苦笑した。

陰富は博奕《ばくち》である。博奕では勝つことが何よりも大事だが、そこに至る過程も楽しみのひとつだ。仲輔は武士と違い、大店白山屋が後ろに控えているため、余裕があるようだった。

團十郎が持っている陰富札は法良から奪ったもので、番号は寛永寺の住職が霊感で導き出している。相槌《あいづち》を打つぐらいしか、できることはなかった。

その陰富札の番号は、軽業師の一人が談志に伝えていた。それは、必ず留札となる番号だ。僧衣の袂に入れている陰富札の番号を口にできないのは、そのためもあった。

留札を持っていることを鳥居に知られたら、どうなるかわからない。鳥居も総替《そうがえ》ノ法《ほう》によって、留札を手にするはずである。

最後には揉《も》めるとわかっていたが、今からその種を蒔《ま》いておくことはない。謀《はかりごと》は密なるをもって良しとする、ともいう。

團十郎はそれきり口をつぐんだ。つまらぬ、と仲輔が酒を猪口になみなみと注いだ。

## 五

湯島天満宮社殿の前にしつらえられた三段組みの櫓の上に、十人の神主《かんぬし》が現われ、目を閉じたまま祝詞《のりと》を唱《とな》えていた。

富籤は神事であり、神への奉納儀式である。実際のところは博奕なのだが、膏薬《こうやく》と言い訳は何にでもくっつくよね、とお葉はつぶやいた。

祝詞を唱えていた神主たちが後ろに下がり、帯刀した二人の武士が櫓に上がった。周りからの大歓声に、お葉は思わず耳を塞《ふさ》いだ。

境内にいる大勢の老若男女の客たちが大声を上げたのは、湯島千両富が始まる刻限になったためだ。

富籤における富突には、繁雑な手続きがある。神主たちによる御清めの祝詞もそのひとつだが、何よりも富駒、そして富箱の確認が重要だった。

何しろ、留札の褒美金は千両という大富籤である。一攫千金《いっかくせんきん》というが、裏長屋に住む者でも千両を手に入れることができるかもしれない。庶民にとって、まさに夢の興行であった。

一両、二両ならともかく、千両である。どのような形でも間違いがあってはならない。

もし不審があれば、境内、そして取り巻いている数万人の客たちが、湯島天満宮そのものを打ち壊すことになるだろう。

櫓に上がった寺社奉行と湯島天満宮の神主により、福禄寿松竹梅の富駒百枚ずつが数えられた。

一枚、二枚と声を張り上げて数えるため、しまいには寺社奉行の喉《のど》が嗄《か》れたほどである。

次に富箱検《あらた》めが始まった。富箱の蓋《ふた》を開き、寺社奉行と神主が中を確かめ、更に満場の客に向けて中に何も入っていないこと、細工の跡がないことを見せていった。

イカサマがあるとすれば、富箱そのものに仕掛けが施されているはずで、何もない、ということを客たちに得心させねばならない。富箱の中を見せているのは、そのためである。

それだけでは終わらない。今度は突き手検めである。

富箱の蓋には細い格子の枠があり、その間から突き手が富突錐《とみつききり》で中の富駒を突く。だが、突き手が意図的に特定の文字、数字の富駒を狙って突くことも、あり得ないとは言えない。

そのため、突き手は白い目隠しをすることになっていた。通常の富籤興行ではそこまでしないが、千両富なので、どこまでも徹底しなければならないのである。目隠しをする布を寺社奉行と神主が確かめ、目を固くつぶらせた上で二重にして縛った。厳重すぎるほどだが、やむを得ない手順であろう。

もっとも、湯島天満宮の側にイカサマをする理由はない。六万枚の富札が売り切れとなった時点で、利は確定しているのである。無茶なイカサマを仕掛ければ、かえって損になる。

それでも一連の検めを行なうのは、やはり神事だからであった。伝統として、慣習として、昔ながらの仕来《しきた》りを守ることが、湯島天満宮、そして寺社奉行にとって何よりも重要だった。

約束事、と考えてもいい。特に寺社奉行は役人なので、前例を踏まえなければならない立場でもあった。

この日のために設営された櫓の上で、色とりどりの煙が上がっていた。線香の類《たぐい》だが、その香りが辺りに漂い、荘厳《そうごん》な雰囲気を醸《かも》し出していた。

お葉は三町（約三百三十メートル）ほど離れた場所から、湯島天満宮を見ていた。朝方降っていた雪が止み、晴天になっていたため、空気が澄んでいる。とんでもない数の人だ、と改めて思った。

櫓の上からかすかに祝詞が聞こえ、同時に太鼓《たいこ》が打ち鳴らされた。いよいよ始まる、と強く手を握った。

百回突きと簡単に言うが、一度突いてはその富駒の文字を確かめ、それを溢れんばかりの客たちに伝えなければならない。そして、当たりの富駒は櫓の上に組まれた奉納額に納められる。

鳥居耀蔵の顔を思い浮かべて、お葉は男のように舌打ちした。父から筆を取り上げ、へし折ったあの妖怪。

もともと気が小さかった父は、手鎖《てぐさり》の刑に処されることに怯《おび》え、家に閉じこもるようになり、浴びるように酒を飲み、そのまま死んでしまった。あっけない最期だった。

悪い人じゃなかった、とお葉は父の顔を頭に思い浮かべた。変人ではあったが、優しい人柄で、子煩悩《こぼんのう》な男だった。

読本など下らぬものを書くからだ、と鳥居が吐き捨てたことは、昨日のように覚えている。何の役にも立たないつまらぬ人情本など、誰が読むというのか。そうも言っていた。

世間では鳥居耀蔵の悪賢さ、頭の鋭さが、怯えと共に囁かれている。鶴松も、團十郎も、談志も、鳥居を恐れていた。

そんなことはない。どれだけ頭がいいか知らないが、あの男は大馬鹿だ。

儒官林家の出である鳥居は、学問も深く、知識は膨大で、教養もあるだろう。だが、人の心がわからない者は馬鹿だ、とお葉は知っていた。

所詮《しょせん》、妖怪は妖怪である。人の心を解することはできない。

ただ真面目なだけで、人がなぜ笑うのか、その意味すらわからない。人が楽しそうにしていることさえ許せない。そういう男だ。

人情も、愛も、憎しみも怒りも優しさも、何もかもがわからない哀れな男。それが鳥居の正体だ、とお葉は見抜いていた。

そんな化け物を許してはおけない。女がすたるというものだ。

まずは万の位、とつぶやいた。仕掛けはすべて打ってある。当たるか外れるか、それはわからない。

誰もが博奕に夢中になるのは当たり前だ、とお葉は微笑んだ。のるかそるかの大勝負。多くの者がすべてを賭けている。

鶴松と團十郎は、ひとつしかない命を張っていた。面白くないはずがない。

(見てろよ、大馬鹿野郎)

頬に笑みを浮かべたまま、お葉は歩き出した。

六

九十九、と天地を揺るがすような大声がした。猫屋の勝蔵《かつぞう》は辺りを見回した。

一番札に始まり、区切りの十番ごとに当たり文字があるが、そのすべてを書いておくように、と命じたのは鳥居である。町奉行の下で働く同心に雇われている身の目明かしとしては、従うしかない。弱みを握られているから、なおさらだ。

（いよいよ次だ）

櫓の上では、白装束《しろしようぞく》の突き手が肩で息をしていた。湯島天満宮は神社で、祀《まつ》られているのは天之手力雄命《あめのたぢからをのみこと》と菅原道真《すがわらのみちざね》である。

突き手は神意を受けて富駒を突いている。体力の消耗が激しいのは、見ていて勝蔵にもよくわかった。

師走晦日だというのに、突き手の全身から滝のような汗が流れ、それが湯気となって全身を覆《おお》っていた。

湯島千両富では、五回に分けて富駒が突かれる。その度《たび》に突き手は交替するが、それも当然だろう。倒れるのではないかと、心配になるほどだった。

祝詞を唱えた神主の指示で、目隠しをしたまま突き手が富箱を突いた。富突錐に刺さった富駒を取り上げた神主が、松、とひと声叫んだ。

同時に、周囲から凄《すさ》まじい叫び声と落胆のため息が押し寄せてきた。

六万枚の富札が売りに出され、数人で購入している者たちもいるから、見物人も含めれば湯島千両富の客は十万人以上だ。人生そのものを賭けている者もいるだろう。

叫び声は松の札を買った者たち、ため息はそれ以外の札を買った者たちである。

仕方ねえじゃねえか、と勝蔵は口の中に溜まっていた唾を地面に吐いた。

富籤というが、要は博奕である。松か、竹か、他の文字か、それは富籤を買った者の運だ。

だいたい、まだ留札が決まったわけではない。単純に考えても、六人に一人は松の札を持っているはずだし、頭の文字が決まったからといって、留札になるわけでもなかった。一喜一憂していたら、身がもたない。

いずれにしても、勝蔵には関係のないことだった。すぐに湯島天満宮を出て、南町奉行所へ走り、留札の頭の文字が松だと伝えねばならなかった。

「おい、さっきから何をしてやがる」

小柄な白髪《しらが》頭の老人が勝蔵の肩に手を掛けた。離せよ、と言った時、掏摸《すり》だ、と老人が割れんばかりの大声で叫んだ。

「おい、あんたらも懐は大丈夫か？　こいつは掏摸だ。畜生、財布がねえ。こいつが掏りやがったんだ！」

おれも、あたしも、という声が四方から上がった。捕まえろと叫んだ老人の肩を突き飛ばして、勝蔵はその場から逃《のが》れようとしたが、目の前に人の壁ができていた。

掏摸だ、と全員が一斉に叫んだ。そいつは言い掛かりってもんだ、と勝蔵は怒鳴った。

「おれを誰だと思ってやがる。こう見えても南町奉行所の目明かしだぞ。掏摸なんかするわけねえだろうが」

あたい、見てましたと小柄な町娘が震える手で勝蔵を指さした。

「この人、あのお爺《じい》さんの懐から財布を抜き取っていました。間違いありません！」

足を払われ、勝蔵は地面に倒れ込んだ。手足を取り押さえられ、懐を探られると、見覚えのない財布がいくつも出てきた。

こいつはおれんだ、と背の高い若い男が勝蔵の背中を踏み付けた。

「てめえ、やりやがったな！　何が目明かしだ、このごまの蝿《はえ》が。おいらは町火《まちび》消《けし》、は組の塩助《しおすけ》ってもんだ。一緒に来やがれ、寺社奉行に突き出してやる！」

立ち上がろうにも、腕や脚を押さえ付けられているので、身動きが取れない。違う、と勝蔵は首だけを上げて叫んだ。

「おれは猫屋の勝蔵、南町奉行所の大迫同心の手の者だ。間違いねえ、十手《じって》だって持ってる」

どこにだ、と塩助が右腕を離した。慌てて懐に手をやったが、そこに十手はなかった。

やっぱり嘘だったんだな、と塩助が怒鳴った。

「てめえみてえな人相の悪い野郎に、奉行所の目明かしなんざ務まるはずがねえ。おい、誰か紐《ひも》を持ってねえか。こいつをふん縛って、寺社奉行に突き出すんだ。ついでだ、逃げだせねえように身ぐるみ剝《は》いじまえ！」

四方から手が伸び、勝蔵の着物をびりびりと破った。あっと言う間に丸裸になった勝蔵を指さして、大勢の男女が手を叩いて笑った。

「てめえら、ふざけんじゃねえぞ！」下半身を手で隠しながら、勝蔵は左右を睨《にら》みつけた。「すぐに身の証《あかし》を立てて、てめえらを――」

掏摸のくせに偉そうなこと言ってるんじゃないよ、と丸髷《まるまげ》を結った年増の女が脱いだ草履《ぞうり》で勝蔵の頰を張った。

「こんな時は何て言うんだい？　尋常にお縄につけ、だっけ？」

女が言い終わらないうちに、本当に縄で体を縛られた。抗うこともできないまま、勝蔵は湯島天満宮の外に引きずり出されていた。

## 七

のんびりした足取りで、談志は日本橋を歩いていた。昼八ツ未《ひつじ》の初刻（午後一時頃）である。いつの間にか、また雪がちらつき始めていた。

今頃、湯島天満宮では最初の百回突きが終わっているはずである。最後の留札の頭の文字、つまり万の位が福禄寿松竹梅のどれなのか、談志にはわかっていなかったが、それはどうでもよかった。

寛永寺の僧、法良と小坊主を廃寺に閉じ込めた軽業師の一人が、その後、談志の元に走り、法良が持っていた十枚の陰富札の番号をすべて伝えていた。

陰富札の買い方は、大きく分けて二通りある。バラの番号を買うか、連番と呼ばれる続き番号で買うか、そのどちらかだ。

寛永寺の住職は連番で陰富札を買っていた。松・八・七・ト、最後の一桁は一から十まで、ひと続きになっていた。

湯島天満宮で突き手が留札に何を突くのか、わかるはずがない。談志は松・八・七・トの九を留札にする、と決めていた。

特に理由はない。強《し》いて言えば、軽業師が書いてきた紙の一番上に、その番号があったからである。

数百人の仲間にそれを伝えるよう軽業師に頼み、自分は湯島天満宮を離れた。鳥居が配置した目明かしたちの足止め策は、事前に練り上げていた。

あとは自分が鳥居に頭の文字が何だったのかを、いかにうまく伝えるか、それだけだ。

難しいとは思っていなかった。何しろ噺家である。口舌が命の商売だから、舌先三寸で丸め込むことなど、簡単すぎるくらいだ。

数町歩き、南町奉行所の前に出た。門は固く閉ざされ、厳しい顔をした二人の門衛が立っていた。

よろしゅうございましょうかと腰を屈《かが》めた談志は、わざとしわがれた声で言った。

「あたしはおはなし屋の忠兵衛と申しますが、本日の湯島千両富で、猫屋の勝蔵様とおっしゃる目明かしの方に、言伝を頼まれております。町奉行の鳥居様に〝頭の文字は松〟と伝えればわかるとか……」

二人の門衛が顔を見合わせた。鳥居の陰富について、詳しくは聞いていないはずだが、言伝があれば伝えよ、と命じられているのだろう。

門衛を務めているのが足軽なのは、江戸の者なら誰でも知っている。身分は低く、奉行の機嫌を損じてはならないという意識が強い。

目を見交わして相談していた二人のうち、大柄な男がひとつうなずいて、潜《くぐ》り戸から奉行所の中へ入っていった。鳥居に番号を伝えに行ったのだろう。

お勤めご苦労様でございます、とひとつ頭を下げてから、談志はその場を離れた。

大芝居が始まった。さて、ここからどうなるか。しまいまで観させてもらうぜ、と談志は皺《しわ》だらけの顔に笑《え》みを浮かべた。

## 八

三味線《しゃみせん》の音が響いていた。少し前から支度部屋に五人の芸妓《げいぎ》が入り、客たちに酌《しゃく》をして廻っていたが、それも一段落つき、始まっていたのは陽気な金毘羅船船《こんぴらふねふね》の曲だった。

金毘羅船船
追風《おいて》に帆《ほ》かけてしゅらしゅしゅしゅ

まわれば四国は讃州《さんしゅう》那珂《なか》の郡象頭山《ごおりぞうずさん》
金毘羅大権現《だいごんげん》

柳橋《やなぎばし》辺りの芸者だな、と團十郎は思った。芸者の売りは色香ではなく芸とされているが、そこは魚心《うおごころ》あれば水心《みずごころ》で、客たちに媚態《びたい》を示す女もいたが、相手をする者はいなかった。

間もなく、湯島千両富の留札、その頭の文字がわかるのだから、それどころではない、というのが本音だろう。

團十郎は猪口に注がれた酒をこっそりひと口なめた。僧の法良は下戸《げこ》だが、今日ばかりは飲んでも誰も咎《とが》めまい。自分のことで精一杯で、他人に気を配る余裕などないはずだ。

それも当然の話で、懸かっているのは褒美金の二十万両、そして積み立てられている百万両、それに加え、今日賭け手たちが陰富に投じた百万両である。

豪商紀伊國屋文左衛門《きのくにやぶんざえもん》が柳橋の芸者を総揚《そうあ》げして、一夜で一万両使ったという伝説があるが、それどころではない大金だ。芸妓が婉然《えんぜん》と微笑んだところで、それが何だというのか。

「失礼つかまつります」

襖《ふすま》の向こうで男の声がした。湯島から使いの者が戻ったとわかったのか、その場にいた全員がぴたりと口を閉じた。

「湯島千両富、頭の文字は何か？」

鳥居の問いに、松にございます、と襖を半分ほど開けた男が答えた。同心の大迫《おおさこ》ですと男を指さし、鳥居が客たちに言った。

「先例にならい、留札の番号は大迫が伝えまする」

松、と数人の男が手元の陰富札に目をやった。今日、鳥居の陰富の賭場《とば》に集まった十五人の客は、それぞれ大金を投じ、数百枚、あるいは千枚以上の陰富札を買っている。

それぞれの札の番号はともかく、頭の文字には福禄寿松竹梅の六文字のいずれかである。ざっくり言えば、六枚買えばそのうちの一枚が松であってもおかしくない。

博奕を打つ者は、多くの場合大きく網を張る。数枚ならともかく、何十枚、百枚以上の陰富札を買うのであれば、頭の文字を分散して望みを託すのが人情というものだ。

（師匠はうまくやったようだ）

手にしている十枚の札に目をやった。頭の文字はいずれも松である。その後にハ・七・ト・そして一から十（拾）までの文字と数字が記されていた。

実際に湯島天満宮で突き手がどの頭文字を突いたのか、それは関係ない。談志、お葉、その他力を貸している数百人が、鳥居の手下をいかにして足止めするか、そこにすべてが懸かっていたが、とりあえず最初の一人はうまくいったようだ。

どうかね、と隣に座っていた白山屋の番頭、仲輔が團十郎の手元を覗《のぞ》き込んだ。

「十枚買ったと言っていたが、その中に松はあるのかい？」

何とか、とだけ團十郎は答えた。そりゃそうだわな、と仲輔がうなずいた。

「一枚、二枚は松があったっておかしくない。こっちも同じだ。ひい、ふう、みい……二百枚ほど松がある。さて、ここからどうなることやら」

楽しみでございますねと頭を下げて、團十郎は膳の厚揚げに箸《はし》をつけた。

九

勝蔵の弟、時蔵《ときぞう》は足を強く踏ん張った。後ろから大勢の者が押している。前に出たってしょうがねえだろうと怒鳴ったが、聞く耳を持つ者は誰一人もいなかった。

（無理もねえ）

振り返ると、誰もが富札を握り締め、目を血走らせていた。必死でかき集めた金で、やっとの思いで一枚だけ富札を買ったのだろう。

留札が当たれば千両が手に入る。夢のようなというより、夢そのものというべき大金である。必死の形相になるのは、無理もない。

（場所取りを間違っちまったな）

富箱を突くたび、神主が富駒を高く掲げ、そこに記された文字を叫んだが、喧燥《けんそう》にかき消され、声は聞き取り辛《づら》かった。やむなく前に出たが、人波に押されて身動きが取れなくなっていた。

一番目と区切りの十番ごとの当たり文字をすべて書き写すように、と鳥居から命じられていたが、それどころではない。立っているだけで精一杯である。

その時、白装束の突き手が、百という神主の声に従い、富箱に富突錐を突き入れた。刺さった富駒を取り上げた神主が、そのまま四方に向け、ヌ、と叫んだ。イロハニホヘトチリヌ、のヌである。

懐から十手を取り出し、静かにしやがれと怒鳴った。十手は与力や同心だけが所持を許されていたが、実際には岡っ引きも持つことがある。

武器でもあるが、身分を示すための道具でもあった。周りにいた者たちが、怯えたように一歩下がった。

どけどけ、と十手を振り回しながら、人込みをかき分けて境内の外に出た。見渡す限り、人の波が続いている。

江戸中の者が湯島天満宮に集まっているのではないか、と思えるほどの大群衆だった。

帳面に筆で「ヌ」とひと文字書き、懐に突っ込んだ。あとは南町奉行所まで突っ走るだけである。

足早に半町ほど進むと、ようやく人波が途切れた。師走晦日だというのに、滝のような大汗が背中を伝っていた。

「おっと、ごめんよ」

角を曲がったところで、職人風の初老の男と肩が触れた。岡っ引きは正式な武士ではなく、あくまでも公儀《こうぎ》の役人である同心に個人的に雇われているだけの身だが、非公認とはいえ奉行所で働いているため、一般には武士階級に属していると見なされていた。

町人と肩がぶつかった場合、頭を下げるのは町人の方だったが、岡っ引きは帯刀を許されていないため、格好は町人とさほど変わらない。面倒事を避けたいという思いもあり、気をつけろとだけ言って、その場を離れた。

江戸の職人は気が荒いことで知られている。喧嘩となれば、一歩も引かないだろう。歳は五十かそこらだが、腕っ節も強そうだった。

歴《れっき》とした武士ならともかく、岡っ引きが相手だと、何をしてくるかわからない。職人の中には喧嘩を娯楽と考えている者も少なくなかった。時蔵も気が短い方だが、今は関わり合っている暇などない。

振り向くと、職人が肩を揺らしながら角を曲がっていくのが見えた。何もなくて良かったと歩きだした時、上品な着物を着た女が小走りに近づいてきた。

歳は三十前ぐらいか、頬に薄く白粉《おしろい》を塗り、唇には紅《べに》を差している。美人画から抜け出してきたような、色っぽい女だった。

「これはお兄さんのじゃないのかい？」

差し出したのは、表紙の黒ずんだ帳面だった。慌てて懐を探ると、そこには何も入っていなかった。

「落としちまったようだ」すまねえと礼を言って、帳面を受け取った。「さっきの野郎とぶつかった時だな。きれいな姉さんに拾ってもらって助かったよ」

うまいこと言って、と女が時蔵の肩を軽く叩いた。

「あたしもね、お兄さんがいい男だから、何となく気になってたんだよ。これを落としたのが見えたから、追いかけてきたってわけ。礼なんかいらないよ。それじゃあね」

そうはいかねえ、と時蔵は財布から銭を取り出し、女の白い手に握らせた。

「この帳面は大事でな。なくしちまったら、えらいことになるところだった。あんた、名前は？」

お紺《こん》、と女が微笑んだ。

「両国のきつね屋って茶屋で働いてるから、暇があったら来ておくれよ。お兄さんみたいないい男なら、いくらでも御馳走《ごちそう》するからさ」

気が向いたらな、とだけ言って時蔵は手を離した。きつね屋のお紺だよ、と背を向けた女が去っていった。

いい女だ、と胸の内でつぶやいて、足を速めた。遅くなれば、鳥居にどれだけ叱《しっ》責《せき》されるかわからない。

湯島から南町奉行所まで、駆け通しに駆け、門の前に着いた時には息が切れていた。

「どうした、何をそんなに慌てている」

膝に手をついて息を整えている時蔵に、門衛が声をかけた。申し訳ございませんと頭を下げると、次の文字は何かと耳元で囁いた。鳥居に命じられているのだろう。

「ええと……ちょいとお待ちを」

時蔵は懐の帳面を取り出し、帳面をめくった。最後の一枚に、ハ、とひと文字記されていた。

（ヌ、じゃなかったか？）

一瞬そう思ったが、記されている文字は確かにハである。人込みをかき分け、湯島天満宮の外に出たところで、自ら帳面に文字を書いたのだから、間違いない。ヌだったというのは、思い違いだろう。

「ハ、にございます」

待っていろ、と門衛が竹筒を渡した。中に入っていた水を飲むと、顔中に汗が浮かんだ。

十

「どうだった、お藍《らん》」

簡単だったよ、ときつね屋のお紺こと、お藍が紅を拭いながら言った。そのままでもいいんじゃねえか、と初老の男が言ったが、似合わないからねとお藍は微笑んだ。

「さすがだねえ、銀さん。惚れ直しちまったよ」

久しぶりで手が震えたぜ、と銀次《ぎんじ》が答えた。稲妻の銀次といって、江戸でも名人級の掏摸である。お藍はその女房だ。

「足を洗って二年経《た》つが、体が覚えてるもんだな。勝手に指が動いてくれた」掏り取るといっても帳面だしな、と銀次が笑った。「あんな阿呆面《あほうづら》だ、お安いご用だよ」

これで矢部様への恩は返せたのかねえ、とお藍は首をかすかに傾げた。まだ足りねえかもしれんな、と銀次が顔をしかめた。

二年前、仕事をしていた銀次が奉行所の与力に捕まった。本来なら無期の所払いとなるところだが、町奉行だった矢部定謙《さだのり》が、銀次に病身の母親がいることを知り、罪を減じ、手鎖《てぐさり》百日ということで穏便《おんびん》に処置し、事を収めていた。

銀次も掏摸をやめると誓い、今日までその指を使ったことはない。だが、その定謙の仇討《あだう》ちと噺家の談志に聞かされ、恩返しのためならと久々に腕をふるうことを決めていた。

目明かしの懐中の帳面を掏り取り、一枚破ってハと記してから、それを女房のお藍に渡すだけの仕事だ。あとはお藍がうまくやるはずだったし、その通りになった。

「万事うまくいくといいんだが」

大丈夫、とお藍はうなずいた。

「矢部様が見守ってくださってるよ」

帰るか、と銀次が手を伸ばした。あいよ、とお藍はその手を握りしめた。

「次の文字は〝ハ〟に相成りました」

鳥居は目の前にあった半紙に、墨痕《ぼっこん》鮮やかにハの字を書き、周囲に示した。僅《わず》かなどよめきと、舌打ちの音が重なった。

「頭の文字は松、そしてハ。次は数字となりまする。今頃、湯島天満宮では百回突きが始まっておりますでしょう。一から十まで、十の数字がございます。どれになるかは運否天賦《うんぷてんぷ》、今しばらくお待ちに――」

女たちを下げよ、と鳥取藩江戸家老、河田景与が怒鳴《どめい》を放った。

「酒もいらぬ。膳部も片付けてもらおう。ここまでくれば遊びは無用。そうではないか」

立ち上がった河田のこめかみに、青い筋が浮かんでいた。先ほどまでは余裕がある様子だったが、形相が変わっていた。

「河田様は松のハの陰富札をお持ちと察しますが、いかがでしょう……いや、お答えいただかなくても結構。確かに芸者衆《げいしゃしゅ》の出番は終わったようです」

下がれと顎《あご》をしゃくると、数人の芸妓が支度部屋を出た。最後に残っていた老芸妓が、これでおしまい、と三味線を鳴らして去って行った。

「とはいえ、次の知らせが入るまで、早くとも半刻（一時間）はかかりまする。湯島とこの南町奉行所は離れておりますゆえ、そこは致し方なきところ。酒でも飲みながら、お待ちください」

陰富札を握りしめた河田の手が、激しく震えていた。お座りくださいと重ねて言うと、大きな尻を座布団に落とした。

鳥居は背後に目を向けた。襖が半寸（約一・五センチ）ほど開いていたが、その奥では、蛭仁が六万枚の陰富札を整理している。

まず、福禄寿松竹梅の六段に分け、その後イロハ、数字ごとに百枚ずつ束にして配置しているが、頭の文字が松とわかった時点で、それ以外の陰富札はすべて処分する手筈《てはず》である。

今回で言えば、まず松以外、福禄寿竹梅の五万枚はすべて不要となった。残りは一万枚である。

それを蛭仁が並べ直し、イロハニホヘトチリヌ、の行に分け、たった今、次の文字が「ハ」と決まったため、他の文字の陰富札も捨てる段取りである。

幸い、刻は余るほどあった。どれほど急いでも、目明かしたちが湯島から奉行所へ戻るまで、半刻はかかる。それだけの刻があれば、不要な陰富札を捨てるには十分だった。

鳥居は自分が持っている陰富札を確かめた。五百枚買ったと客たちに話していたし、実際に五百枚が手元にある。

ただし、それは適当に選んだだけで、当たっていようが外れていようが関係ない。番号さえ、ろくに見ていなかった。

重要なのは、最終的に持っている札の一枚と、湯島千両富で留札となる番号の札をいかにうまくすり替えるかだったが、不安はなかった。

陰富札は薄い紙片で、一分（約三ミリ）の隙間《すきま》があれば、そこを通すことができる。留札が決まれば、蛭仁がその陰富札を襖の隙間から鳥居に渡すことになっていた。すり替えるというより、受け取るだけである。襖を背に、手を後ろに回せばそれで済むのだから、これほど確かなイカサマはない。

最初から、鳥居は賭け手たちに積み立て金の百万両、そして留札の褒美金の二十万両を渡すつもりなどなかった。今日、賭け手たちが投じている賭け金も同じである。

その総和は二百万両に達するだろうが、小当たりの褒美金はともかく、二百万両を誰かに渡すことなど、できるものではない。そのために積み立て金という定めを作ったのである。

金こそがすべて、というのが鳥居の絶対的な信条だった。信仰、あるいは戒律《かいりつ》といってもいい。

ただ、問題がないわけではなかった。特に不安なのは、河田景与である。河田に限ったことではないが、多くの賭け手が公金を流用して陰富に大金を投じていることはわかっていた。

今日が最後の陰富であり、この機を逃せば金を取り戻すことは絶対にできない。外したとなれば、何をするかわからなかった。

もっとも、そのための配慮はしていた。賭け手たちは賭場に刀を持ち込んでいない。奉行所に入る時、与力衆に預けていた。

これは不測の事態を防ぐためで、どこの賭場でも同じである。刀がなければ、剛力無双と恐れられている河田であっても、暴れようがないだろう。

また、支度部屋の外には与力、同心を十人控えさせていた。河田を含め、他の賭け手たちが騒ぎだせば、取り押さえる手筈である。

奉行所内で陰富の賭場を開帳していることは伝えていないが、薄々気づいてはいるだろう。

金で沈黙を買っていたし、いずれにしても奉行の命には従うしかない者たちだから、不安はなかった。

そもそも、陰富は幕府によって厳しい禁止令が敷かれている。加わっている者たちは、他言することができない。露見すれば、己が罪に問われるだけである。

それればかりか、河田のように位の高い者なら、最悪の場合、藩を取り潰されることすらあり得た。諄々《じゅんじゅん》と説けば、損得を悟り、おとなしく去っていくだろう。

（ただ一人を除いては、だが）

鳥居は顔を上げた。視線の先に、僧衣を着た團十郎がいた。

（あやつは何を考えているのか）

鶴松を捕らえた以上、策などあるはずもない。何もできぬまま、この場を去るしかないのだ。

気にすることはない、と鳥居は首を振った。所詮は下賤《げせん》な歌舞伎役者にすぎない。行きがかり上この場にいるが、何をどうすることもできない。

そのはずだ、と思ったが、一抹《いちまつ》の不安があった。團十郎が何を考えているのか、腹の内が読めなかった。

十一

太鼓の鳴る音が大きく響いた。三度目の百回突き、その合図である。

霞《かすみ》の幸助《こうすけ》は固唾《かたず》を呑んで突き手の姿を見つめた。目隠しをしているため、どこを突けばいいのかわからないようだ。

神主が体を支え、ひと言ふた言、耳元で囁いた。うなずいた突き手が、まっすぐ腕を振り下ろした。引き抜いた富突錐の先に、一枚の富駒が刺さっていた。

「四！」

それを取り上げた神主が叫んだ。静まり返っていた湯島天満宮が、一転して大騒ぎになった。

留札は松のヌの四の順である。残るはあと文字と数字の二つだ。

境内の至るところで、喧嘩が始まっていた。松のヌまでは、千人がその札を持っていたはずだが、この段階で百人に絞られたことになる。外れたとわかった者が、周囲に当たり散らし、それが喧嘩沙汰になっているのだろう。

幸助もその一人だった。なけなしの金で数枚の富札を買っていたが、すべて外れ籤となってしまった。

腹を立てている者たちの気持ちはわかるが、それはそれ、これはこれである。

今は一刻も早く南町奉行所に戻り、四という数字を伝えねばならない。それが鳥居の命《めい》である。

境内の端の柵を乗り越えて外に出た。老若男女、誰もが湯島天満宮を目指している。入るのは簡単だったが、出るのは至難の業《わざ》だった。とにかく人が多い。

どうにか人込みを抜け、表通りに出た。次から次へと路地から人が湧《わ》いて出てくる。

草鞋《わらじ》の紐《ひも》を結び直し、どけどけと大声で叫びながら十手を振り回した。

「御用である！　下がれ、下がれ！」

怯えたように、道行く者たちが軒下に退《の》いた。本《もと》を正せば、岡っ引きは無頼《ぶらい》の徒である。下手に邪魔立てすれば、どんな因縁《いんねん》を吹っかけられるかわからない。

どけどけ、と叫びながら走りだした。道は一本である。

速足で歩を進めると、清水坂下《しみずざかした》に出た。二台の大八車《だいはちぐるま》が、大きな桶を移し替えていた。

独特の臭気が鼻をついた。汚穢屋《おわいや》である。糞尿《ふんにょう》などの汚穢を汲み取り、農家に売るのがその商いだった。

（無茶をしやがって）

道の端に身を寄せながら、幸助は唾を吐いた。天下の公道で糞尿の入った桶を移し替えるとは、どういう料簡《りょうけん》だ。

しかも、一人が二つ、あるいは三つの桶を担いでいる。見ていて危なっかしいことこの上なかった。

やめろ、と十手をかざして幸助は叫んだ。

「南町奉行所、大迫同心から十手を預かっている霞の幸助ってもんだ。邪魔だ、そのまま下がれ。動くんじゃねえぞ！」

「こいつはとんだ失礼を」汚穢屋の頭領《とうりょう》なのか、年かさの男が幸助に近づいて頭の手拭を取った。「申し訳ございませぬ、大八車の輪が外れ、やむなくこのような次第に……おい、皆の衆、動くんじゃねえぞ。南町奉行所の親分さんがお通りになる。汚穢の飛沫《しぶき》ひとつでもかかっちまったら、迷惑をおかけすることになるでな」

へい、という返事と共に、その場にいた十人ほどの男たちが平伏した。その後何が起きたのか、幸助にはわからなかった。

突然、車輪が外れ、大八車が傾くのと同時に重ねられていた桶が跳ね飛んだ。宙を舞った桶が、計ったように幸助の頭上で引っ繰り返り、中の糞尿がそのまま降ってきたのである。

避けようと飛び下がったが、場所が悪かった。そこに汚穢桶を担いだ男が立っており、ぶつかった拍子に桶の中身を全身に浴びることとなった。

「てめえら、何をしやがる！」

何も見えねえ、と幸助は両手で顔を拭った。凄《すさ》まじい臭いである。

「畜生《ちくしょう》、染《し》みやがる。顔が痛《いて》え……おい、どうしてくれるんだ。こっちは岡っ引きだぞ？」

とんだことを、と頭領が手桶の水を勢いよく幸助に浴びせかけた。

「ともかく、顔だけでもお洗いくだされ。このようなことになろうとは思ってもおりませなんだ。おい、誰か水を持ってこい……申し訳ございませぬ。お体を洗いますので、少々お待ちくだされ。いや、それにしてもこいつは参りましたなあ。着物が汚穢だらけで、とても使い物にならぬでしょう」

馬鹿野郎と怒鳴りつけて、幸助は着物を脱ごうとしたが、糞尿が張り付いてうまくいかなかった。

目も開けられないから、どうすることもできない。何とか褌《ふんどし》ひとつになったが、その褌も黄色に染まっていた。

「こんなことをしてる場合じゃねえ。おれは今すぐにでも奉行所に戻らなきゃならねえんだ！」

ごもっともでございます、と頭領が何度も頭を下げた。

「ですが、この格好ではとてもとても……いかがでございましょう、お体を洗われ衣服を替えてから、奉行所へ向かわれるということでは……」

畜生、と喚いて幸助は褌を外した。そこに頭領がまた水をかけた。

「手桶の水では、これ以上どうにもなりませぬ。幸い、知り合いの裏長屋が近くにございますので、そこで井戸を借りた方がよろしいでしょう。その間に着替えも用立てておきます。何でしたら、こちらの方から南町奉行所に使いを出して、何があったかお伝えすることもできますが」

とにかくこの臭いを何とかしろ、と幸助は大声で叫んだ。

「くそったれが、何てことをしやがる。体中に糞の臭いがこびりついて、取れやしねえ。鼻が曲がっちまう！」

申し訳ありませぬ、と頭領が繰り返した。

「いつもお世話になっている親分さんに、とんだ失礼を……わたしらの素っ首《そくび》でよろしければ、今すぐ斬り落としていただいても構いませぬ。さあ、どうぞ」

そうしてやりたかったが、刀を持っていないので、誰のことを斬ることもできない。

悔し紛れに十手を振り回したが、目を開けられないため、空しく空を切るばかりだった。

「おい、どうにかしろ。聞いてんのか、この野郎！　返事をしやがれ、どこへ行きやがった？」

糞尿のべっとりついた指で右目だけを拭うと、そこにいたのは呆気《あっけ》に取られたように見つめている町人たちだった。

汚穢屋の姿はどこにもない。逃げてしまったのか。

「誰か助けてくれ！　どこか水のあるところに連れていけ！　おい、井戸はどこだ？」

小石が飛んできた。右目だけで見ると、子供たちが囃《はや》し声を立てながら、石を投げつけていた。

「裸のおじさん、糞まみれ。臭くて臭くて近寄れぬ」

このガキ、と手を伸ばしたが、通りかかった娘たちが悲鳴を上げて股間を指さした。素っ裸だと我に返り、幸助は慌てて両手で股間を押さえた。

## 十二

七にございます、と同心の大迫の低い声がした。相違ないか、と問い返した鳥居に、間違いありませぬ、と返事があった。

松、ハに続き、鳥居が半紙に〝七〟と筆で書いた。團十郎はその様子を見つめていた。

己が持っている陰富札は、松・ハ・七・ト、そして一から十までの十枚である。このまま段取り通り進めば、大当たりの留札を自分が引き当てることになる。

（そこまではいいが、その後どうなるか）

鶴松の読み通りなら、鳥居は総替ノ法のイカサマを使うはずである。支度部屋西の間には、別に六万枚の陰富札が用意されているのだろう。

その中から、目明かしの一人が留札を抜いて、鳥居に渡すはずだ。その場合、留札が二枚出ることになる。

揉めることは覚悟していた。六万枚のうち、たった一枚の留札を自分と鳥居の二人が買うことなどあり得ない。

お互いイカサマをしたと言い争うか、それとも半分ずつに分けることで話を収めるか。

七代目の芝居で鳥居を言いくるめるのです、と鶴松は言ったが、それが難しいのは團十郎もわかっていた。

この陰富の賭場を仕切っているのは鳥居であり、鳥居の言葉が法となる。下手をすれば、問答無用で斬り殺されるかもしれなかった。

（良くて半々）

落とし所はその辺りだろう、と團十郎は当たりをつけていた。取り置き金の百万両、十五人の客たちが賭けたであろう百万両、合わせて二百万両を半分ずつ分けるしかない。

だが、それでいいのか、という思いが心中にあった。二百万両を独り占めしたいのではない。金のためなら、こんな危ない橋を渡るつもりはなかった。

狙いは鳥居の魂です、と鶴松は言ったが、それは團十郎も同じである。金だけを信じ、金に溺《おぼ》れ、金のことしか頭にない男からすべての金を奪えばどうなるか、それが見たくてここにいる。

百万両もの大金が鳥居の手に残れば、何のためにここまで無理筋を押してきたのかわからない。

だが、他にも考えなければならないことがある、と辺りを見回した。白山屋の伸輔をはじめ、ほとんどの者が苦虫を噛《か》み潰したような顔になっていた。

松のハの七まで、留札の番号は定まった。留札になり得る陰富札は、あと百枚である。

持っている者は、自分の他に河田景与がいるだけだ。赤と青が交互に入れ替わる顔色を見れば、それはわかった。

(だが、結局はあいつの持っている札も外れる)

留札は六万枚のうち、たったの一枚である。河田も執念《しゅうねん》でここまで一縷《いちる》の望みを繋いできたが、最後は外す。博奕とはそういうものだ。

その時、河田がどうするか。ましてや、團十郎と鳥居の二人が共に留札を持っているとわかれば、何をするかわからなかった。

すべてをイカサマと断じ、今回の陰富そのものを無効と言い張ることもあり得る。当然、他の賭け手も河田に味方するだろう。

仲輔を除けば、全員が武士だ。刀はなくても、鳥居と自分を殺しかねない。二百万両には、それだけの魔力があった。

無論、鳥居も備えは取っているだろう。襖の向こうには、与力や同心たちが控えているに違いない。万一の時は、賭け手たちを取り押さえよと命じられているはずだ。

すべてを無事に終わらせるためには、一時的に鳥居と話を合わせた方がいいのかもしれなかった。

殺してやると念じるほど憎んでいた相手と呉越同舟《ごえつどうしゅう》というのは、皮肉な成り行きだ。

鳥居からすべての金を奪い、素寒貧《すかんぴん》にするというのが当初の狙いだったが、そうもいかねえようだ、と團十郎は舌打ちした。

すまねえな、鶴松。堪忍《かんにん》してくれよ。

# 十三

肩を叩かれて、鳶《とび》の五郎太《ごろうた》は顔を向けた。周りに何百、何千の人々がいたが、誰もがそこに立っている女に遠慮するように、少しばかり距離を取っていた。

「背が高《たこ》うござんすね」

女が口を開くと、えも言われぬ香りが漂った。楓《かえで》柄の着物に、香が薫き染《たし》められているようである。

まさか、と五郎太は目を疑った。一年ほど前、加賀の豪商銭屋五兵衛《ぜにやごへえ》の息子に身《み》請《う》けされた、花魁《おいらん》の九代高尾《たかお》ではないか。

吉原でも最高位の遊女である花魁は、目明かし風情が買うことなどできない。五郎太も名前だけしか知らないに等しかったが、一度だけ花魁道中でその姿を見たことがあった。遠目からとはいえ、あまりの美しさに腰が抜けそうになったのを覚えている。

銭屋に身請けされたという話や、神田《かんだ》の別宅で悠々自適に暮らしているという噂は聞いていた。

天下の銭屋の息子の妾《めかけ》である。金に不自由するはずのない身だが、なぜ湯島千両

あ。
　花魁道中はある種の顔見せで、髪形、化粧、着物など、すべてが特別誂《あつら》えであ
る。言ってみればよそ行きの顔で、銭屋に身請けされた今の姿と違うのは当たり前
だ。この女は本当に九代高尾なのかと思ったが、どこから見ても本人である。
　お手をお借りしてもようござんすか、と郭《くるわ》言葉で高尾が言った。
「わちきも一度千両富を見とうござんした。所詮、花魁といえども郭の中では籠《かご》の
鳥。外のことは話に聞くだけで、何も知りやせぬ。旦那様にお願いして、やっとの
思いでここまで来たでありんすが、ここからでは遠くて何も見えませぬ」
　天下の九代高尾である。断る馬鹿はいない。五郎太はそのましゃがみ込み、高
尾が背中に乗ったのを確かめてから、ゆっくり腰を上げた。
「ああ、やっと見えやした」ありがとうござりんす、と高尾が礼を言った。「で
も、これでは失礼やもしれませぬ。ぬし様も千両富を見物に来たのでありんしょ
う。富札もお買いでやんすか？」
　いえ、と五郎太は膝に力を入れて足を踏ん張った。
「あっしは使いの者で、留札の番号を知らせるのが務め。見ていなくても構いやせ
ん。ただ、番号がわかればいいだけでございやす」
　九十九、と太鼓を打ち鳴らす音が響いた。その途端、周りの人々の歓声が高く、

そして大きくなった。

「それなら、わちきが見てようす」高尾が五郎太の頭を手で押さえた。「動かないでおくんなまし。わちきが転んで怪《け》我《が》でもしようものなら、旦那様にどれほど怒られるかわかりませぬゆえ」

合点《がってん》です、と五郎太は腕に力を込めた。高尾の着物の袖が顔を覆っている。極楽とはまさにこのことだろう。

百、という神主の声と共に、周囲の喧噪が割れんばかりに大きくなった。何も見えず、何も聞こえない。ただ、高尾の着物から馨《かぐわ》しい香りがするだけである。

至るところから、叫び声が上がっていた。馬鹿野郎と叫ぶ者、泣き叫んでいる者、雄《お》叫《たけ》びを上げている者。湯島天満宮の境内は、祭礼のように盛り上がっていた。

よう見えおした、と高尾が地に足をつけた。

「ほんにありがとうござなんした。ぬし様のおかげで、ようやっと願いがかないました」

とんでもございやせん、と五郎太は首を振った。

「それで、留札の四つ目は何でございやしたか」

トにありんす、と高尾が宙に字を書いた。

「イロハニホヘトのトでありんした。はあ、何だか疲れて力が抜けるようでありんす。もしよろしければ、旦那様に挨拶をしていただければ……まったく、うちの旦那様ときたら、肝心な時にいなくなるなんて、ひどいお方でありんすよ」

　高尾が微笑を浮かべながら、五郎太の手を握った。いけやせん、と五郎太は飛び下がった。

「あっしもちょいと野暮《やぼ》用が……文字を知らせなければなりやせん。早くしないと面倒なことになりやす」

　それならお引き留めはしませぬ、と高尾が手を放した。

「ご恩は忘れやせぬ。五郎太さま、お気をつけて行っておくんなまし」

　失礼しやした、と五郎太はその場から逃げるように離れた。高尾の色香に搦《から》め捕られ、そのままついて行きそうになっている自分がいた。

　今は一刻も早く、奉行にトの字を伝えなければならない。駆けだそうとした足が止まった。

（……おれは、てめえの名を名乗ったか？）

　五郎太さま、という高尾の美しい声が頭の中で響いたが、大きくひとつ頭《かぶり》を振って、五郎太は走り出した。

# 十四

お葉ちゃん、という声に振り向くと、色白の美しい女が立っていた。

ここへ来たら駄目って言ったでしょ、とお葉は白粉の匂いに噎《む》せて何度かくしゃみをした。着慣れない絹の着物も、丸髷に結った髪も、何もかもがわずらわしかった。

そうは言うけど、と元九代高尾の銭屋吟子《ぎんこ》が困ったような笑みを浮かべた。

「お葉ちゃんの頼みだから、着物も貸してあげたし、化粧も髪も整えたんだよ。何かあったらと思うと、いても立ってもいられなくて……何のためかって聞いたって、ちっとも答えちゃくれないし」

「お吟さんは知らない方がいいの」

聞かなくたってわかってるよ、と吟子が小声で言った。

「今じゃ銭屋に身請けされているけど、一年前までは九代高尾の名前を張ってたんだ。水野様や鳥居様がどんなに酷《ひど》いことをしたか、吉原《なか》の人ならみんな知ってるよ。余計なことは聞かないけど、できることなら何でもするって決めた。花魁にだって、意地ってものがあるんだ。だけど、その着物だけは気をつけておくれよ。京都から旦那様が取り寄せてくれた友禅《ゆうぜん》なんだから、破れでもしたら大目玉だよ」

だいじょうぶでありんす、とお葉は微笑んだ。

「お吟さん、とにかくここを出よう。友禅だか何だか知らないけど、あたしはいつもの絣《かすり》の着物の方がいい。こんな上等な着物を着てたら、肩が凝《こ》ってかなわないよ」

似合うのにもったいない、と吟子がため息をついた。

「お葉ちゃんほどの美人だったら、明日にでも花魁を張れるんだけどねえ」

柄じゃござんせん、とお葉は歩きだした。その美しさに、人の波が引いていった。

十五

松・八・七に続き、鳥居がトと文字を書いた。そりゃそうだ、と團十郎は熱い茶をひと口啜《すす》った。

湯島千両富において突かれた富駒が何であれ、自分が持っている陰富札を留札にする、というのが鶴松の立てた策だった。團十郎は松・八・七・トの一から十までの陰富札を手にしているから、次に何の数字が来たとしても大当たりは間違いない。

そして、最後の数字は九と決まっている。手の中の札を並べ直し、松・八・七・

ト・九を一番上にした。

くそ、という怒鳴り声と共に立ち上がった河田景与が、持っていた陰富札をびりびりと千切《ちぎ》って放った。賭場に紙吹雪が舞った。

「惜しかった、外れじゃ」顔を真っ赤にした河田が勢いよく座った。「他の者はどうだ。残っている者はまだいるのか」

最後の数字が決まっておりませぬと鳥居が言ったが、そんな話はしておらぬ、と河田が吠えた。

「松・ハ・七・トの陰富札を持っている者はおるのか？　いなければ、積み立てていた百万両をこれまでの賭け金の多寡《たか》に応じて返すと、鳥居殿は約していたはず。そうであろう」

いかにも、と鳥居がうなずいた。誰も当たり札を持っていないのなら、これ以上は空しく刻が過ぎるのを待つのみ、と河田が畳《たたみ》を強く叩いた。

「いるのであれば最後の数字が決まるまで待つしかないが、いないというなら、すぐにでも金を分けて支払ってもらおう。そうではないか、皆の衆」

その通りでございますな、と白山屋の番頭、伸輔が左右を見た。余計なことを、と團十郎は舌打ちした。

今、自分が留札になり得る番号の陰富札を持っていることは言いたくなかった。

鳥居に怪しまれるだけだ。

だが、持っていないと言えば、後が面倒になる。嘘をついたのはどういうことか、と河田をはじめ、他の賭け手たちが問い詰めるだろう。

どうすればいいのかと天井に目を向けた時、まだ他の当たり籤のこともあります、と鳥居がよく通る声で言った。

「後々、すべての番号について、知らせが入ることになっております。申すまでもなく、留札だけが当たり籤ではありませぬ。一番籤をはじめ、十番ごとの富札、また組違い、前後の番号などにも褒美金が支払われます。それが決まるまで、算することはできませぬ。たとえ留札を外したとしても、まだ他の支払いがあるのです」

そうであったな、と河田が破り捨てた陰富札を拾い集めた。その様子に、殺気立っていた賭場の雰囲気が僅かに和《なご》んだ。

團十郎は安堵《あんど》のため息をついた。あとは談志やお葉がうまくやってくれることを祈るしかない。

留札の番号が決まったら、その時こそおれの出番だ。七代目團十郎、一世一代の芝居を演じてやろうじゃねえか。

# 十六

掏摸の疑いをかけられ、寺社奉行の詮議にあっていた勝蔵は、境内で群衆の整理に当たっていた与力、同心たちの口添えもあり、ようやく放免されていた。

冬の陽はつるべ落としで、昼七つ申《さる》の刻（午後四時頃）を回っており、辺りは暗くなり始めていた。寺社奉行の番小屋から出ると、雪がちらつき、境内のあちこちで篝火《かがりび》が焚《た》かれていた。

放免されたはいいが、衣服がどこへいったのかわからない。与えられた莚《むしろ》を体に巻き付けていたが、寒さのあまり骨が鳴る音が聞こえてくるほど、体が激しく震えていた。

（危うく間に合わねえところだった）

湯島天満宮本堂前の三段組みの櫓の上で、九十六、と神主が声を張り上げ、気合もろとも突き手が富箱に富突錐を突き立てた。刺さっていた富駒に、三の数字があった。

もともと勝蔵は頭の文字を南町奉行所に知らせた後、湯島にとって返し、最後の数字を伝える役割を任されていた。

掏摸として寺社奉行に突き出されたが、火消しの男に付き添っていた老人が、さすがに哀れに思ったのか、勝蔵の代わりに南町奉行所へ行って、頭の文字を伝えると請け負ってくれた。

勝蔵が本当に岡っ引きだとすれば、どんな因縁をつけられるかわからない。後難を恐れたということかもしれないが、伝えてくれたのは間違いないだろう。あんな人の好《よ》さそうな老人が、その場しのぎの嘘をつくとは思えなかった。

寺社奉行の詮議が長引けば、最後の留札の数字を知る由《よし》もなかったが、運よくその直前に身の証を立てることができた。あとはただ待つだけである。

筵一枚の姿で、人の波をかき分け、前に出た。風体《ふうてい》の異様さに、誰もが目を丸くしたが、そんなことに構ってはいられなかった。

鳥居の命に従わなければ、何をどうされても文句は言えない。形相が険しくなっているのが、勝蔵自身もわかった。

「九十九！」

神主が富駒を掲げた。記されていたのは数字の一である。いよいよ、最後の留突だ。これですべてが決まる。

勝蔵は富札を買っていなかったが、寒さを忘れるほど緊張していた。それは他の数万人の人々も同じである。それまでの喧噪が嘘のように、境内を静寂《せいじゃく》が満たしていた。

一定の間を置き、太鼓が三度打ち鳴らされた。留突の合図である。百、と神主が宣するのと同時に、突き手が富箱を突いた。

数万の人々がいるにもかかわらず、針が落ちる音さえ聞こえそうなほど静かだった。留突錐の先から富駒を外した神主の喉が鳴る音を、勝蔵ははっきりと聞いた。

「留札の最後の数字は、四！」

周りから凄まじい声が上がった。大火事の時、炎が燃え盛る音のようである。轟々《ごうごう》と歓声が飛び交い、隣の者が叫ぶ声さえ、何を言っているかわからないほどだった。

「四だな？」

勝蔵は隣の男の肩に手を掛けた。間違いがあってはならない。念には念を入れて、確かめるつもりだった。

「何だって？」

男が耳元で怒鳴った。四と言ったなと怒鳴り返すと、大変だ、と男が目を見開いた。

「おい、聞いてくれ！　この人が留札を当てたぞ！」

違う違う、と勝蔵は何度も首を振った。

「そうじゃねえ。おれは最後の数字が四だったのか、それを聞いただけで——」

周囲にいた数百人ほどの者たちが、一斉に勝蔵に目を向けた。このお人が留札を当てたぞ、と隣の男が指さした。

馬鹿、違うと叫んだが遅かった。あっと言う間に勝蔵の手、肩、足、尻に手が伸び、胴上げが始まっていた。

「わっしょい！　わっしょい！　留札わっしょい！」

「よせ、離しやがれ、おれを誰だと思ってやがる！」

わっしょい、留札万歳という叫び声が重なり、勝蔵の声をかき消した。

留札が当たったという叫びに呼応するように、次から次へと人が波を作り、胴上げが続いた。蹴鞠《けまり》のように人々の上を転がされ、目を回した勝蔵は気を失っていた。

そろそろでございましょうか、と鳥居は顔を上げた。支度部屋西の間で控えている蛭仁への合図である。

手を後ろに回すと、紙片が触れた。何十回、何百回と試していたから、間違いはない。

手を袂に入れ、そのまま前に戻した。手のひらに十枚の陰富札が載っていた。

（これでよい）

かすかに頬が緩んだ。西の上刻（午後五時頃）である。湯島から勝蔵が最後の数字を知らせてくる時刻になっていた。

手の中の陰富札の番号を確かめると、順番がばらばらだった。整理していた蛭仁も焦っていたのだろう。

松・八・七・ト、それに続き十、六、二、三、八、五、一、七、六、四。間違いない。どの数字になったとしても、留札はこの中にある。

「まだか」

苛立《いらだ》ったように、河田が唸った。他の賭け手たちも、固唾を呑んで知らせを待っていた。

頭の悪い奴らだ、と鳥居は心中で嘲《あざけ》り笑った。この連中が期待しているのは、陰富の賭場にいるすべての者が留札を外すことだ。

その時は、積み立て金の百万両が今までの賭け金の額に応じて戻ってくる。奴らが祈り、願っているのはそれだけだ。

湯島千両富では、六万枚の富札が売りに出されている。その中でたった一枚しかない留札を当てることなど、奇跡以外の何物でもないと考えているのだろう。

だが、奴らは間違っている。この陰富を取り仕切っているのが、鳥居耀蔵であることを忘れている。

百万両という巨額の積み立て金を、むざむざ返すような甘い男だと思っているのか。そんな馬鹿な連中が騙《だま》されるのは当然だ。

頭の悪い者ほど欲を掻《か》く、と鳥居は冷笑を浮かべた。目先の損得に心を乱され、冷静な判断ができなくなる。

損をすれば、取り返すために足掻《あが》く。それが更に損を大きくすると、なぜわからないのか。

馬鹿で無能な者どもに、金など無用である。こいつらから金を奪って、何が悪いというのか。

この世には二通りの人がいる。奪う者と奪われる者だ。そして、自分は奪う側の人間である。冥加金《みようがきん》（税金）と思って、金を絞り取ればそれでいい。

「失礼致します」襖の向こうで大迫の声がした。「たった今、湯島天満宮から使いの者が――」

前置きはいい、と立ち上がった河田が襖を大きく開いた。大迫が廊下で平伏していた。

「最後の数字は何か？　構わぬ、申せ」

九にございます、と顔を伏せたまま大迫が言った。となると、と河田が向き直った。

「留札の番号は松・ハ・七・ト・九。その札を持っている者はおるのか」

もう一度番号を、と鳥居は居住まいを正した。驚きの表情を浮かべた河田が、まさか、と叫んだ。

「鳥居殿、その札を持っておられるというのか」

笑みを浮かべて、鳥居は手にしていた十枚の陰富札を掲げた。

その時、法良が奇声を上げて立ち上がり、腰が抜けたようにへたり込んだ。

「法良殿、どうなされた」

声をかけた伸輔に構わず、法良が手足を振り回し始めた。騒ぐなと叫んだ鳥居に、法良が一枚の陰富札を向けた。

## 十七

「あ、あ、あ、あ、あ、あ」

團十郎は口中に溜めていた唾を飛ばしながら叫んだ。迫力を出すため、歌舞伎でよく使う手である。

どうした、と横から覗き込んだ伸輔の額に、陰富札を押し当てた。

「当たったあー！」

その場にいた全員が立ち上がった。まさか、という声が重なったが、そこは舞台で鍛えた喉である。

誰にも負けぬほどの大声で、当たった当たったと騒ぎ立て、一人ずつに自分の陰富札を見せて廻った。

考えに考え抜いた末、これしかないと思い定めたのはつい先刻である。鳥居も当たり籤を手にしているはずだが、それより先に自分の陰富札が当たりだと叫び、全員に番号を確かめさせる以上に、説得力のある芝居はない。論より証拠とは、まさにこのことである。

「こいつはたまげた」驚き桃の木山椒《さんしょ》の木、と伸輔が唱えた。「お武家様方、法良殿の札をご覧ください。確かに松・ハ・七・ト・九。寛永寺の法良殿が留札を引き当てましてございます！」

改めて團十郎の陰富札の文字と数字を確かめた河田が、ううむと唸《うな》ったきり口を閉じた。

他の者も同じである。起きるはずのない奇跡を目《ま》の当たりにして、誰もが言葉を失っていた。

「信じられませぬ。これも寛永寺開基《かいき》徳川家光公、開山《かいさん》住職天海大僧正《てんかいだいそうじょう》、ご本尊の薬師如来《やくしにょらい》様の御加護《ごかご》でございましょう。いや、まさかこのようなことが起きるとは……自分でも信じられませぬ」

摩訶般若波羅蜜多心経観自在菩薩《まかはんにゃはらみったしんぎょうかんじざいぼさつ》……般若波羅蜜多、と般若心経を唱えながら両手を合わせた。

團十郎自らが定めた歌舞伎十八番の中に、僧侶が登場する演目は少なくない。例えば『蛇柳《じゃやなぎ》』の弘法大師《こうぼうだいし》がそうである。

それでなくても、市川家は初代から成田山新勝寺《なりたさんしんしょうじ》と縁が深い。新勝寺は真言宗の寺だが、般若心経は仏教の各宗派が使う経だから、團十郎も空《そら》で唱えることができた。

「とにもかくにも、すべてはご本尊のおかげ。袖摺《そです》り合うも多生《たしょう》の縁と薬師如来様も申しております。せっかくの授かり物でございますから、独り占めにするわけにはいきませせぬ。皆々様にも福の御裾《おすそ》分けをさせていただければと……ええと、積み立て金の百万両、そして褒美金の二十万両はもちろんですが、本日の陰富の賭け金はいかほどでございましょう？　皆々様、ご遠慮には及びませせぬ。天から授かった福をお分けしなければ、それこそ天罰が当たります」

滑舌《かつぜつ》の良さも、歌舞伎役者ならではの芸である。息もつかせず喋り続け、全員に金を分けると言ったのは、場の雰囲気を味方につけるためだった。

ここで揉めれば、刻が過ぎていくばかりである。鳥居が手配した目明かしたちは、談志やお葉が足止めしているはずだが、それにも限度があるだろう。

　賭け手たち全員に、團十郎の陰富札が留札だと認めさせる方が先だ、というのが團十郎の思案だった。

　そのためなら、金をばら撒いても構わない。もともと、金のためにしたことではないのだ。

「さて、いかほどとなるのか、数えるだけで陽が暮れそうですが、それはおいおい考えるとして、とりあえず皆々様方も猪口《ちょこ》をお取りください。心を一つにして、般若心経を唱えていただければ、今後薬師如来様が皆様方をお守りになられるでありましょう。よろしゅうございますか、それでは――」

　待て、と鋭い声がした。顔を真っ白にした鳥居が立ち上がっていた。

「法良殿、いや法良、いや七代目市川團十郎。よくも謀《たばか》ってくれたな。他の者はともかく、この鳥居耀蔵の目はごまかせぬ。どんなイカサマを使ったかは知らぬが、お前が留札を持っていることなどあり得ぬ」

　とっくにお見通しかと胸の内でつぶやきながら、何をおっしゃいます、と團十郎はゆったりした笑みを浮かべた。

「鳥居様、それは言い掛かりというもの。わたくしが留札を持っているのは、皆様方も見ておりますす。そうでございましょう？　留札の番号は松・ハ・七・ト・九。

これこの通り、わたくしの手の中にございます」

イカサマだと叫んだ鳥居が、懐から取り出した十枚の陰富札を隣にいた河田に渡した。

「お確かめあれ、河田殿。三日三晩浅草寺《せんそうじ》でお百度参りを繰り返し、身を清め、斎《さい》戒沐浴《かいもくよく》していた時、天啓《てんけい》が閃《ひらめ》いたのです。頭に浮かんできたのは松、八、七、トの四文字。最後の数字こそ見えませなんだが、それならその段の陰富札をすべて買えば、必ず留札が当たると信じ――」

待て、と河田が片手を上げて制した。

「鳥居殿の申された通り、ここに十枚の陰富札がある。松・八・七・ト、その段の番号が並んでおる。だが……肝心《かんじん》の九がない」

何を馬鹿な、と鳥居が甲高《かんだか》い声で叫んだ。なぜだ、と思わず團十郎も怒鳴っていた。

鳥居が総替ノ法を使い、留札を手にするのはわかっていた。だが、末尾の九の数字がないという。いったいどういうことなのか。

河田から十枚の陰富札を取り返した鳥居が、番号を目で追った。顔色が白から青へと変わっていった。

十八

松・ハ・七・ト、と鳥居は読み上げた。間違いない。この十枚の陰富札の中に留札がある。河田は見間違えているのだ。

理由もわかっていた。焦った蛭仁が順番通りに並べず、その段の十枚を一度に渡したためだ。

松・ハ・七・ト、そして一から並べ直し、一枚ずつ末尾の数字を見ていった。
一、二、三、四、五、六、六、七、八、十。
全部で十枚ある。だが、末尾に九の数字はなかった。

「どういうことだ！」

両の眼《まなこ》を皿のようにして、鳥居はもう一度陰富札を検めた。一、二、三、四、五、六、六、七、八、十。

大きく息を吸い、吐いた。六が二枚ある。だから十枚あっても九の札がないのだ。

「團十郎、己は何をした？　どんな手を使った？　いかに陰富といえども、博奕は博奕。イカサマは御法度である。身分を偽っているお前が不正をしたことは、火を見るよりも明らか。そのような者が留札を当てたと言い張るなど、片腹痛い。この賭場は鳥居耀蔵が胴元《どうもと》である。その権限でお前の留札は無効とする！」

何を言ってやがる、と團十郎が分厚い手のひらで顔をひと撫でした。たったそれだけのことで、坊主から歌舞伎役者に面相が変わった。

「おかしな話じゃねえか、お奉行様よ。正気で言ってんのか？　博奕でイカサマが御法度なのは当たりめえだが、その前に陰富そのものが天下の御法度じゃねえか。その胴元を務めているとぬかしやがったが、ご公儀の町奉行がそんなことをして、許されるわけがねえだろう！」

黙れ、と怒鳴った鳥居に、知ったことかと團十郎が僧衣の袂から右腕を抜いた。

「おれが留札を持ってることなどあり得ないと、あんたは言ったよな。おいおい、待ってくれよ。どうしてそんなことが言い切れるんだ？　あんたの言う通り、陰富は博奕だよ。博奕に絶対なんてあり得ねえ。六万枚の陰富札のうち、たった一枚の留札をおれが持っていたって、ちっともおかしかねえんだ。イカサマを使ったのはあんたの方だよ。何なら後ろの襖を開けてみやがれ。あんたの作った六万枚の陰富札があるんじゃねえのか？」

待て、と河田が二人の間に割って入った。

「法良殿、いや、七代目市川團十郎。お前が留札を持っていたことは確かだが、イカサマだったとすれば言うまでもなく許されぬ所業。積み立てていた百万両や褒美金、その他の金子もお前には渡せぬ。そして鳥居殿、イカサマなどしていないと言うのであれば、襖を開けてもらおう。我らは陰富に加わっていたが、それは鳥居殿が公正な胴元と信じていたからこそ。疑いがあれば、武に訴えてでも金子は我ら賭け手のものとする。それでどうか」

河田殿、そして皆様方、と鳥居は正座した。

「あのような歌舞伎役者崩れの咎人を信じると仰《おお》せですか。これは驚きました。白山屋の番頭はともかく、他の方々は武家の出。武士が武士を信じなくて、何を信じるというのです。私はイカサマなどしておりませぬ。それよりも、市川團十郎が留札を持っていることを不審に思うべきではありませぬか」

襖を開ければどちらが正しいかわかる、と河田が言った。それでは、と鳥居は襖に手を掛けた。

十九

何もない、という声がした。團十郎は大きな目玉を見開いて、西の支度部屋を見回したが、畳が敷《し》かれているだけである。陰富札はおろか、人影もなかった。

これでわかったであろう、と鳥居が立ち上がった。

「私はイカサマなどしておらぬ。イカサマを使ったのは團十郎、お前だ。どのような手を使ったのかは、これから詮議するが、いずれにしてもお前の留札は無効である。おとなしくお縄につけ。いや、待て……お白州で吟味できぬ以上、お前にはこの世から消えてもらわねばなるまい」

「上等だよ、この野郎」團十郎は手の中の陰富札を鳥居の顔に叩き付けた。「同じ台詞をそっくり返してやらあ。おれはイカサマなんかやってねえ。おめえの手下の目明かしが、あの部屋を片付けちまったから、証拠は残っちゃいねえが、用意していた六万枚の陰富札の中から留札をすり替えたんだろう！」

大迫、と鳥居が叫んだ。襖が大きく開き、そこに抜刀《ばっとう》した十人の与力、同心が立っていた。

「南町奉行所に、奉行の許しなく入った者がいる。そこの僧衣を着た男だ。直《ただ》ちに召し捕れ。逆《さか》らうようなら斬り捨てても構わぬ！」

本気かよ、と團十郎は両手で座布団を摑んだ。

「奉行所内でおれを殺すつもりか？　そんな無体《むたい》な話は聞いたことがねえ。町奉行なら町奉行らしく、おれを捕らえてお白州で裁きゃあいいだろう。それがおめえらの役目なんじゃねえのか？」

成田屋、と伸輔が口に手を当てて叫んだ。懐かしいぜ、と團十郎は大きく見得《みえ》を切った。

「鳥居耀蔵、よおく聞け。おれが留札を持っていたことは、ここにいる皆が見ている。見ていねえと言い張るなら、それもいいだろう。だがな、天知る地知る我知る人知る。おれを殺したって、てめえの罪は消えねえぞ！」

お前は咎人だ、と鳥居が氷のように冷たい声で言った。

「江戸十里四方所払いの身にもかかわらず、ここにいること自体許されぬ。それだけでも斬首《ざんしゅ》に処すことができる。町奉行である私の命に従わぬ者はいない。河田殿、他の皆様も、この場はお引き取りいただきましょう。よろしいか、留札を引き当てたのは、この鳥居耀蔵。他の当たり籤については後日改めて支払いますが、ここで何があったかは他言無用。ひと言でも口にすれば、皆々様方だけではなく、お家、藩にもその罪が及ぶことになりましょう。おわかりですか」

鳥居の最後の切り札は脅《おど》しだ、と團十郎にもわかった。

鳥居の手の中に留札はないが、万が一何らかの手違いが生じた時は、天下の御法度である陰富に加わっていたことを言い立て、改易《かいえき》や藩そのものを取り潰すと脅すことで、すべての金を我が物にすると決めていたのだろう。蝮《まむし》が牙《きば》を剝《む》いたのである。

何も見ておらぬ、と言い捨てた河田が足音高く賭場を後にした。蝮の脅しに屈したのだ。その後に十三人の男たちが続き、残ったのは團十郎一人だけになった。「ずいぶんと阿漕《あこぎ》な真似《まね》をするじゃねえか」呆《あき》れたよ、と團十郎は座布団を捨てて胡座《あぐら》をかいた。「斬りたきゃ斬りやがれ。だがな、そんな無法がいつまでもまかり通ると思うなよ。いい気になってやがると――」

やれ、と鋭い声で鳥居が命じた。ここまでか、と團十郎は目を固くつぶった。

## 二十

鳥居様、と叫ぶ声に、團十郎は目を開いた。駆け込んできたのは目明かしの時蔵だった。

「大目付《おおめつけ》の遠山様が表におりやす。南町奉行所に罪人がいると聞き、その詮議に来たと申されておりますが、いかがいたしやしょう」

入れてはならぬと鳥居が首を振ったが、時蔵の後ろに影が差した。大目付遠山景元が編笠《あみがさ》を目深《まぶか》にかぶった三人の侍を連れて、支度部屋へと入ってきた。

六尺（約百八十センチ）ほどの大柄な男で、御年《おんとし》ちょうど五十歳である。北町奉行から大目付に昇進していたが、これは名奉行として名高い遠山をその職から外すための鳥居の策謀によるもので、大目付は実質的な権限のない閑職《かんしょく》であった。

ただし、幕府という組織においては、大目付の方が町奉行より位が高い。助かった、と團十郎は息を吐いた。

天保期の改革において、老中頭《ろうじゅうがしら》の水野忠邦とその側近であった鳥居耀蔵に、公然と反発したのは遠山景元、そして鶴松の養父、矢部定謙だけである。

鳥居の讒言《ざんげん》によって南町奉行の職を奪われた定謙が自害したのち、遠山も大目付職に棚上げされ、政治的な力を失ったことは、よく知られていた。

その後水野は失脚したが、町奉行として残った鳥居と遠山は反目する立場にある。

助けてくれるのは遠山しかいない、と團十郎は頭を畳にこすりつけた。

「申し上げます、遠山様。南町奉行、鳥居耀蔵は奉行所内において陰富の賭場を開帳し――」

いきなり目の前に星がちらついた。遠山に足蹴《あしげ》にされたとわかったのは、その後である。

「何をなさいます！　わたしは鳥居の非道な行ないを……」

役者風情がその口の利《き》き方は何だ、と遠山が大喝《だいかつ》した。

「身分をわきまえよ。鳥居耀蔵は三奉行の筆頭、町奉行である。呼び捨てにするとは、幕府への不敬と同じ」

しかもお前は咎人、と遠山が團十郎の頰を張った。

「手鎖の処分を受けた後、江戸を追放されたのは子供でも知っている。何をおめおめ舞い戻ってきたのか。ましてや町奉行に対し、陰富の賭場を開いていたなど笑止千万《しせんばん》。そのような嘘は許されぬ。そもそも奉行所内に立ち入るとは、何の魂胆《こんたん》があってのことか。奉行の許しなしに入ることができるのは大目付のみ。いったい何を企んでいた?」

そうではありませぬ、と團十郎は遠山の足にしがみついた。

「この市川團十郎の話を聞いてください。奉行所を賭場にして鳥居が陰富を開帳していたのは、紛れもなく本当の話でございます。関わっていた者たちは大藩《たいはん》の江戸家老をはじめ、旗本《はたもと》、御家人《ごけにん》、その他に……」

また星が飛んだ。遠山が刀の柄《つか》で團十郎の顎を打ちすえたのである。

「町奉行を呼び捨てにするとは、無礼にもほどがある。奉行所内で町奉行が陰富の賭場を開くなど、あり得るはずもない。ましてや大身《たいしん》の武士が加わっていたなどと、ぬけぬけと嘘をつくとは……鳥居殿、役目柄《やくめがら》ゆえ念のため尋ねるが、この男の言っていることは真《まこと》か?」

「ですが――」

まさか、と鳥居が顔をしかめた。

「陰富は天下の御法度。町奉行である私がそのような真似をすると、遠山様はお考えでございますか？　役者崩れのこの男の戯言《ざれごと》を信じると？」

もっともである、と遠山が大笑した。

「町奉行と罪人を比べることなど、できるはずもない。考えるまでもなく、嘘をついているのはこの男。ただし、鳥居殿に対してもひと言申さねばならぬ。このような不逞《ふてい》の輩《やから》が奉行所内に入り込んだことは、奉行の怠慢《たいまん》と思われてもやむを得ぬ。そうであろう」

申し訳ございませぬ、と鳥居が頭《こうべ》を垂れた。見逃したお前たちも同罪である、と遠山が控えていた与力、同心たちを一喝した。

「後のことは鳥居殿に任せるが、この男は重ければ死罪、軽くても遠島ということになろう。どちらでも構わぬが、早急に吟味し、処分を下すように。この件を江戸市中の者が知れば、面倒なことになる」

今夜中に必ず、と鳥居が答えた。そりゃ酷《ひど》すぎる、と團十郎は遠山の足首を摑んだ。

「遠山様、どうしちまったんです？　歌舞伎そのものを潰そうとした老中頭の水野様に反対し、江戸三座を猿若町《さるわかちよう》に移すことで話を収めてくれたのは、遠山様だったはずでは？　それなのに死罪だ遠島だ、今になってそんな厳しいことをおっしゃるとは……それに、わたしはもう役者じゃありません。それなのに、どうしてこんな——」

触れるな、と深く編笠を被《かぶ》った侍が前に出た。

「遠山様、その者からお離れくださいい。懐に何やら隠し持っているようにございます」

この者たちはと尋ねた鳥居に、火付盗賊改方《ひつけとうぞくあらためかた》の編笠同心、と遠山が答えた。

「大目付に配下はおらぬ。それゆえ、この者たちを使っている」

離れろ、と怒鳴った編笠の侍が刀を抜いた。やめろ、と團十郎は恐怖にかられて叫んだ。

「おれは何もしちゃいねえ。こんなところで死にたくねえ、助けてくれ！」

編笠の侍が團十郎の胸倉を摑んで立ち上がらせ、そのまま袈裟《けさ》斬りに斬って捨てた。血飛沫《しぶき》が飛び、團十郎の体が前のめりに倒れた。

## 二十一

いきなりの刃傷《にんじょう》沙汰に、支度部屋の隅で体を縮めていた鳥居に、これでよいのだ、と遠山が言った。

「このような罪人の一人や二人、死んだところで構うことはない。後腐《あとくさ》れなくすべて終わる。そうであろう」

遠山様のおっしゃる通りでございますとうなずいて、鳥居は震える手を伸ばし、倒れている團十郎の背中を突いたが、ぴくりとも動かなかった。死んでいるとわかり、安堵《あんど》の息が漏れた。

「小早川静之進《こばやかわせいのしん》、よくやった。さすがは神道無念流《しんとうむねんりゅう》の達人である」

編笠の侍が刀を鞘《さや》に収め、一礼した。それはともかく、と遠山が顎に指をかけた。

「後始末をどうするか……鳥居殿、どうお考えか。南町奉行所の差配《さはい》に任せるか、それとも我らの方で片付けるか」

遠山様の命に従いまする、と鳥居は答えた。しばらく考えていた遠山が、斬ったのは小早川である、と下唇を突き出した。

「面倒だが、我々が何とかするしかあるまい……幸い、今日は大晦日《おおみそか》。陽も暮れている。駆け込み訴えにくる者など、いるはずもない。鳥居殿、明朝まで刻《とき》を貸してくれぬか。南町奉行所の手の者は借りぬ。むしろ、誰もおらぬ方がよかろう。さすれば、この遠山が大目付の権限で何もなかったことにする。いかがなりや」

よろしきように、と鳥居はその場にいた与力や同心に手を振った。男たちが足早に離れていった。

「門衛も含め、他の者もすべて八丁堀の屋敷へ戻すことに致します」岡っ引き、下っ引きもそのように、と鳥居はうなずいた。「私は奉行所内の私邸に戻り、何も見ず、聞かず、言わず、三猿を決め込むということで」

それがよろしかろう、と遠山が大きな口を開けて笑った。

「礼には及ばぬ。知っての通り、大目付はただの飾り雛《かざびな》。日頃は何もすることがないゆえ、退屈でな。たまにはこんなこともあっていい……ところで鳥居殿、大きな声では言えぬが、陰富の噂は他からも耳に入っておるぞ」

そのような嘘事《うそごと》に耳を傾けてはなりませぬ、と鳥居は首を振った。

「この鳥居を憎む者たちが、つまらぬ噂を流しているだけのこと。まさか遠山様も、そのようなことを信じては……」

信じておらぬ、と遠山が正面から鳥居の顔を見据えた。

「ただ、ひとつ相談したいことがあってな。実は、娘が嫁に行く。めでたいことだが、祝言《しゅうげん》にはこれがかかる」

太い指で丸を作った遠山に、嫁ぎ先はどちらでありましょう、と鳥居は尋ねた。

ここだけの話だが、と遠山が声をひそめた。

「尾張《おわり》藩主徳川斉荘《なりたか》様のご養子、隆次《たかつぐ》様のもとへ参る」

尾張藩、と鳥居は唾を飲み込んだ。徳川御三家の筆頭である。養子とはいえ、そこへ嫁入りするというのは、さぞ金がかかるであろう。

これもまたここだけの話だが、と遠山が左右に目をやった。

「手元不如意《ふによい》でな。相談とはそれよ。すまぬが、一万両ほど用立ててくれぬか。陰富のことはあくまで噂。今はこの遠山の胸ひとつに収めているが、たまに話したくなる時がないわけでもない」

鳥居は頭の中で算盤《そろばん》を弾いた。遠山が脅《おど》しているのはわかっていたし、返済するつもりもないのだろう。

だが、一万両など今の自分にとっては端金《はしたがね》も同然だ。これまでに積み立てていた百万両、そして今回の湯島千両陰富の上がりが百万両近くある。一万両を遠山にくれてやり、貸しを作っておく方が得だ。

「年が明け次第、すぐにご用意致します」

遠山の顔に笑みが浮かんだ。密約が結ばれたことに、鳥居は胸を撫で下ろした。

二十二

半刻《はんとき》（一時間）が経った。

どうだ、と遠山が低い声で言った。今しばらくお待ちくださ い、と編笠の侍、小早川静之進が辺りを見回した。

もういいだろう、とうつ伏せたまま團十郎は顔だけを横に向けた。

「体が痛《いて》えよ。ったく、いきなり殴られたり斬られたり、こっちの身にもなってみろってんだ」

奉行所には誰も残っていません、と戻ってきた二人の侍が編笠の紐を解《ほど》いた。お葉と談志がお互いを指さして笑い声を上げた。

やれやれ、と肩をすくめた小早川が編笠を取ると、現れたのは微笑を浮かべた矢部鶴松だった。

いったいどうなってる、と團十郎はその場に胡座をかいて、腕を組んだ。

「一から十まできっちり話してもらおう。そうじゃなきゃ、おれはここから一歩も動かねえぞ。まったく、本気で斬られたかと思ったぜ。見ろ、まだ鳥肌が消えやしねえ」

腕を伸ばした團十郎に、死んでくださいと言ったはずです、と鶴松が笑みを濃くした。

「天下の七代目市川團十郎です。機転を利《き》かせて斬られたふりをするぐらい、お手のものでしょう」

大体、おめえがどうしてここにいる、と團十郎は鶴松に顔を向けた。

「あの時、おめえは蛭仁に捕まって、この奉行所の牢に叩き込まれたはずだ。おれも手鎖になった時、ひと晩入ったことがあるが、半地下で三方の壁は頑丈だし、扉には鍵がかかっている。おまけに、始終同心が歩き回って見張ってやがる。そんなところから、どうやって逃げたっていうんだ?」

簡単です、と鶴松が懐から二つに折った手拭《てぬぐい》を出した。開くと、そこに一本の鍵があった。

「養父、矢部定謙は鳥居の讒言《ざんげん》によって南町奉行の職を奪われ、桑名《くわな》藩預かりの身となりました。それは前にも話したはずです」

聞いたよ、と團十郎はうなずいた。その後、養父は身の証を立てるため、切腹して果てました、と鶴松が言った。

「何もしてやれなくて、済まなかった」

遠山が小さく頭を下げた。いえ、と鶴松が首を振った。

「あの時、養父の弁明に立てば、遠山様も蟄居《ちっきょ》せざるを得なかったでしょう。懸河《けんが》の弁をふるっても、鳥居が吟味役を務めている限り、どうにもなりません。屈辱に耐え、北町奉行の職に留まっていただけたからこそ、今回の大芝居がうまくいったのです」

定謙は真の友であった、と遠山が右手で顔を覆《おお》った。いいのです、と鶴松が慰めるように言った。

「遠山様が話をつけてくださったおかげで、養父の遺品は無事わたしの元に届きました。遺髪はもちろんですが、この鍵もそうです」

許せ、と遠山がもう一度頭《こうべ》を垂れた。こいつは、と團十郎は手を伸ばして、鍵をつまみ上げた。

「まさか、南町奉行所の牢の鍵か？」

今の南町奉行は鳥居ですが、その前は養父定謙でした、と鶴松が言った。

「奉行の息子は、奉行所内のことをすべて知っていました。もちろん、牢についてもです。常に鍵がかかっていますが、これさえあれば扉を開けるのは簡単です。この鍵は万が一失《な》くした時のために、養父が作っていた控えの合鍵です」

定謙は用心深い男だったからな、と遠山が笑った。続きを聞かせろ、と團十郎は鍵を畳の上に放った。

鳥居が奉行所内で陰富の賭場を開いていることは、前々から噂が流れていました、と鶴松が左右に目を向けた。

「鳥居は狡猾《こうかつ》な男です。町奉行の許しなしには、誰も奉行所に入ることができません。唯一の例外は大目付だけですが、それも建前上のことです。だからこそ、あの男はここを選んだ。養父を追放し、自らが町奉行の職に就《つ》いたのも、本当のところそれが目的だったのでしょう。博奕の胴元ほど、儲かるものはありませんからね。

金の亡者の鳥居にとって、南町奉行所は金の卵を産む鶏と同じだったのです」

その先は、と團十郎は膳部に残っていた徳利《とくり》を取り上げ、そのまま口をつけた。

「陰富の場になっているのはわかっていましたが、訴えても無駄ですし、踏み込むこともできません」

何しろわたしは単なる浪人にすぎませんから、と鶴松が肩をすくめた。

「しかも、確たる証拠さえないのです。遠山様をはじめ、他の幕閣の方々との伝《つ》こそありましたが、踏み込んで何も出てこなければ、恥を掻かせるだけです。鳥居の権勢には、若年寄さえ逆らうことができません。それを思うと、どうしようもありませんでした。奉行所の中に入る手はないのです」

ひとつだけあるだろうと言った團十郎に、遠山が大きくうなずいた。奉行所内に入れるのは、と鶴松が指を折った。

「奉行、与力、同心、その手下の岡っ引きや下っ引き。その他は奉行の家族、そして奉行の許しがあった者だけ。ですが、奉行所に入るための抜け道がひとつだけありました」

罪を犯して捕縛された者、と團十郎はつぶやいた。そうです、と鶴松が自分を指さした。

「わたしはお葉さんを救うために目明かしたちと立ち回りを演じ、最後は蛭仁に屈し、お縄につきました。ただし、刑罰が決まるまでは、奉行所内の牢に留め置くのが定法。鳥居もわたしを牢に入れておくしかありませんでした。そうやって、わたしは絶対に入れないはずの奉行所に堂々と入ったのです」

この鍵を下帯の中に隠してか、と團十郎は別の徳利を摑んだ。

「まったく、酒でも飲まなきゃやってられねえよ。お前は牢に入り、この鍵で扉を開けた。見張りの同心をぶん殴って気を失わせるぐらい、お前ほどの腕なら簡単だったろう。それからどうした？」

奉行所はわたしの庭も同然です、と鶴松が微笑んだ。

「造りはすべて頭に入っていましたし、どこに何の間があるのかもわかっています。支度部屋の西の間に入るのは楽なものでした。六万枚の陰富札を前に、大汗をかいている蛭仁に当て身を食らわせ、気を失わせた上で手足を縛り、猿轡《さるぐつわ》をかませて厠《かわや》に閉じ込めたのです。あれが一番大変でしたね。何しろあの男は図体がでかくて、運ぶだけでもひと苦労でしたよ」

つまりお前は蛭仁とすり替わったわけだ、と團十郎は徳利の酒を猪口《ちよこ》に注いだ。

「そいつはとんだ総替ノ法だな。お前は留札の番号を知っていた。松・八・七・ト、その段の十枚だけを残し、鳥居に渡したってわけだ」

奉行所内の牢に入れられた時は、まだ留札の番号がわかっていませんでした、と鶴松が言った。

「七代目が僧法良から奪った陰富札の番号は、談志師匠がおはなし屋のふりをして最初に松の文字を奉行所に伝えに来た時、塀越しに厠の前に投げ文をしていたので、蛭仁を閉じ込めた時にそれを見て留札となる番号を知りました。一枚だけ、末尾の数字を九から六に書き換えた十枚の陰富札を、細く開けた襖の隙間から、蛭仁に代わり、わたしが鳥居の手に押し込んだのです」

その後のことは、言うまでもないでしょう、と鶴松が器の水をひと口飲んだ。

奉行所内で騒ぎが起きていると聞き付けた大目付の遠山様が、火付盗賊改方の編笠同心二人、つまり談志師匠、そしてお葉さんを連れて奉行所の門を開けさせ、二人が用意していた衣装に着替えたわたしも、それに加わりました。奉行所内に不穏な気配があれば、大目付は中へ入ることができます。そして同行した侍が、法良に化けていた罪人の市川團十郎を斬り殺したというわけです」

大目付は各奉行の上に立つ、と遠山が言った。

「それは建前で、大目付の職はあくまでも飾りにすぎぬ。だが、建前でも使いようはある」

おめえが編笠を上げた時ぐらい驚《おど》えたことはねえ、と團十郎は大きな鼻を手でこすった。

「どうしてここにいると思ったが、死んでくださいと唇を動かしたのだけはわかった。おれも役者だ、舞台では、相手役に合わせなきゃならねえ時がある。鼻先すれすれのところを刀が振り下ろされた時には、小便が漏れそうなくれえ恐ろしかったが、覚悟を決めて死んだふりを決め込んだ……ちょっと待て、師匠、それにお葉さん、あんたらも最初から知ってたのか？　だったらどうしておれに言ってくれなかったんだ？」

七代目が出て行ったのと入れ替わりに、遠山様が長命寺に来てくださったんだよ、と談志が笑みを浮かべた。

「鶴さんと前々から相談していたって聞かされてね。最後の仕上げはこの遠山に任せろと……おいらたちも知らなかったんだ。そんなに怒るなよ、七代目に伝える術《すべ》なんてねえし、こうする以外、丸く収める手はねえってわかって、おいらもお葉ちゃんも遠山様に従ったってわけなんだ」

おれがここへ来ねえとは思わなかったのか、と團十郎は鶴松に目を向けた。

「長命寺から逃げたってよかったんだ。てめえの命が大事なら、普通そうするだろう」

信じていましたから、と鶴松が白い歯を見せて笑った。畜生、とつぶやいて、團十郎はお葉に目を向けた。

「もうひとつ教えてくれ。あの赤いのは何だ？」

食紅だよ、とお葉がくすりと笑った。言われてみりゃあ、歌舞伎の舞台でもよく使う、と團十郎は鶴松に視線を戻した。

「それならそうと、どうして言ってくれなかった？　わかってりゃあ、もうちっといい芝居ができただろうに」

最初から筋立てがわかっていたら、と鶴松が言った。

「七代目の芝居は、あそこまで真に迫らなかったでしょう。あなたは江戸一の役者で、どうしたって役柄を演じてしまったはずです。勘の鋭い鳥居を騙すためには、すべてが真《まこと》でなければなりませんでした。わたしに斬られた時の七代目の恨めしげな顔は、誰が見たって本物でしたよ」

勧進帳《かんじんちょう》だな、と團十郎はつぶやいた。

歌舞伎十八番の中で最も人気の高い演目『勧進帳』の見せ場は、安宅《あたか》の関を抜ける際、白紙の巻物を勧進帳であるかのように読み上げる弁慶《べんけい》の芝居である。

安宅の関の関守、富樫左衛門《とがしさえもん》の問いに機転で返す弁慶は、その後疑いをかけられた主君の源義経をわざと金剛杖《じょう》で打ちすえ、その疑いを晴らす。

今回の場合、鶴松が弁慶を、そして團十郎は義経を演じた。唯一違うのは、なぜ斬られるのか義経自身がわかっていなかったことだが、それは言っても始まらない。

「おれにとっちゃ損な役回りだったが、こればっかりは仕方ねえ。忘れてやるよ。それじゃ、さっさと逃げようじゃねえか。いつまでもここにいたんじゃまずいだろう」

焦ることはない、と遠山が火をつけた煙管《キセル》を團十郎に渡した。

「今、南町奉行所内には、与力、同心はおろか岡っ引き、下っ引き、それどころか猫の子一匹おらぬ。大晦日ゆえ、門衛も八丁堀の屋敷に戻った。奥の奉行屋敷に、鳥居とその妻子がいるが、朝までは出てこぬだろう。今、亥《いぬ》の刻（午後八時頃）だから、卯《う》の刻（午前六時頃）まで五刻（十時間）ほどある。それだけあれば十分だ」

何が十分なんだと尋ねた團十郎に、奉行所の門は開きっ放しだよ、と談志が顔中を皺《しわ》だらけにして笑った。

「おいらの仲間が集まって、鳥居が隠していた積み立て金の千両箱を運び出す手筈になってる。もちろん、今日の陰富の賭け金もだよ。二千箱ほどあるだろうから、しばらく刻はかかるけど、朝までには終わるさ。手を貸してくれた連中にも礼をしなきゃならねえし、他にもいろいろあるが、主役の七代目にもたんまり分け前があるから心配すんなって」

ふん、と團十郎は鼻から荒い息を吐いた。

「おれを誰だと思ってやがる？　天下の七代目市川團十郎だぞ？　おれの芸に値をつけられてたまるか。金なんかいらねえ。むしろ、こっちが払いてえぐらいだ」

どうしてだいと首を捻《ひね》ったお葉に、本物の芝居ってやつを教えてもらったからよ、と團十郎は膝を叩いて立ち上がった。

「さて、これからどうなる？」

七代目にはわかっているはずです、と鶴松が言った。そうか、と團十郎はうなずいた。

あとは仕上げをご覧《ろう》じろってわけか。

年が明けた。天保十五年（一八四四）睦月（一月）一日の朝である。

正月一日ということで、この日は誰ものんびりと過ごすが、鳥居は夜明けと共に寝所《しんじょ》を出て、衣服を着替えてから奉行所へ向かった。

（馬鹿な騒ぎだったが、終わり良ければすべて良しか）

薄い唇からつぶやきが漏れた。吐く息が白かった。

大目付の遠山景元が乗り込んできた時には、己の目を疑ったが、要は咎人である市川團十郎を捕縛するために来たのだ。

團十郎を火付盗賊改方の編笠同心が斬り捨てたが、遠山は果断《かだん》の人として知られている。

歌舞伎役者崩れなど、斬り捨て御免《ごめん》で構わない。團十郎が死んだことは、鳥居にとっても好都合だった。

人の口に戸は立てられない。いずれ、大目付の遠山が南町奉行所内で咎人を斬り殺したことが噂になるだろう。

これで、河田をはじめ陰富に加わっていた者たちは、賭場にいたことを口外できなくなった。もちろん、自分たちの取り分についても何も言えない。

実際には留札を持っていなかったが、何らかの手違いがあった時は、河田たちを脅し上げて、金子を独り占めするつもりだった。

なるべくなら、その手は使いたくなかったが、とにかく狙い通り、積み立て金の百万両も他の金も、すべて我が物になった。

「さすがに正月」

めでたいことが続く、と歩を進めながら鳥居はつぶやいた。あの堅物《かたぶつ》の遠山でさえも、金の力に屈したのだ。

南町奉行所での陰富について、遠山は薄々感づいていたのだろう。証拠がなかったため、何もできずにいたが、沈黙を金に替えた方が得だと思い至ったに違いない。

誰でもそうだろう。この世で一番強いのは金であり、誰もがその力に屈するしかない。

早急に遠山に一万両を届けねばなるまい、と鳥居は苦笑を浮かべて支度部屋に上がった。口止めのための金子だが、決して高くはない。

この場合、一万両は賄賂《わいろ》である。受け取った遠山も同罪となるから、今後、鳥居とは一蓮托生《いちれんたくしょう》、何があっても鳥居の側に付かざるを得ない。

老中頭の土井利位《としつら》をはじめ、幕閣有力者には鼻薬《はなぐすり》を利かせていたが、遠山にだけは通じないとわかっていた。

大目付はお飾りの職にすぎないが、大監察とも呼ばれるように、三奉行をはじめあらゆる幕臣を内偵、告発できる権能がある。

その位は旗本の中でも江戸城留守居役《るすいやく》、大番頭に次ぐほど高い。鳥居にとっては、目の上のたんこぶだった。

いずれ隠居に追い込むつもりだったが、一万両で転ばせることができるなら、安い買い物だ。これで鳥居耀蔵を敵に回す者はいなくなった。

支度部屋を見回すと、昨日の喧噪が嘘のように静かだった。すべてが元通りになっていた。

さすがは遠山景元、と鳥居はうなずいた。團十郎の死体も、闇に葬ったのだろう。

踵《きびす》を返し、支度部屋から外へ出た。奉行所裏手・地下に隠してある積み立て金の百万両、そして昨日の陰富の上がりを確かめなければならない。すべて合わせると二百万両近くあるはずだが、正確な額は数えていなかった。

軒下の隠し扉を開き、階段を降りていくと、巨大な空間がそこにあった。鳥居はかすかに首を捻った。

睦月一日、夜が明けて間もない。扉から弱々しい陽の光が差し込んでいるだけだが、それでも中は見えた。いくら目を凝らしても、そこに千両箱はなかった。

昨日まであった二千箱近い千両箱が消えていた。

何かの間違いだ、と震える唇からつぶやきが漏れた。地下に掘った穴は薄暗い。目が慣れていないだけだ。

だから、何も見えない。そうに決まっている。

だが、穴の中を歩き回り、手で探っても、そこにあるはずの千両箱に触れることはなかった。

(遠山!)

奥歯が折れそうになるほど歯軋《はぎし》りしながら、階段を駆け上がった。すべての千両箱を盗んだ者は一人しかいない。大目付の遠山景元だ。

(この鳥居耀蔵を謀るとは)

奉行所の門を押し開け、表に出た。遠山家の上屋敷は芝愛宕下《しばあたごした》である。

駆けだそうとした鳥居の足が止まった。門のすぐ脇に、遠山が立っていた。

「これは鳥居殿。正月早々血相《けっそう》を変えてどうなされた」

声をかけてきた遠山に、よくもぬけぬけと、と鳥居は詰め寄った。

「此度《こたび》の所業、遠山様といえども許すわけには参りませぬぞ。私を誰だと思ってる？　南町奉行、鳥居耀蔵である。盗っ人を捕らえるのは町奉行の役目。大目付であろうとも、金子を盗めばそれは咎人。尋常にお縄につけ！」

大声を出すな、と遠山が洟をすすった。

「まだ寒いな……正月一日である。陽も昇りきってはおらぬ。騒ぎを起こして損をするのは鳥居殿の方だろう」

「何を言う。いいから今すぐ盗んだ金子を返せ！　百万両、いや他の金子も合わせて二百万両、耳を揃えて――」

やかましい、と遠山が怒鳴った。その迫力に、鳥居は思わず口をつぐんだ。

「では聞こう。鳥居、奉行所の金子とは何だ？　二百万両を盗まれたと申すが、そのような大金がなぜ奉行所にある？　この遠山景元、前職は北町奉行。奉行所に置いている金子は数百両がいいところ。幕府開闢《かいびゃく》以来の旗本であるこの遠山が、数百両の金子を盗んだと申すのか」

そうではありませぬ、と鳥居は一歩下がった。

「つまり、その金子は……」

まさか陰富で溜め込んだものではあるまいな、と遠山が鳥居の髷《まげ》を摑んだ。

「陰富は天下の御法度である。市中では、南町奉行所内で陰富の賭場が立っていると噂が囁かれているが、そのようなことあるはずもないと、この遠山自らが周りの者にも言い置いている。南町奉行が陰富の胴元になるなど、馬鹿馬鹿しくて笑えもせぬ。そうであろう」

痙攣《けいれん》が止まらなくなった顔に、鳥居は無理やり笑みを浮かべた。

「遠山様の申される通りでございます。ですが、ですが……あの金子は――」

金子などなかったのだ、と諭《さと》すように言った遠山が髷から手を離した。

「よいか、鳥居。二百万両と申したが、それだけの大金が南町奉行所内にあったとなれば、その出所について詮議せねばならなくなる。困るのはお前であろう。どう言い繕《つくろ》っても、二百万両はごまかし切れぬ。町奉行が陰富に関わっていたとなれば、幕府としても放ってはおけぬ。どう転んでもお前に得はない。何もなかったことにするしかないのだ」

ご息女が嫁入りするのでございましょう、と鳥居は背伸びをして、遠山の耳元に口を近づけた。

「祝言とは何かと物入りなもの。昨日は一万両と申されておりましたが、その倍、いや十倍の金子をお渡しします。何卒《なにとぞ》、今回の件はお見逃しいただけませぬか」

娘は三人いる、と遠山がうなずいた。

「だが、三女が嫁に行ったのはもう八年も前の話。祝言などあるはずもない」

騙したのか、と鳥居は遠山に摑みかかった。

「畜生、金を返せ！　あれはおれの金だ！」

お前ほどの知恵者があのような戯言《ざれごと》を信じるとは、よほど金に目が眩《くら》んだとみえる、と遠山が口元を歪めて笑った。

「よく考えてみよ。遠山家は由緒こそあれ、ただの旗本にすぎぬ。その娘が尾張藩主の養子の嫁になど、なれるはずがなかろう」

金はどこだ、と鳥居は周りを見渡した。

「いいか遠山、よく聞け。大目付など、単なる飾り。この鳥居耀蔵が老中頭の土井利位様とどれだけ近しいか、わかっているはず。土井様に訴え出れば、大目付の職などすぐにでも奪えるのだ」

哀れな男だ、と遠山がつぶやいた。

「この遠山景元、鬼奉行と呼ばれたこともあるが、情けの心はある。それゆえ申すが、土井利位様は老中頭の座を退くと、一昨日、上様にお伝えしている。土井様は和蘭《オランダ》との開国交渉で失態を犯し、心を病んでおられた。他の老中からも、責を問う声が上がっている。自ら老中頭を辞めると申し出られたのも、それ以外どうにもならぬからなのだ」

嘘だと叫んだ鳥居に、ここからが話の要《かなめ》、と遠山が言った。

「土井様が老中頭を辞めれば、その代わりを務める者が必要となる。今の幕閣に、それだけの人材はおらぬ。そうであれば、老中頭は一人しかいない」

まさか、と鳥居は目を大きく開いた。そうだ、と遠山がうなずいた。

「上様は前老中頭水野忠邦様を復職させるご意向。お前ほど頭が良ければ、その意味はわかるはず」

天保期における改革が失敗に終わったことで、水野忠邦は失脚した。その水野に抜擢《ばってき》され、懐刀《ふところがたな》として改革を進めていたのが鳥居である。

だが、誰よりも水野に近かったため、遠からず改革が不首尾となることにいち早く気づき、水野の改革に反対していた土井に寝返った。水野が失脚した最大の理由は、鳥居の裏切りにあった。

水野が老中頭に復職すれば、何よりも先に人事刷新を図るだろう。実際には報復人事である。

自分を裏切った鳥居を、どれだけ恨んでいることか。鳥居はその場に崩れ落ちるように膝をついた。

裏切り者は必ず報いを受ける、と遠山が鳥居の肩に手を置いた。

「相応の覚悟はしておくべきであろう。身辺をきれいにしておくことだ。とはいえ、染みついた汚《よご》れは落ちぬもの。何をしても無駄かもしれぬが」

背を向けた遠山が立ち去って行った。呆然《ぼうぜん》としたまま、鳥居はその後ろ姿を見送った。

二十三

睦月七日早暁《そうぎょう》、旅支度を整えた團十郎は、蝸牛《かたつぶり》長屋の外に出た。

本当に行くのかい、と待っていたお葉が目元を拭った。そうするしかねえだろう、と團十郎はうなずいた。

「南町奉行所で斬り殺された男が、江戸の町をうろうろしているわけにもいくまいよ。それに、あの時おれは芝居ってものが少しわかった気がする。名人だ何だと持て囃《はや》されてきたが、とんでもねえ。おれなんざ役者のやの字もわかっちゃいねえってな。まだまだ修業が足りねえ。諸国を巡って、芝居ってものをとことんまで突き詰めようと思ってる。泣くこたあねえ。晴れの門出だ、笑って見送ってくれよ」

体を大事にな、と長屋から出てきた談志が声をかけた。師匠こそ、と團十郎はその肩を右手で抱くようにした。

「あんたもいい歳だ。無理するんじゃねえぞ。何、すぐ戻ってくるさ。こう見えて、物学びは早《はえ》え方だし、何よりおれには江戸が一番よく似合うからな。湿っぽいのは苦手だ。ここでお別れとしよう……さてと、あいつはどこだ？」

お葉が前を指さした。大きな松の木の下に鶴松が座っていた。

「ちっと話がある」面《つら》を貸せ、と團十郎は言った。「長い話じゃねぇ」

立ち上がった鶴松が、なだらかな上り坂に向かって歩きだした團十郎に並びかけた。ひとつだけ聞きたいことがある、と團十郎は言った。

「大目付の遠山様とは、いつ話をつけた？　それだけがわからなくてな」

養父が亡くなった時です、と鶴松が答えた。

「養父の自害により、鳥居の命で矢部家は改易《かいえき》となりました。あの頃、鳥居の権勢は強く、逆らえる者など誰もいませんでした。鳥居が矢部家改易を言い渡しに来た時、北町奉行だった遠山様も役目柄同行していました。最後に残った遠山様は、何も言わず、わたしの肩に手を置いてくれたのです。何も約してはいませんが、必ず助ける、という思いが伝わってきたのを、昨日のことのように覚えています。鳥居から百万両を奪うと決めたのは、その後です」

鶴松が遠い目になった。そうだったのかい、と團十郎は丘の上で足を止めた。江戸の町が一望できた。

「これから、ますます世の中はこんがらがってくる。一寸先は闇ってやつだ。お偉い人たちは、下々《しもじも》のことなんか考えねえ。浮世はつまらねえことばかりだが、おめえにはとびきりの運がある」

「何のことです？」

お葉さんだよ、と團十郎は鶴松の背中を思いきり強く叩いた。

「いいか、あんないい女はいねえぞ。わかってんのか、すっとぼけた面しやがって……おれもさんざん遊んできたし、酸《す》いも甘いも嚙み分けてきたつもりだが、吉原の太夫でもお葉さんの足元には及ばねえ。どうしてあんないい女がお前に惚れてるのか、おれにはさっぱりわからねえ」

「お葉さんが……わたしのことを？」

いい加減にしろこの野郎、と團十郎は鶴松の着物の襟を摑んだ。

「お前がお葉さんに惚れてるのも、お葉さんがお前を好いているのも、談志師匠だって蝸牛長屋の店子《たなこ》だって、みんなわかってらあ。気づいてねえのは、おめえたち二人だけだ。本当に世話が焼けるぜ……好き合ってるんだから、話は早い。おめえの方から嫁になってくれと頭を下げろ。それで万事めでたしめでたしだ」

「そんな……それは七代目がそう思っているだけでは？　勘違いだったらどうする

んです?」

　おめえは腕も立つし、面も悪くねえ、と團十郎は肩をすくめた。

おまけに頭も切れるが、どうしようもなく鈍い男だ。つまらねえことを言ってねえで、惚れてるんだろ? だったら土下座《どげざ》でも何でもして、はい、と言わせるんだ。ありゃあ、それだけの女だ……じゃあな、おれは行くぜ。いろいろ世話になったな。鳥居への恨みも晴らせたし、やり残した事は何もねえ」

「七代目――」

　借りができちまったようだ、と團十郎は鶴松の肩に手を掛けた。

「いいか、困ったことがあったら口笛を吹きな。どこにいたって、そいつが聞こえたら、おれは飛んで帰ってくる。借りっ放しってのが大嫌《でえきれ》えなたちでな」

　返事を待たずに、團十郎は丘を駆け降りた。あの野郎と一緒にいると調子が狂う、とつぶやきが漏れた。

「あんな馬鹿は見たことがねえ……とはいえ、嫌《さわ》いじゃねえけどな」

　それきり振り返ることなく、歩を進めた。爽やかな風が吹く朝だった。

# 閉幕

天保《てんぽう》十五年（一八四四）卯月《うづき》（四月）、江戸市中に新たに約百箇所の御救《おすくい》小屋が建てられた。

天保四年（一八三三）から天保十年（一八三九）まで続いた天保の大飢饉《だいききん》は、江戸四大飢饉のひとつに数えられるが、各所で大量の餓死者を出していた。

幕府はその救済のため、江戸市中二十一箇所に御救小屋を設置したが、被害が酷《ひど》かった東北地方から江戸へ流入してくる避難民は、天保十五年の時点でも絶えることがなかった。飢えに苦しむ者は、増え続けていたのである。

新たに建てられた百箇所の御救小屋は、避難民たちに寝所と食事を与え、職の世話をすることもあった。

この百箇所の御救小屋設置に、幕府は関わっていない。篤志家《とくしか》による寄付金によって建てられたと噂されたが、それが誰なのかはわからないままだった。この御救小屋のおかげで救われた者はおよそ五十万人と言われている。

＊

体調不良を理由に老中頭《ろうじゆうがしら》の職を辞した土井利位《どいとしつら》に代わり、再登用されたのは水野忠邦《ただくに》であった。

かつて剃刀《かみそり》の異名《いみよう》を取った水野だが、往年の冴《さ》えはなく、幕末に向けて激しく移り行く時代の波に翻弄《ほんろう》されるばかりだった。

その中で唯一行なったのが人事改革である。正しくは鳥居耀蔵《とりいようぞう》に対する報復人事であった。

職務怠慢《たいまん》、不正行為、その他さまざまな理由をつけ、町奉行の職を取り上げ、それでも足りぬとばかり、他の役職もすべて剝奪《はくだつ》、全財産没収の上、讃岐丸亀藩《さぬきまるがめ》預けとした。皮肉なことだが、鳥居が矢部定謙に対して取った処分と同じであった。丸亀藩は鳥居を幽閉し、厳しい監視下に置いた。誰であれ鳥居との会話も禁じられたほど、徹底したものだったという。

二十三年の間、孤独と病《やまい》に苦しみながらも、鳥居は生に執着《しゆうちやく》するように生き延び、明治元年（一八六八）の恩赦《おんしや》により、ようやく幽閉を解かれたが、江戸に戻った鳥居を待っていたのは、実家である林家からの冷遇だけだった。

明治六年（一八七三）、死去。

＊

遠山景元《かげもと》は弘化《こうか》二年（一八四六）三月、大目付から南町奉行に転じた。まず最初に出した布告は、落語、歌舞伎《かぶき》、人情本に対する規制を緩和するというものだった。

江戸中の寄席《よせ》が復活し、そこで落語、講談をはじめ、さまざまな芸が演じられた。また、人情本に限らず、版元の再興、出版についても禁令を撤廃した。

これにより、作者はもちろんだが、絵師、彫師たちも作品を発表する機会が増え、多数の書物が流通するようになった。

歌舞伎においてもそれは同じであり、猿若町《さるわかちょう》の江戸三座（中村座、市川座、森田座）とその周辺に、芝居茶屋、あるいは役者、裏方たちが住まいを移したことで、猿若町は巨大な芸の町となり、それまで以上の隆盛《りゅうせい》を誇ることになる。

遠山の措置《そち》により、天保年間後期の息苦しさが消え、庶民たちもこれを歓迎した。遠山が為政者として演芸全般、あるいは出版文化を保護したことは江戸の伝統となり、現在に至るまで続いている。

＊

七代目市川團十郎《だんじゅうろう》は嘉永《かえい》二年（一八四九）、その罪を許され、江戸に戻ったが、市川座の舞台には上がらず、再び全国を旅して修業に励むと同時に、歌舞伎の普及に務めた。

二代目市川白猿《はくえん》など、多くの名前を使って演じたのは、團十郎の名前に頼ることなく、芸の研鑽《けんさん》に励むためだったという。

また、多くの後進を育て、狂言《きょうげん》作家二代目河竹新七《かわたけしんしち》その他、才能ある歌舞伎作者を助け、歌舞伎の隆盛に力を注いだ。

子宝に恵まれ、それぞれ八代目、九代目市川團十郎、七代目、八代目市川海老蔵《えびぞう》となった。

安政《あんせい》五年（一八五八）、久々に江戸に帰った團十郎は、『根元草摺引《こんげんくさずりびき》』で当たり役の曾我《そが》五郎を演じ、翌年三月二十三日、多くの子、孫に見守られながら息を引き取った。六十九歳であった。

＊

寄席の復活により、初代宇治新口《うじにのくち》こと立川談志《たてかわだんし》は再び高座《こうざ》に上がるようになっていたが、高齢のため『寿限無《じゅげむ》』や『饅頭《まんじゅう》こわい』のような短い噺をするのが常となっていた。

後進に道を譲りたいと口癖のように言っていたが、座っているだけでいいから、と客に止められたのは、談志の人柄だろう。

後年になると、枕噺をいくつかして、高座を下りるようになったが、客たちもそれを好んだ。談志の噺には独特の味わいがあり、声を聞くために寄席へ通う者も少なくなかった。

後に出版された『当代噺拾遺《とうだいはなししゅうい》』に、談志の『枕噺』が採録されているが、それは以下のようなものだった。

「世の中、夫婦《めおと》は数多うございますけど、こりゃいろんな夫婦がいますな。仲のいい夫婦もいれば、毎日喧嘩《けんか》ばかりってのもいる。あたし？　あたしんちは夫婦円満ですよ。ええ、そりゃあもう。ええと、カミさんの名前は何だっけな……まあいいや、あたしの知ってる古本商《あきな》いと町娘がいたんですが、何なんですかね、惚《ほ》れ合ってるくせに、お互い妙に他人行儀なんですな。見ていて焦《じ》れったいの何のって、仕方がないから周りがお節介を焼いて、二人をくっつけたら、そりゃあ仲睦《なかむつ》まじくなりましてね。男と女ってのは、面白いもんですな……今は二人で品川の袖ヶ浦《そでがうら》、芝《しば》辺りで暮らしてますが、不思議なもので夫婦になる前、古本商いはてんで酒に弱かったんですけど、カミさんに勧められて飲むようになりましてね。それでも、一合ほど飲むと杯《さかずき》を伏せて、こう言うんだそうです。『よそう、夢になるといけねえ』ってね。馬鹿野郎、誰のおかげで幸せになれたんだって、あたしはいつも言ってるんですが……」

弘化三年（一八四六）、談志は高座に上がって噺を終えた後に倒れ、そのまま亡くなった。六十歳であった。

〈終〉

# ●参考文献


『市川団十郎』西山松之助／著　吉川弘文館
『市川團十郎』金沢康隆／著　青蛙房
『市川団十郎代々』服部幸雄／著　講談社
『江戸歌舞伎と女たち』武井協三／著　角川書店
『江戸っ子はなぜ宵越しの銭を持たないのか？――落語でひもとくニッポンのしきたり』田中優子／著　小学館
『江戸の風俗事典』石井 明／著　東京堂出版
『江戸の社会と御免富――富くじ・寺社・庶民』滝口正哉／著　岩田書院
『江戸落語事典――古典落語超入門２００席』飯田泰子／著　芙蓉書房出版
『歌舞伎』ふじたあさや／文　西山三郎／絵　森田拾史郎／写真　大月書店
『歌舞伎』籾山千代／作絵　大日本図書
『歌舞伎』河竹登志夫／監修　立風書房
『歌舞伎――市川染五郎 私がご案内します』市川染五郎／監修　五十川晶子／文　大川陽子・さとうただし／イラスト　アリス館
『歌舞伎――過剰なる記号の森』渡辺 保／著　筑摩書房

『歌舞伎――Kabuki today The art and tradition』大倉舜二／写真　上村以和於／文　カースティン・マカイヴァー／訳　講談社インターナショナル
『歌舞伎――ことばの玉手箱』赤坂治績／著　有楽出版社　実業之日本社
『歌舞伎――研究と批評　歌舞伎学会誌42』歌舞伎学会／編　歌舞伎学会　雄山閣
『歌舞伎　家と血と藝』中川右介／著　講談社
『歌舞伎衣裳』切畑 健・菅居正史・長崎 巌／著　講談社
『歌舞伎座――歌舞伎四百年記念　吉田千秋写真集』吉田千秋／著　松竹株式会社／著　永山武臣／監修　朝日新聞社
『歌舞伎再見』野口達二／著　吉田千秋／写真　岩波書店
『歌舞伎事典』山本二郎・菊池 明・林 京平／著　実業之日本社
『歌舞伎事典』服部幸雄・富田鉄之助・廣末 保／編　平凡社
『歌舞伎十八番　新版』十二代目市川團十郎／著　服部幸雄／解説　小川知子／写真　世界文化社
『歌舞伎随筆』中村芝鶴／著　評論社
『歌舞伎通』小林恭二／著　淡交社
『歌舞伎入門』河原崎長十郎／著　高文堂出版社
『歌舞伎入門』古井戸秀夫／著　岩波書店

『歌舞伎入門──たのしさ倍増「鑑賞の手引き」名役者とその表現』婦人画報社
『歌舞伎の話』戸板康二／著　講談社
『歌舞伎年表　第6巻　文化十三年─嘉永六年』伊原敏郎／著　河竹繁俊・吉田暎二／編集校訂　岩波書店
『歌舞伎の芸』落合清彦／著　東京書籍
『ここが一番おもしろい日本史の「お値段」』歴史の謎研究会／編　青春出版社
『サライの江戸　CGで甦る江戸庶民の暮らし──傘張り職人、唐辛子売りなど職業別・長屋の内部、男女混浴だった「湯屋」まで完全再現！』小学館
『市井図絵』新潮社／編　新潮社
『図解　江戸の遊び事典──決定版　江戸時代の遊びをイラストで再現』河合　敦／監修　学研
『図解　江戸用語早わかり辞典──時代小説・時代劇・落語がますます面白い！』河合　敦／監修　ナツメ社
『團十郎と『勧進帳』』小坂井　澄／著　講談社
『七代目市川團十郎の史的研究』木村　涼／著　吉川弘文館
『日本古典芸能史』今岡謙太郎／著　武蔵野美術大学出版局
『日本を創った人びと20』日本文化の会／編　平凡社

『風流 江戸の蕎麦――食う、描く、詠む』鈴木健一／著 中央公論新社
『落語ことば辞典――江戸時代をよむ』榎本滋民／著 京須偕充／編 岩波書店
『落語地誌――江戸東京〈落語場所〉集成』栗田 彰／著 青蛙房
『落語で読み解く「お江戸」の事情』中込重明／監修 青春出版社
『落語でわかる江戸のくらし 1』竹内 誠・市川寛明／監修 学研教育出版 学研マーケティング
『落語でわかる江戸のくらし 5』竹内 誠・市川寛明／監修 学研教育出版 学研マーケティング
『落語にみる江戸の「悪」文化』旅の文化研究所／編 河出書房新社
『落語にみる江戸の食文化』旅の文化研究所／編 河出書房新社
『落語の博物誌――江戸の文化を読む』岩崎均史／著 吉川弘文館

本書は、二〇一九年九月にＰＨＰ研究所より刊行された作品に、加筆・修正したものです。

著者紹介

**五十嵐貴久**（いがらし　たかひさ）

1961年、東京都生まれ。成蹊大学文学部卒業後、出版社に入社。2001年、『リカ』で第2回ホラーサスペンス大賞を受賞し、翌年デビュー。著書に、『1985年の奇跡』『交渉人』『安政五年の大脱走』『パパとムスメの7日間』『相棒』『年下の男の子』『ぼくたちのアリウープ』『7デイズ・ミッション』『PIT 特殊心理捜査班・水無月玲』『ウェディングプランナー』『ぼくたちは神様の名前を知らない』『スタンドアップ！』『愛してるって言えなくたって』『奇跡を蒔くひと』などがある。

---

PHP文芸文庫　天保十四年のキャリーオーバー

---

2023年1月24日　第1版第1刷

著者　五十嵐貴久
発行者　永田貴之
発行所　株式会社ＰＨＰ研究所
東京本部　〒135-8137　江東区豊洲5-6-52
文化事業部　☎03-3520-9620（編集）
普及部　☎03-3520-9630（販売）
京都本部　〒601-8411　京都市南区西九条北ノ内町11
PHP INTERFACE　https://www.php.co.jp/
組版　朝日メディアインターナショナル株式会社
印刷所　大日本印刷株式会社
製本所　株式会社大進堂

---


ISBN978-4-569-90267-8